蒼衣の末姫

門田充宏

JN090116

が跋扈する世界。

うものなど様々な種がいるか、　　これもが無作為に人間を襲う習性を持っていた。人々は身を護るために砦を築き、軍事、工業、商業、農業などそれぞれ個別の役割を持った六つの共同体に分かれて暮らしている。少女キサは、この世で唯一冥凬を滅ぼす能力を持つ蒼衣の家系に生まれながら、力を使いこなせず、役立たずの捨姫と蔑まれていた。冥凬討伐に失敗し毒の川に落水したキサは、一人の少年に命を救われる。彼もまた大人たちから切り捨てられた孤独な存在だった。ひとりぼっちで生きてきた少女と少年が手を取り合い、過酷な運命に立ち向かう傑作ファンタジイ。

登場人物

キサ……一ノ宮の蒼衣《そうい》の末姫。周囲からは〈役立たずの捨姫〉と蔑まれている
生《いくる》……三ノ宮でタイクーンの保子《ほす》をしている棄錆《きせい》
恙《うれい》……三ノ宮の梁塁《りょうるい》に住む医師。棄錆の子らの面倒をみている
サイ……一ノ宮の黒衣《こくい》
トー……一ノ宮の黒衣。サイのお目付役
ノエ……一ノ宮の黒衣。墨と呼ばれる特別な任務についている
朱炉《しゅろ》……三ノ宮の黒錆《こくせい》
亦駈《またく》……三ノ宮の黒錆
護峰《ごほう》……三ノ宮の灰錆《かいせい》。一門から三門の町を管轄する
紗麦《さむぎ》……三ノ宮の梁塁に住む棄錆の子
奈雪《なゆき》……三ノ宮の梁塁に住む棄錆の子
節弥《せつや》……三ノ宮の梁塁に住む棄錆の子
ナギト……一ノ宮の蒼衣筆頭。キサの兄

蒼衣の末姫

門田充宏

創元推理文庫

THE PRINCESS FORSAKEN

by

Mitsuhiro Monden

2021

蒼衣の末姫

1

ひゅうひゅうと、むせび泣くように風が鳴る。

木々を震わせ枝を折り、無数の葉を散らせた風は夜の中、僅《わず》かの勢いも失せずに少女の体へと吹きつける。簡素な椅子に座す体は熱を奪われたちまち凍《い》てつき、結わえた灰色の髪はさんざに弄ばれ乱れていく。だが少女は闇の中ただ俯《うつむ》いて震え、膚《はだ》が粟立《あわだ》つのに耐えていた。

夜空は切れ目なく、ぶ厚い雲に覆われている。月星の光のことごとくは遮られ、目に入るものの多くは闇の中に沈んでいた。もし僅かでも光があったならば、そこには丈が三廣《ひろ》に満たない、低く痩《や》せた広葉樹の並ぶ森が見えたことだろう。

ここは際《きわ》だ。

冥凪《みょうふ》とひと、それぞれの世界のあいだにたまさか生まれた、どちらのものでもない薄く脆《もろ》く危うい帯。一里も南に下った先には、一ノ宮が築き維持する防衛線が延びている。そこから先はひとの領域、一ノ宮が代々命をかけて護《まも》ってきた、ひとが安寧《あんねい》の内に暮らす世界だ。

だがここは違う。ここでは木々すら、痩せた土地に根を伸ばし、高く太く幹を育てあげることもできない。それを果たすよりもずっと前に、ひとを嬲《なぶ》り斃《たお》す怪物によって砕かれてしまうか、あるいは切り倒されてひとの領域を護るために用いられてしまうか、いずれかの運命が待ち構えているからだ。

そうした哀れな木々が並ぶ森の奥、今は闇に沈んで見えない場所に、ぽっかりと空虚が口をあけている。木々がなぎ倒されて生まれた、ほぼ真円の穴。今はどれだけ目を凝らしても見ることができない穴の存在を、少女――キサは、姫衆《ひめしゅうがしら》頭のヤガから伝えられて知っていた。

直径十二廣を超える、地の底まで続いているかのような巨大なすり鉢状の穴。無論ただの穴ではない。その奥には、ひとを小虫のように屠《ほふ》る、異形の怪物どもが潜んでいる。

即《すなわ》ちそれは、冥凪の巣なのだった。

さして大きくもない巣だ、とヤガは言った。ひとなら百でも二百でも飲み込みそうな穴であっても、ほとんどがひとよりも遙《はる》かに巨大な冥凪にとって、それはむしろ狭く小さな巣穴のひとつに過ぎないのだ。

砦《とりでしゅう》衆による事前の調査によって、棲みついている冥凪の種類や数、大きさはおおよそわかっていた。こぢんまりした巣穴に相応しく、潜んでいるのは小型の〈腕つき〉一体、そして同じく小型の〈蜈蚣《むかで》〉が恐らく四体、あるいは五体。

キサの頭の中で、ヤガの言葉が繰り返される。案ずることはない、なんの問題もない。末《すえ》姫衆《ひめしゅう》は誰もがみな、冥凪を滅し世界を護る一ノ宮の黒衣《こくい》の中から、俺自身が選《よ》りすぐって集めてきた者ばかりだ。各々が存分に力を奮いさえすれば、あれしきの巣穴、我らのみで滅ぼすことになんの造作もありはしない。

熱のこもった勇ましい言葉だった。だが、ヤガが語りかける先、我らという語の内に自分が含まれていないことを、キサは言われずとも理解していた。

末姫衆。自分の呼び名を冠したこの衛団《えいだん》においてすら、キサは力を奮うことを期待されていない。キサが期待されているのはただひとつ、そこに在ることだけだった。

きょうだいに遙かに劣る自分が、上辺《うわべ》だけの丁重さの陰でなんと呼ばれ、どう思われてきたかは知っている。冥凪の一体もまともに滅ぼすことができない出来損ない、役立たずの無力な捨姫《すてひめ》。

そうだとしても、とキサは思う。わたしはなんとしてもこの役割を果たさなければならない。蒼衣《そうい》の血を引く者としてのわたしに与えられた、わたしが得ることができた、たったひとつの役割を。

胸の内で繰り返し言い聞かせているあいだにも、刻々と時間は過ぎ闇は濃くなっていく。吹きすぎる夜風は無数の冷たい鞭《むち》となり、繰り返しキサの体に打ちつけた。四肢の先は氷雪のように冷えて今や痛みさえ感じ、だが陣闘衣《じんとうえ》の下には冷たい汗が浮き、幾筋《いくすじ》も伝っては落ちていく。

それでもキサは、組み合わせた四本の脚に布を張っただけの簡素な椅子の上で背を伸ばし、身じろぎもせず、ただ膝の上に揃えて握り締めた己《おのれ》の手をじっと見つめ続けていた。

「末姫《すえひめ》さま」

落ち着いた女性の声が、静かにキサを呼んだ。

「ヤガさまの差配に従い、末姫衆はみな定められた配置へと向かいました。半刻ののち、始めて頂きたいとのことです」

「――わかりました」

掠れる声で答えると、キサは首からかけた革紐《かわひも》をそっと両手で手繰った。先端には、ちょうどキサの拳ほどの大きさの、歪《いびつ》な灰色の珠《たま》が繋がっている。

「御髪《おぐし》が乱れてしまわれましたね」

女性の声は穏やかで恭しく、キサの身を縮めさせている息苦しさなど微塵《みじん》も感じていないかのようだった。

「僭越ながら、結い直させていただいてもよろしいでしょうか」

お願いします、と応えたキサの背後に、足音もなく近づくひとの気配があった。振り向いたキサの目が、背の高い女性の姿を闇の中で辛《かろ》うじて捉える。

「ありがとう、ノエ。気づかってくれて」

女性が息を呑む気配。

「――覚えていてくださったのですか。私などの名を」

「もちろんです」

微かに震える声で、けれどはっきりと、キサは言った。

「恐れ多いことです」

呟くように言ったあと、ノエは少しのあいだ口を噤《つぐ》んだ。

「──末姫さまの御身《おんみ》は、私が身命を賭して必ずお護りいたします。どうかただご一心に、鈺珠《ぎょくじゅ》を使うことに力をお注ぎください」

はいと短く応え、キサは正面へ向き直った。もはや自分のものと思えないほど冷たくなった指先の痛みに耐えながら、何も見えない闇を、その奥に造り上げられているはずのひとの天敵、冥凪の巣を両の目でじっと見据える。そうしてキサは手を伸ばし、胸元に下げた歪な珠──鈺珠を、そっと両の手で包み込んだ。


足裏の柔らかな感触が、足元がやや湿った土壌であることを伝えてくる。それなのに、土の匂いも、木々の発する香りも感じることができなかった。鼻孔に届くのはただ、否応《いやおう》なくひとの命の終焉を想起させる、錆《さ》びた鉄と吐瀉物の腐臭が混じり合った空気ばかり。

撤退開始からどれだけの時間が経過したのか、もはやキサにはわからなかった。何が起きたのかどこに向かっているのかすらわからず、ただ導かれるがまま闇の中をひたすら逃げ惑ってきた。

その足が止まる。

無論キサの意志ではない。周囲を護る、大きく数を減らした末姫衆が一斉に動きを止めたのに揃えて、息を殺して動きを止めたのだ。

まるでそれを見ていたかのように、風もまた止まった。

木々の梢が奏でていたざわめきが静まっていく。淀《よど》んだ空気に押し出され、逃げ出すように葉ずれの音が去っていった。

湿気と腐敗に染め上げられていた大気の中に、ふつふつと敵意が満ちていく。陰りが濃くなっていくばかりの森の中、身動きできない樹木や背の低い下生えはもちろん、木のうろに地面の底に茂みの中に身を潜めた獣や虫の全てが息を殺し、身動《みじろ》ぎひとつせずただ恐れ、黙りこくっていた。

耳が痛いほどの沈黙が、辺り一帯を支配する。つい先刻までは遠く微《かす》かに聞こえていた断末魔の呻き声も祈りの言葉も、今は見えない手で押し潰され、封ぜられたように消え失《う》せている。

汗を吸い、膚に張り付く陣闘衣、その上に重ねた着慣れたはずの殻短甲《かくたんこう》がひどく重い。両足の筋肉が自分の意志とは関係なく小刻みに震えているのは、疲労のためかそれとも恐怖のためなのか。

「末姫さま」

囁くような声で呼ばれ、顔を上げた。視線の先にあったのは、岩を積み上げて作ったかのような背中だ。だが、いつもであれば圧倒的な熱量と存在感を放っているはずの肉体は今、暴風に辛うじて耐える若木のように危うげだった。

「ヤガ?」

泰然と聞こえるようにと願いながら発したキサの言葉は、残念ながら僅かに震えを帯びていた。だが姫衆頭は気にする様子もなく、振り向くことすらせずに言った。

「いま少し後ろに、私から離れていてください。墨、いるな」

即座にキサのすぐ後ろから、こちらに、というノエの声が聞こえた。

「姿勢を低く。末姫さまをお護りしろ」

「畏《かしこ》まりました。——末姫さま、こちらに」

足音も立てずに近づいてきたノエに導かれるまま、キサは後ろにさがって体を闇の中に低く沈めた。ノエもキサも、なぜとは問わない。ヤガが全身から発する空気には、そうさせないほど張り詰めたものが満ちていた。

ヤガの左手には、長年共に死線をくぐり抜けてきた長槍《ながやり》があった。他の黒衣が使う槍より五割は長く、太さと重さに至っては倍に近い。間合いは伸びまた威力も増すが、そのぶん意のままに扱うのは困難な代物だった。一騎当千を誇る一ノ宮の黒衣の中でも、これだけの大身槍を使いこなせるものはそう多くはない。

その業物を中段に構え、ヤガは眼前の闇に対峙する。

辛うじて輪郭だけが捉えられるヤガの姿を、キサは食い入るように見つめた。静まりかえった闇の中、鼓動する自分の心臓や、押し殺《し》した呼吸音が耳障りなほどに喧《やかま》しい。脂汗が額に浮き、次から次へと流れ落ちては目に沁みる。だが両の目がどれほど痛んでも、キサは瞼《まぶた》を閉じることはもちろん、汗を拭うことすらできなかった。

ぎっ、と何かが軋む音が小さく、短く響いた。

なんだと思うより先に、ヤガの体が動く。

ひゅっ。

短く鋭い呼気が発せられると同時に、ヤガの体が大きく沈み込む。右足が大きく前に踏み出され、同時に体が均衡を失うほど大きく右へと捻られた。地を這うような歪で低い体勢を、ヤガは丸太のような足と鍛え上げた筋肉の力で強引に維持する。

ヤガの体が遮っていた視界が一瞬開けた。だがその先に見えたのは、何ひとつ判然としない、どこまでも続く闇。

それなのに、キサの全身ははっきりと感じ取っていた。一直線に飛び出してくる相手から発せられる、明らかな敵意を。ひとのものとはっきりと異なる、ただキサへと真っ直ぐに向けられた、強く迷いのない殺気を。

身動きする暇もない一瞬のあいだに、ヤガの全身がまるで見えない巨人の手で絞られたかのように、あり得ないほど捩《ねじ》れ捻られた。あまりに歪な姿にキサの息が止まった次の瞬間、ヤガの身体が、全身の筋肉の一本一本までが撓《たわ》み溜め込んだすべての暴力が、一気に爆発した。

長槍が、雷鳴の速さで突出する。

真上だ。

頭上から礫《つぶて》のように降ってきたそれを、ヤガの長槍は的確に捉えた。頭部第二節、長大な体央のただ一点。並の槍、並の使い手であれば硬い甲殻に阻まれるだろう敵の唯一の急所を、ヤガは溜め込んだ全身の力で貫いた。

ぎいん、という甲高い音が響き、火花が散った。

一瞬の光に照らされたそれを、キサの目がはっきりと捉える。ヤガの巨軀の倍はあるだろう、蜈蚣《むかで》に似た巨大な怪物。平たい頭部から突き出た二対の目、大小四つの歪な球体には瞳孔も瞼もなく、だがどれもが自分を見ているということだけははっきりとわかる。目の後ろから長く突き出た対の触角、甲殻に覆われた節のある体。成体だけが持つ風切り翅は完全に展開されており、その幅は全長をも超えていた。第三節から伸びた主脚はまさに振り下ろされんとし、腹部に生えた爪のような無数の腹脚は、キサを呼び寄せようとでもするかのように全てがざわざわと蠢いている。

冥凪。中でも最も高い攻撃力を有する、〈蜈蚣〉。

一ノ宮が数百年にわたって争い続けてきた、恐るべき天敵。ただひとを斃す、喰《く》いすらせずただ屠って斃すためだけに湧き、這い、蠢く怪物たち。生身のひとが冥凪の攻撃を直《じか》に受ければ、どれほど鍛え上げていようとも肉は爆《は》ぜ骨は砕け、十中八九命を落とす羽目になる。

その姿が、キサの視界を塞いだのは一瞬だけだった。

落下の勢いをそのまま返された〈蜈蚣〉の体は、不自然に捩れてから大きく跳ね、樹木の影へと衝突した。木々が撓み軋んでへし折れ、無数の葉が散る音がいっときに薄闇の中に響いた。

圧《お》し殺していた呼吸をキサが再開できたのは、風が葉を揺らす音の他は何も耳に届かないと、長すぎるほどの時間確かめてからののち、ようやくのことだった。


「――見えました。凮川《ふうちゅあん》です」

ノエの声が告げたのは、数刻に渡る闇の中の行軍の末、キサの意識が疲労で朦朧《もうろう》とし始めたころだった。

全員の足が自然と速くなると間もなく樹林が途絶え、岩だらけの開けた場所に出た。川岸まではまだ少し距離があるものの、ようやく雲が晴れてくれたため、星明かりを反射して煌めく水の流れがキサの目にも映る。

「なんとか辿り着けたか。ここまで生き残ったのは――」

ヤガが振り返って尋ねた。

「末姫さまを含め、七名」

行軍中ずっとキサのすぐ後ろに付き従っていたノエが、平坦な声で応じた。

「うち五体満足なのは末姫さまとヤガさま、それに私のみ。他の者は移動はともかく、冥凮との戦闘は困難と見ます。連絡係のカヂが飛信《ふえいしん》と一緒に斃されてしまったため、助けを呼ぶ手段もありません」

「よく見ている、さすがは墨だな」

ヤガが、皮肉を隠そうともしない口調で言った。

「味方に何が起ころうがどれだけが斃されようが、ただ見聞きし覚え生き残り、報告することこそが最上。それを信条とし恥とも思わぬだけのことはある」

一瞬凍りついたように動きを止めたものの、ノエはなんの感情も浮かんでいない表情のまま、無言で静かに頭を下げた。

星明かりの下で見る彼女は細身で、背丈はキサより頭ひとつほど高い。誰もが鍛え上げた肉体と豊富な戦歴を誇る末姫衆の中で、ノエの若さと体軀はどうしても目を引いた。加えて、キサや他の末姫衆の誰もが皆、戎衣《じゅうい》——即ち戦着《いくさぎ》である陣闘衣の上に革短甲《かわたんこう》なり金軽甲《かねけいこう》なりを纏《まと》って身を護っているのに対し、ノエが陣闘衣だけの身軽な姿であることがいっそう異物であるとの印象を強くさせている。

「ヤガ」

思わず、キサは口を挟んでいた。

「ノエはみなと同じように、命を賭けてわたしを護ってくれています。ですから——」

それ以上キサが言う前に、失礼しました、とヤガが慇懃《いんぎん》に頭を下げる。自分を抑えようとでもするかのように深く大きく息を吐いて表情を改め、真顔になってノエへと向き直った。

「確かに墨と言えども同じ一ノ宮の者、加えて今は同じ末姫衆の一員だ。頭に血が上った。許せ」

「——わかっております」

目も合わさず、抑揚のない声で答えるノエに、ヤガの目が一瞬細められた。だがキサの視線を感じとったのかあるいは自制を取り戻したのか、一拍おいたのち、では、とヤガは平静な声で続けた。

「改めて、貴様の知識を頼らせて貰《もら》おう。ここがどの辺りか見当はつくか」

「恐らくは」

ノエは周囲を見回すことさえせず、即答した。

「丹際砦《にぎわとりで》まで一里半、というところかと。このまま上流へ向かえば道があるはずです」

「確かか」

「あちらに」

ヤガの問いに、ノエは闇の中、凪川の上流を指さした。

「橋の影が見えます。私の記憶が確かであれば、あれを渡った先の道が、丹際砦にまで至るはず」

「俺には何も見えんが――」

ノエの指した方向に目を向け、ヤガが言った。

「当てにして構わんのだな」

「はい」

即答したノエに、わかった、とヤガが短く応じた。そのままキサに向き直り、背筋を伸ばし姿勢を正して問う。

「この場で四半刻の休憩を取り、その後丹際砦を目指して撤退を再開したいと考えます。よろしいでしょうか」

ヤガの問いが形式に過ぎないことは、キサをはじめこの場の誰もが知っていた。だからこそ命を懸《か》けた撤退のあいだは自《おの》ずと蔑《ないがし》ろにされたのだし、再び形式をとることができるようになったことが自分たちが安全な場所、凪川の河岸までたどり着いたのだという実感と安堵とを全員にもたらしもした。

凪川は、いかにも清らかな流れという見た目に反し、魚介類以外の生き物にとっては毒の川だ。煮沸《しゃふつ》か入念な濾過《ろか》を経ずに口にするなり身に浴びるなりすれば、ひとにとって凪川の水は、即死こそしないものの確実に寿命を削る毒となる。だが冥凪にとってのそれは、即効性の、体すら腐らせる猛毒として作用した。

だからこそひとは危険を冒してでも、凪川の傍に高い壁で囲まれた町々を、六つの宮を造り上げてきた。宮壁《きゅうへき》のすぐ外に凪川の水を引き込み巡らせた堀を築くことで、冥凪の姿は目に見えて遠ざかった。まして本流、凪川の河岸まで冥凪が入り込んでくることは極めて稀《まれ》だ。

「はい。そのようにしてください」

ありがとうございます、と一礼してから、ヤガは自然とキサを中心として円形に並んでいた他の五人を見回した。

「各自周囲を警戒しつつ、四半刻の休みを取れ。凪川まで出たとは言え、油断はするなよ。――墨、少しいいか。済まないが手伝って貰いたいことがある」

ノエがちらと自分を見たのに気づき、キサは頷いてみせた。墨であるノエは常にキサの傍にあり、その身を護りながら出来事の全てを記憶せねばならない。無論ヤガがそれを知らないはずがない。その上でなおノエを呼んだからには、それだけの理由があるのだろうと思ったのだ。

キサの頷《うなず》きに背を押されるように、ノエはヤガと共にキサに背を向け、何かを話しながら凪川に向けて歩いて行った。

「——末姫さま。もしよろしければ」

いつの間に用意したのか、残った黒衣のひとりがキサの足元に手頃な大きさの流木を用意してくれていた。促されるままに腰を下ろしたキサの意識は、緊張の糸が途切れたことによって積み重なった疲労に抗《あらが》う術を失い、たちまちのうちに儚《はかな》く薄れ、眠りに落ちていった。

だから——そこから先、キサの記憶は断片的にしか残っていない。

突然の激しい衝撃、そして不意に全身を覆った浮遊感。

目を覚まし見開いた目で捉えたのは、無数の星が瞬く夜空だった。

どこか遠くで怒声が聞こえた気がしたが、誰の声なのか、何を言っているのかはわからなかった。何が起きたのかと考えることすらできないまま、次の瞬間には全身に激しい衝撃を受け、キサの意識は闇の底へと沈んだ。

2

この季節には珍しい強い突風が、高空を浮遊するタイクーンの巨大な紡錘形《ぼうすい》の体を襲った。

直前に気圧と微かな風音の変化に気づいた生《いくる》の体は、反射的にタイクーンを覆う包み網に四肢を差し込み、全力でしがみついていた。生が自分の行動を意識するよりも速く、全身を吹き飛ばしかねない衝撃が体と脳と内臓とを揺らし、四肢の全てがでたらめな方向に、千切れんばかりの強さで引っ張られる。

包み網に絡みつけた四肢、胴を支える肩と股関節が砕けそうになるほどの激しい痛みに襲われ、だが生は割れんばかりに歯を食いしばって必死に耐えた。手を放すわけにはいかない、少なくとももう一度必ず大きな揺れが来る。それを耐え凌《しの》がなければ遙か二十廣《ひろ》下の地面まで、礫のように叩き落とされてしまうだろう。

幾度もの手痛い経験に裏打ちされた生の予想通り、高空まで流されたタイクーンの体は限界まで伸びてぴんと張った舫《もや》い綱に引き戻され、跳ねあがるように大きく弾んだ。銛《もり》を打たれた大魚が暴れているかのような動きに、生も、同じようにタイクーンの表層に貼りついていた錆衣《せいい》の保子《ほす》たちも、振り落とされないよう命懸けで包み網にしがみつく。

激しい揺れは容易には収まらない。巨体に比して驚くほど軽い自重しか持たないタイクーンは、体内のほとんどを占める気嚢《きのう》によって体軀を高空に浮遊させる一方、移動どころか己の姿勢を制御する術すら有していないからだ。強風に吹かれれば吹かれるだけ激しく揺さぶられ、揺れが収まるにはただ時間が経つのを待つ他にない。

もう大丈夫だと思えるまで、たっぷり四半刻が必要だった。無論いつでもタイクーンは揺れている、高空でその巨体が静止することはあり得ないのだから。だが揺れ幅に体が違和感を覚えず、五感のどれひとつとして異常を感じてはいない——そう確信できるまで待ってからようやく、生は目を開いた。

何よりもまず最初に首を捻り、下方を、つまり地面までの距離を確かめる。

遙か遠くに、綱留《つなど》めの森が見えた。舫い綱を結わえられた大樹の列の思いも寄らない小ささ、それが意味することに生は愕然となった。この高さは二十廣どころではない、少なく見積もっても三十廣はあるだろう。

監督役の小宰領《こさいりよ》に指示された保子が何人も、巻胴に取り付いて必死で舫い綱を巻き取ろうとしているのがごま粒のように小さく見えた。だが元の高度まで下ろすには、どう考えても二、三刻はかかる。タイクーンを上げるのは容易だが、下ろすのは大仕事なのだ。

目を凝《こ》らしても、地上にはそれ以外に変わった点は見当たらなかった。これまでに何百回と見下ろしてきた光景だ。僅かでも違いがあれば、多少遠くなったところで保子の中でもずば抜けて目のいい生が見落とすことはない。あの揺れで落ちてしまった保子がいないらしいことに、生は短く安堵の息を漏らした。

だが、だからといっていつまでもこうしてはいられない。日没まで二刻もないのだ。タイクーンが引き戻されるのを待っていては夜になってしまう。暗くなってからの降下は、経験を積んだ保子にとっても危険な行為だった。たとえ普段の五割増しの距離になろうとも、いや距離が長いからこそ、少しでも早く地上に向けて下り始めたほうがいい。

幸い四肢は硬く強ばっていたが痛みはそれほどなく、普段通りとはいかなくても動くのに支障はなさそうだ。胸に回した命綱も切れてはおらず、大きく頑丈な釣り針状の留《と》め鈎《かぎ》も、しっかりと包み網の結節を捉えたままになっている。慎重に幾らか体重をかけてみたが、見た目の通り鈎も綱も問題はなさそうだった。

今日の仕事が凬種《ふしゅ》の回収だったのは幸いだった。お陰で生が貼りついていたのはタイクーンの側面で、舫い綱までは比較的近い。左手で包み網に摑まったまま、生は右腕で凬種を詰めた腰包《ようほう》を結わえ直した。ここからなら、右手下方の舫い綱が一番近い。

あまりにも巨大過ぎるため、表面に貼りついた状態で見るタイクーンは空に浮かんでいる、乳白色の湾曲した壁面としか思えない。まるで緩やかに曲がりながら、どこまでも続いているかのようにさえ見える。だが実際は、この壁は巨大な細長い卵を横にしたような風船の表皮であって、大理石のように滑らかに見える表面も手で触れてみれば細かな凹凸《おうとつ》を持ち見た目よりもずっと柔らかく弾力があり、ひとときそう変わらない熱を孕《はら》んでいることがわかる。

この、放っておけば風に吹かれるまま、どこまでも飛んでいってしまう代物を引き留めるため、タイクーンは包み網で覆われ、そこに結わえられた舫い綱によって一定の場所と高さに留められているのだ。

　包み網の網目はひとつおよそ半廣の方形。包み網全体は、タイクーンの成長に合わせて少しずつ広げられてきたものだ。上空で網を繋いでゆく編み役は、保子の仕事の中でも最も危険なもので毎年必ず死者が出る。だが手間賃が飛び抜けていいのでなり手には事欠かなかったし、それだけの費用を支払い、危険を冒すだけの価値がタイクーンにはあった。数ある仔《つあ》凪《いぶ》の種の中でもタイクーンだけが、三ノ宮の根幹のひとつ、生きている道具と呼ばれる仔凪の食餌である凪種を生成できるからだ。

　凪種はタイクーンの体側やや下方に生えている、三十本ほどの排種《はいしゅ》管の中に溜められている。生の身長ほどの長さと大人の腕ほどの太さがある排種管の先端開口部から腕を差し込み、生成された凪種を抜き出して集めるのが回収役の仕事だった。排種管を痛めてしまわないよう、回収役ができるのは腕が細く手の小さい者に限られている。生は今年で十五だが、この仕事ができるのは長くてもあと二、三年だろう。

　凪種は生まれたての赤ん坊のこぶしほどの大きさのごく軽い球だが、今日一日で生が集めた数は二百を超えていた。全てを腰に下げればそれなりの重さにはなるから、勢い移動は慎重にせざるを得ない。最寄りの舫い綱に向けて生は、まず命綱をつなぎ止める留め鈎を隣の網目に移し、それから体を同じ網目へと移動させた。身体の安定を確保してから次の網目へと留め鈎を移し、抜け落ちないことを確かめてから同じ網目へと移動する。半廣の網目をひとつひとつ移っていくから移動は決して速くない。だが焦って確認を怠ったり、網目をひとつふたつ飛ばすことの危険性は嫌というほど知っていた。

無理のある姿勢でいるところを突風に吹かれたり、手足を滑らせてしまったりした保子たちを、生はこれまで何人も見てきた。半数は保子を続けることができなくなり、残りの半数は命を落とした。落下して原形をとどめない姿になった者も、命綱で宙づりになったまま干からびて死んだ者もいる。保子を務める錆衣の命は恐ろしく軽い。助けが来ることなどけしてない。死にたくないのなら、どれほど慎重であっても過ぎることはないのだ。

舫い綱は排種管のさらに下に、左右四本ずつ、計八本が結わえられている。そのうちの一本に近づくにつれ、生は反対側からやってきた別の小柄な保子に気づいた。だがどこか様子がおかしい。なぜ、と考えたときには答はわかっていた。動いていないからだ。多少なりとも経験を積んだ保子ならば、少しでも早く動くべきことはわかっているはずなのに。

相手の顔には見覚えがあった。確か二つ年下、十三になったばかりの累《るい》という娘だ。

タイクーンの保子が誰でもそうであるように累もまた、陽に焼けた浅黒い膚、短く刈った髪に汗止めの鉢巻きを巻いていた。着衣は生と同じ鼠《ねずみ》色の上衣に裾を縛った膝丈の半袴《はんばかま》、それに凪種を詰め込んだ腰包を尻の上に巻いている。だが彼女の顔色は、遠目で見てもはっきりとわかるほどに青い。

理由はすぐにわかった。

命綱の先に付いているはずの留め鈎がない。本来の半分ほどの長さしかない命綱の先は、落下を防ぐためだろう包み網に直接結わえられていたが、あの状態ではせいぜい隣の網目に移動するくらいしかできないだろう。

生の接近に気づいた累が顔を上げた。表情に、希望と絶望とが同等に混じり合う。

この距離では声をかけても聞こえはしないだろう。生は無言のまま、大きく頷いて見せた。意図が伝わったのか、累の顔に幾ばくかの安堵が浮くのが見える。

首を伸ばし、残りの網目の数を数えた。舫い綱まであと八つ。そこから累がしがみついている場所までは、恐らく四つか五つ。

焦るなと何度も自分に言い聞かせながら、生はひとつずつ網目を詰めていった。舫い綱が結わえられている網目を越え、すぐそこといってもいい距離にまで近づく。間近で見る累は、今にも泣き出しそうな表情を浮かべていた。

「鈎は」

「突風に煽られたときちょうど移動中で、手を放していて」

震え声で答える累の言葉で、生はおおよその状況を理解した。突風に煽られ、吹き飛ばされそうになった累の全体重を引き止めた命綱が、一瞬の負荷に耐えることができなかったのだ。

「命綱が切れるのが見えて、咄嗟《とっさ》に手を伸ばしたら網があって――どうやって助かったのか、自分でもわからない」

包み網にかけられていたはずの留め鈎は、反動で弾かれたのかどこにも見当たらなかった。短く切れてしまった命綱だけで包み網の上を移動するのは容易ではない。ましてや舫い綱を辿って降りるなど、経験が浅く腕力も強いとは言えない累には到底できることではない。生はちらと空を見る。既に視界はずいぶん暗くなってしまっていた。日没までの猶予はほとんどない。

「お願い、助けて」

わかった、と生は即答した。タイクーンの上で起きたことは、自分たちだけでなんとかするしかない。ここまで助けが来る可能性など皆無だからだ。自分の命をかけてまで、保子の——錆衣の命を救いに来る者などいない。

「なんとかする。もう少し頑張って」

左腕を包み綱に絡めて体を固定し、生は自分の胸に巻き付けてある命綱をほどいた。全体重が片腕と両足にのしかかるのをなんとか堪《こら》え、ほどいた自分の命綱を累が胸に巻いている命綱の残りに結わえてゆく。

左右どちらであっても、片腕で綱をほどき、操り、結ぶのはタイクーンの保子であれば必ず身につけている技能だ。上空ではその巧拙が運命を分けることも珍しくはない。生も無論、綱の扱いには長《た》けていた。

とは言え、他人の体に命綱を繋ぐのは初めての経験だった。ましてやここは地上ではなく普段では考えられないほどの高空で、加えて刻一刻と暗さが増していく。累の体に命綱を固定するためには何度も移動せねばならず、命綱なしでは体勢を維持するのも容易ではない。一日分の疲労が溜まった生の手足は、時間が経つにつれてずっしりとした錘《おもり》が幾つも付け加えられていくかのように重さを増していった。

それでも、なんとかやりきった。片腕でどこまでしっかり結わえられたか自信はなかったが、それを確かめる術はない。あとはこのまま、地上に戻るまで保ってくれることを祈るだけだ。

「体重を預けるときは慎重に、少しずつ」

難しい顔のまま無言で頷くと、累は命綱に体を預けて左手を包み網から放し、隣の網目へと腕を伸ばした。恐怖からかそれとも疲労からか、指先が震えている。手を貸してやりたかったが、累に命綱を譲った生も今は自分の体を支えるので精一杯だった。

二人が舫い綱まで辿り着いた時には、もうかなり薄暗くなっていた。地上に赤い光が幾つも灯されているのが視界に入る。

かなり巻き戻されてはいたものの、舫い綱は未だ、普段よりかなり引き出された状態のままだった。反面風下へと流されたため、舫い綱は比較的緩やかな角度で地上まで続いている。不幸中の幸いと言うべきか、これなら垂直に近い舫い綱を降りるのよりはずっと楽だ。

あとは舫い綱に命綱を回し絡めて、降りていけばいい。子どもの胴ほどもある舫い綱に一定間隔で作られている瘤に命綱を引っかけ、落下の速さを調整しながら少しずつ下っていくのだ。命綱の操作はもちろん容易ではないが、最も重要なのは一定の周期で同じ動作を繰り返し続けることで、登りと違い四肢の力はそれほど必要ではない。

命綱の強度を確かめる累の顔は、もうすっかり落ち着いていた。移動中、累が何度も体重を預けたことによって、結び目は却って強固に締まっているはずだ。本来の結び方ではなくても、地上までならば保ってくれることだろう。

累も同じ結論に達したらしい。大丈夫そう、と自分に言い聞かせるように言って、顔を上げた。

「生はどうするの」

「降りるだけだから、なんとかできると思う」

表情を変えないように気をつけながら、生は答えた。

「ただ、できたら僕の凬種を預かって欲しいんだ。少しでも軽くしておきたいから」

わかった、と累は応えた。体を捻って腕を伸ばし、生の腰から腰包を外すと自分の腰包に重ねるように巻き付ける。それを終えると迷いのない手つきで包み網に掛けていた留め鈎を外し、ぐるりと舫い綱に回してから自分の胸に結わえた命綱へと結わえた。綱と留め鈎の架かり具合を確かめるため、累が慎重に少しずつ体重を掛けていくのを生は緊張しながら見守っていたが、見る限り問題はないようだった。

累は一度、大きくゆっくりと深呼吸をした。終えると直ちに間を置かず、慣れた動作でするりと包み網から両足を離す。命綱と重力とが体を引くのに任せてくるりと反転し、時機を過たず舫い綱を両足で挟み込んで取り付いた。降下の態勢だ。

「気をつけて」

うん、と応じた累の表情に、もう躊躇《ためら》いはなかった。

「少しあけてから降りるよ」

わかった、と答えるなり、累の体が滑り降りていく。とん、とん、とん、と命綱が瘤にかかるたびに両腕と体重移動で上手に綱を操作し、速さを調整しながら見る見るうちに下って行った。

そのあいだも、世界の明度は落ちていく一方だった。

この暗さの中を生は、これから命綱なしで降りていかねばならない。幾《いく》らか下ったとはいえ、地上まで二十五廣はあるだろう。無論容易ではない。だが、やるしかなかった。

躊躇えば躊躇うだけ陽は沈み、状況は悪くなる。心を決めて、生は舫い綱に手を伸ばした。太さのある綱は生の手の大きさでは握ることはできない。左手をかけ、次に右手を伸ばして自分の左腕を――

そのときだった。

狙い澄ましていたかのように、闇の中を吹き抜けて突風がタイクーンを襲った。巨体を大きく揺らし吹き上げるほどのものではなく、命綱があればなんなくやり過ごせただろう程度の風だ。だがその瞬間、生の体をつなぎ止めていたのは舫い綱に掛けた左手だけだった。

両腕が、不意に重量から解放された。

あっと思ったときには、体が空気の上に乗ったかのように感じていた。

不思議と何も考えることができず、恐怖さえ覚えず、ただ空中に放り出されたのだという理解だけがあった。

まるで静止したかのような感覚は一瞬で消えた。急激な加速が、むき出しの膚を激しく打つ風の痛みと、内臓が持ち上げられ、弄ばれているかのような不快な感覚となって全身を覆う。だがそれに恐怖を感じることはなかった。生が感情を動かされるよりも先に全身を、かつて経験したことのない激しい衝撃が襲ったからだ。

幸いと言うべきか。痛みを感じるよりも前に生の意識は失われていた。

冷たい水を全身に浴びせられて、生は思うように動かない瞼をこじ開けた。

焦点の定まらないぼやけた視界の中に、ぬっ、と小宰領の細面《ほそおもて》の顔が現れる。

「気がついたか」

言葉が聞こえてから理解できるまでに、少し時間がかかった。生が頷くまで、小宰領は何も言わず、ただ黙って待っていた。

「動けるか？」

まだ、と返事をしたつもりだったが、喉がかれたような、意味のない嗄《しわが》れ声しか出なかった。普段なら不機嫌そうに聞き返すはずの小宰領はだが、短くそうか、と応じた。

「まあいい。歩けるようになったら勝手に帰れ」

「──累、は」

掠れてはいたが、辛うじて意味のとれる声が出せた。

「降りてきたさ。お前よりだいぶあとにな」

ふん、と小宰領は鼻で笑った。

「留め鈎はあとで返して貰っておけ。――累」

上半身を捻った小宰領が、背後に向けて怒鳴るように言った。

「なくしたぶんの鈎は自分で用意しろ。今日のやり残しは明日まとめてだ。いいな」

小宰領の視線を追ってようやく、生は薄闇の中に何人かの同僚がいるのに気がついた。すっかり陽が落ちて暗くなっていたためにひとりひとりの顔を見分けることはできなかったが、誰もが一様に距離を取り、こちらを直視しないようにしていることだけはわかった。

ああ、そうか。

彼らの反応と、自分を睥睨《へいげい》していた小宰領の視線から、生は理解した。

自分が今どんな姿なのかを。彼らの目にどんな風に映っているのかを。

小宰領が振り向き、今日は終わりだ、とっとと帰れ、と怒鳴った。

三々五々、みなが闇の中に散っていく。全ての足音が遠くに消えたあと、小宰領は横たわったままの生に顔を寄せ、低い声で言った。

「黒錆《こくせい》でもあるまいし、棄錆《きせい》なら棄錆らしく、黙って俯いて言われたことだけやっていろ。他人の世話など焼かず、他の連中のように自分のことだけに汲々《きゆうきゆう》としていればいいんだ」

その声には、はっきりと軽侮《けいぶ》の響きが含まれていた。

「分《ぶ》を弁《わきま》えなければ、そのうち身を滅ぼすぞ。今回はたまたま運が良かっただけだってことを忘れるな。下手をすればひとつで済む死体が二つになってたんだ。それをよく考えろ」

生は何も答えず、ただ黙って小宰領の顔を見返した。

「――ふん」

小宰領は面白くなさそうに鼻を鳴らした。

「まあいい。で、それが元に戻るのに、どのくらいかかるんだ」

小宰領の視線は、無遠慮に生の体に注がれていた。悔しくて、でも、何も言うことはできなかった。

「たぶん、半刻くらい」

動けるようになるだけならその半分くらいだろうと思ったが、それは言わなかった。

「明日も来れるな」

それは問いではなかった。生は黙ったまま頷いた。


小宰領が去ったあと、生は仰向けのまま夜空を見上げていた。自分の体がどうなっているのかは見たくなかった。見なくてもわかっていた。

地面に激突した背中を中心に、四肢の多くの部分までが銀色に鈍く光り、鉄から鋳造した塊のようになっているはずだった。それらの部分は膚の感覚すらない。喋ることはできたから、顔や体の前面はそれほど酷くはないのだろう。それがせめてもの救いだった。

この体のお陰で、死んでもおかしくない高空からの落下に耐えられたのだ。それはわかっていた。だが、だからといってこの能力に感謝することも、誇りに思うこともできなかった。

できそこないの力だ。

自分で御することもできず、一度こうなってしまえばしばらく身動きすらとれない。他の多くの棄鋳と同じように無益と判断され、三ノ塔から棄てられた力だった。

動かない体のままなにもできず、ただ黙って月のない夜空を見上げながら、生はそれをいやという程思い知らされていた。

この体のお陰で、命を失わずに済んだ。

だけど、もしこんな体でなければ、もし、もっと違う力を得られていたら――

考えても仕方がないのはわかっていた。考えたところで、何かが変わることは決してないのだから。

生の周りで、夕闇を待ち構えていた虫たちが鳴き始める。

短い一生を歌い、恋の相手を探すその声が大きくなればなるほど、生は銀色の殻の中に閉じ込められ、世界から遠ざけられていくかのように感じていた。

3

めり込んだ地面から体を引きはがし、思うように動かない体で生《いくる》がなんとか歩き始めた頃には、世界はすっかり闇の中に沈んでいた。

見た目には怪我ひとつないものの、それは二十廣を超える高さから落下しても何事もなく無事だ、ということではなかった。背中や四肢は未だに酷く痛み、吐き気と眩暈《めまい》も残ったまだ。少し深く息を吸うだけで歩みが止まるほど胸が痛むため、呼吸は浅く軽く、恐る恐る行わなければならなかった。

膚が硬質化したあとは、いつもこうなってしまう。確かに銀色の膚は生の体が傷つくのを防いでくれはするが、受けた衝撃を消してくれるわけではなかった。内臓が傷ついたり骨が折れたりする可能性は常にあったし、そうでなくとも頭に受ける激しい衝撃は、大抵の場合酷い眩暈や吐き気を引き起こした。

そして何より、この耐えがたいほどの疼痛《とうつう》。

膚の変質は一瞬で行われるにもかかわらず、そこから元に戻るにはどんなに短くても半刻を必要とした。それまでのあいだ思うように身動きできないのはもちろん、全身に打ち込まれた無数の釣り針がじわじわと引き抜かれているかのような、この怖気立《おぞけだ》つ痛みに耐え続けねばならない。いったん硬質化してしまったら、どんなことをしても回復期のこの痛みから逃れる術はなかった。

だから硬質化してしまったときにはいつも、生は関節が回復したところで体を起こし、たとえ這うことしかできなかったとしても必死になって手足を動かし、眩暈があっても吐き気に襲われたとしても立ち上がり、前に進もうと試みた。そうやって体を動かすことに集中していれば僅かとはいえ気は紛れたし、多少なりとも時間が経つのが早く感じられたからだ。

この異能によって、自分は命を失わずに済んだ。物心すらつかないうちに一方的に与えられただけの力だが。

生が産まれた三ノ宮では、毎年新たに誕生した赤ん坊から三十三人が選ばれ、三ノ塔へと献上される。より強いひと、錆衣《せいい》を産み出すための核として。

選ばれた赤ん坊は、三ノ塔の中で技官職である丹衣《にい》によって異能を与えられる。だがその時点では、赤ん坊がどんな力を得たのかはわからない。それは赤ん坊の成長に応じて少しずつ明らかとなり、七歳の能定《のうさだ》めの儀において丹衣によって精緻に吟味され、判別されることになっていた。

ほとんどの場合、五歳にもなればなんらかの表徴は現れる。生もそうだった。足を滑らせて階段を転がり落ちた瞬間、生の体は初めて膚の硬質化能力を露《あら》わにした。

こうした肉体変化の異能はそれまで類例がなく、生の変化を目の当たりにした丹衣は一様に色めき立った。硬質化した膚の硬さ、丈夫さが、ひとの天敵、恐るべき怪物である冥凮《みょうふ》への対抗手段となりうるのではないかと期待されたからだ。

もしほんとうにそうだったら、と生は思う。あの怪物と戦うだけの力があったら、自分は棄錆などではなく、宮を護り冥凮と戦う黒衣――それも特別な錆衣の力を持つ黒衣、黒錆になれたのだ。

だが、現実はそうならなかった。

幾度かの試験を繰り返したところで、丹衣たちの期待は急速にしぼんで消えた。

生の膚の変化は、外部から与えられる衝撃によってだけ引き起こされ、時機も範囲も、生自身が御すことは全くできなかった。衝撃が広範囲に及んで関節部分まで硬質化してしまうと、身動きすらできなくなってしまう。回復には時間がかかり、ようやく元に戻ってもこのざまだ。こんな体たらくで冥凪と戦えるわけがなかった。

硬くなった生の膚は、確かに冥凪の攻撃を退けることができるかもしれない。だが代償として、最初の一撃で生はなんの役にも立たない鈍色《にび》の塊と化してしまう。時間をかけてようやく回復したところで、まだ身動きもろくに取れないうちに蹂躙され、斃されて終わりになるのは明らかだった。

丹衣らは早々に生に対する興味を失った。七歳となったとき、本来なら数日かけて行われるはずの能定めは僅か四半刻の内に、形ばかりで終わりを告げた。

そうして生は役に立たない錆衣、棄錆の烙印《らくいん》を押されたのだ。

なぜ、どうして。そんなことを考えても仕方がないのはわかっていた。

ひとと冥凪との争いは、記憶されているだけでも数百年に渡って続いている。巨大なものは小山にさえ例えられ、ひと突きどころかひと撫でで何人ものひとを斃すことができる怪物に対し、脆弱《ぜいじゃく》なひとは壁を巡らせた城塞都市、宮を造り、周囲に自分たちにさえ害となる川、凪川《ふうちゅあん》の水を引き込んだ水路を何重にも張り巡らせ、身を護ってきた。

だが、護っているばかりでは、増える一方の冥凪にいずれ必ず滅ぼされてしまう。そこでひとは、一対一で対峙すればまず勝ち目のない相手に、六つの宮のそれぞれに役割を振り分け、特化しお互い協力し合うことで、個ではなく全として対抗できるだけの力を作りだしたのだ。

冥凪と戦い、滅ぼし、ひとの世界を護ることに専念する一ノ宮。一ノ宮の黒衣が使う武器や工業用品の製造を担う二ノ宮。彼らを支えるための交易と商いの中心である三ノ宮――

これらの役割分担と、六ノ宮が見いだした鈺珠《ぎょくじゅ》と呼ばれる冥凪を喰らう蟲《むし》の巣によって、多くの命を使い捨てながらも辛うじてひとは冥凪の侵攻を食い止め、種として生き延びることを成功させてきた。

自分もひとの一員、ひとつの命に過ぎないのだ。だから――

思うように動いてくれない四肢を引き摺りながら、自分を納得させるように生は胸の内で呟く。その目が、凪川の流れの上に建つ、歪な建造物の影を捕らえた。

梁塁《りょうるい》は元々、かつて三ノ宮で凪川の中州上に幾つも造られた、冥凪から逃れるための一時避難所を指す言葉だった。

一ノ宮が多くの労力と犠牲とを払って東西に長く延びる防衛線を築くまで、冥凪が南方の三ノ宮近辺まで入り込むことは決して珍しいことではなかった。梁塁が造られたのはそうした時代のことだ。冥凪が近づけない中州の上に普請せねばならないという制限から、多くは十数人が逃げ込むので精一杯といった程度の規模で、また目的が一時的な避難であったために造りも至って簡素なものだった。そのため、宮壁と水路とを張り巡らせて冥凪の侵入を阻む門町《もんまち》が幾つもできあがったのち、梁塁が役目を終え、足場や土台だけを残して姿を消すことになったのは当然のことといえた。

だがひとつだけ、今も完全な状態で残り、利用され続けているものがある。それがこの、生の目の前にある梁塁だった。

かつてあった同類と比べ、この梁塁は飛び抜けて巨大だった。土台はひとつの中州の上にではなく、複数の小さな中州に設置された基礎を足場としてそれらのあいだを渡るように、即ち梁塁のほとんどが凪川の川面の上に存在するように造られている。その構築には入念な調査と精緻な設計、それを実現するための高い技術力と正確な工作が必要とされた。ここが梁塁の中で唯一朽ちることなく、今なお利用可能であるのはそれが最大の理由だろう。そして今では、ただひとつの生き残りであるがゆえに、梁塁と言えば通常はこの、凪川の川面に浮かぶ異様な建造物のことを指すものになっていた。

ここが、生の住まいだった。

主である老婆、恙《うれい》は元々三ノ塔で丹衣として務めていたのが高齢で仕事を続けられなくなり、引き取り手のない棄鋳たちの生育を引き受けるのと引き替えに、この梁塁を使うことを許されたということだった。生の知る恙は仕事ができないほど老いているとはとても思えず、実際極めて元気でむしろ口うるさいほどだったが、その辺りの話になるとたちまち機嫌が悪くなるために詳しい話を聞いたことはない。

生は、七歳で三ノ塔から棄てられて以来八年間、ずっとここで暮らしてきた。他にも三人の棄錆が暮らしているが、みなまだ幼く、うち二人は十歳にすらなっていない。

これまで梁塁で育った棄錆は大概、十二、三歳になると門町の片隅に安い部屋を借りるなりしてここから出て行った。そのほうが仕事場に近く便利だし、何よりどんな安い部屋であっても、梁塁に比べたらよほど快適で、暮らすのにはずっといいからだ。

だが生は、凪川の上に建つこの歪で使い勝手の悪い建物が、それほど嫌いではなかった。まだ思うように動かない足を引き摺りながら、生は石畳敷きの街道から外れて土手を下り、凪川の河岸へと下りた。川の流れる音が生の全身を包み込む。風の方向が変わり、頬を撫でるそれが一段とひんやりしたものへと変わった。

星明かりの下、流れの上に建つ梁塁は遠くからでも全貌がはっきりと見渡せた。様々な大きさと形の木箱を適当に繋ぎ合わせたようにも、川面に下りた角張った雲のようにも見える。

ここから上流にある中州の幾つかにも、かつて梁塁があったと知れる痕跡があった。大きめの中州の上に造られたものや、隣り合う中州を渡るように土台を造って立ち上げたと思われるものなど、形態は様々だ。だが今はどれもせいぜいが柱や土台、悪くすれば基礎が幾らか残るばかりで、避難所としての建物が残っているところは皆無だった。

そうしたかつての避難所跡のひとつ、梁塁よりもずっと上流にあり、今は柱と土台だけが残っているものを、暗闇の中から生の目が探し出した。この暗さと距離では細かな部分まで見分けることはできないが、隣り合う中州に四つの頑丈な基礎を設置し、それらの上に構築された中規模の梁塁跡であることを生は知っている。

土台があるはずのあたりから、四本の綱が夜空に向かって伸びていた。その先を追った生の視線が捉えたのは、梁塁の半分ほどの大きさの、紡錘形をした影だった。

タイクーンだ。だが、昼のあいだ生が手入れをしていたものに比べるとずっと小さく、よく見れば形もどこか歪であちらこちらに凹凸があり、全体も奇妙に捩れたようになっている。生は目を細めてしばらくその影を見上げていたが、やがて表情を緩めて視線を外し、梁塁に向かって河原を歩き始めた。

河岸から梁塁までのあいだにはいくつかの中州があり、それぞれは上部を平らに削られただけの、橋とも呼ぶのも躊躇われるような丸太によって結ばれている。もちろん手すりなど何もない丸太を、生は幾分か慎重に、だが慣れた様子で渡っていった。ほとんどの丸太は川面と平行だが、最後の一本だけは梁塁へと上がるために上りになっている。生は一定間隔で刻まれた滑り止めに足を掛け、慎重に歩を進めて最後の丸太を上りきった。

上った先は、大人なら五人ほどが同時に大の字になれそうな露台になっていた。床はぶ厚い一枚板が組み合わされたものだ。そのうえに積み上げられた板張りの箱状の小屋の集合体が、梁塁の言わば本体だった。

年下の棄鋳たちはもうとっくに眠っているはずの時間だ。なるべく音を立てないように気をつけて、生はそっと、露台に面している木板一枚の簡素な扉を開いた。

「——ずいぶん遅いお帰りだね」

悲鳴を上げずに済んだのは、これまでも何度かやられたことがあったからだ。

「ちょっと、色々あって」

狭い通路を塞ぐように腕を組み、仁王立ちしている恙に向かって、生はなるべく普段通りの口調で言った。開けた扉から入ってくる星明かり以外に光源がないため、恙の姿は生よりも幾らか背の高い、痩せた影としか見えない。こちらを睨みつけているに違いない恐ろしげな恙の表情が見えないのは、生にとって幸いだった。

生の答に、恙はフン！と聞こえよがしに鼻を鳴らした。

「どうせアンタのことだ、また頼まれもしないのに余計なお節介焼いて面倒ごとに巻き込まれたとか、そういうこったろ」

「そんなことないよ」

小宰領の意見は違うかもしれないけど、と内心思ったが、口には出さなかった。

「誰か怪我させたとか、自分がしたとかでもないんだろうね」

「違うよ。大丈夫」

怪我をしていないのはほんとうだ。少なくとも見た目でわかるような怪我はない。

「ホントにそんならいいけどね。——ま、今夜のところは無事に帰って来たからいい、ってことにしといてやるよ」

恙の口調が少し柔らかくなったことに、生の肩の力が抜けた。

「今日の夕飯は紗麦《さむぎ》が作ったんだよ。すっかり冷えちまってるけどね、ちゃんと食べて明日礼をいいな。いいね」

「――うん」

生は素直に応えた。紗麦は八歳、去年ここに来たばかりの娘だった。無能――棄鋳に最も多い、なんの異能も得ることができなかったとされた者のひとりだ。最初はいつもおどおどして逃げてばかりだったが、最近はずいぶん話をしてくれるようになってきている。

あの紗麦が食事を作ったのか。もちろんひとりで全てやったのではないだろうけど、でも――生の胸の内に、苦い思いが満ちる。きちんと食べて、明日の朝謝って、お礼を言わなくちゃ。

「あのちっこい引っ込み思案が頑張って作ったってのにね、全く間が悪いったらありゃしない」

思わず俯いてしまった生に、で？　と恙が声をかけた。

「どうすんだい今日は。もうずいぶんと遅いけど、新月だ」

「あ――えっ、と」

不意を突かれたせいで、咄嗟に答えることができなかった。

「行くのかい」

重ねられた問いに、なんとか頷く。

「まあいいけどね」

言うなり、もう話はすんだと言わんばかりに恙は踵を返した。

「流れに落ちておっちんだりするんじゃないよ。せいぜい気をつけな」

入り組んだ梁塁の奥、自分の部屋へ戻っていく恙の背中を、生は黙って見送った。

暗い、迷路のように入り組んだ梁塁の通路を、生はぽつぽつと灯る赤い光だけを目印に、慣れた様子で迷うことなく進んだ。全身の痛みはようやく気にならない程度に治まり、四肢の動きもほぼ普段通りに戻っている。体を動かすだけならば、と生は内心安堵しつつ考えた。明日の仕事にも差し障りはなさそうだ。

とはいえ、問題になるのは四肢の可動範囲だけではない。痛みや眩暈が遠ざかるのと入れ替わりに、生の全身ははっきりと疲弊を訴えはじめ、それは歩を進めるごとに強くなっていた。膚の硬質化とそこからの復帰は、毎回こうして生の体力を大きく削り取っていく。回復するには食事と休養しか方法はなく、明日に備えるのであれば今すぐ寝床に倒れ込むべきだった。

だが、生が開けた扉は、ささやかな自分の居室のものではなかった。

そこは歪な梁塁の構造によって偶然に生まれた、狭く半端な空間だった。奥に向かうにつれて狭くなる細長いくさび形をしていて、大人二人が同時に入るのさえ難しいだろう。一応納戸ということになっているこの部屋には、入り口の狭い扉以外には窓のひとつもない。だが室内はぼうっとした赤い光で照らされて、むしろ通路よりも明るいくらいだった。

左手側の壁には作り付けの棚があり、それが部屋の奥まで続いている。生はゆっくりと明滅を繰り返す赤い光を頼りに、入ってすぐの棚に載っていた肩掛け鞄を取り上げ、僅かに残る肩の違和感に顔をしかめながらたすきに掛けた。

棚のほとんどを占めているのは、替えの命綱や留め鈎など、生の仕事道具だった。空いている残りの部分に、ごく小型の、形状も大きさも異なる様々な仔凪が、思い思いの格好で体を横たえている。納戸の中を照らしている赤い光は、そうした仔凪の一種が発しているものだった。

丸々と太った守宮《やもり》のような姿をしているそれは、紅条《ほんちやお》という名だった。ほとんど半球と言ってもいいほどに盛り上がった背面のほぼ全体が、柔らかな赤い光を放っている。成体になればひとの赤ん坊ほどの大きさになり、一匹で大広間を照らせるほどの光を放てるようになるが、ここで休んでいるものや梁塁の通路を照らしている紅条はどれも生の手に乗せられるほど小さく、またほとんどはどこか歪な形をしていた。灯している光も明るくなったり暗くなったりを繰り返し、安定していないものが多い。

五匹ほどいる紅条の中から、生は一番明かりが強い、自分のこぶしより二回りほど小ぶりなものを選んで取り上げた。腹面を鞄の肩紐に押しあてて、体側を何度か軽く擦ってやる。眠っていたらしい紅条はしばらく抵抗していたが、やがて諦めてもぞもぞと四本の足を動かすと、足とひょろ長い尻尾とを肩紐に絡めてしがみついた。

手を放しても落ちないことを慎重に確かめてから、生は静かに納戸の扉を閉め、元来た通路を逆に辿って梁塁の外へと出た。紅条の穏やかな明かりに助けられながら、再び丸太を渡って河岸へと戻る。

顔を上げ、月のない暗い夜空を見上げた。はっきりとした時刻はわからないが、夜半近くにはなっているだろう。

今から行ったとしても、と考え、生は胸の底が抜けたような心持ちになった。辿り着くころにはどうやっても、夜半をずいぶん過ぎてしまう。きっと無駄足になるだろうことは、幾度も繰り返してきた苦い経験から容易に推測ができた。

だとしても、戻って自分の体を休めようとは思わなかった。もし行かなければ、たとえそれで幾ばくかの体力を回復できるにしても、自分が夜明けまで一睡もできずにそのあと幾日も後悔し続けることになるのがよくわかっていたからだ。

生は凪川の流れを背に、南西に向かって進み続けた。進むにつれ、小石ばかりだった河岸に下生えが伸び始め、やがて低木樹が生える林へと入る。枝々によって星明かりが遮られると、生は鞄の肩紐にしがみついている紅条の背を、とんとん、と軽く叩いた。暗く沈んでいた赤い光が幾分か光量を増し、闇の中を進む助けとなってくれる。

二刻近く、生は黙々と進み続けた。何も変わらない光景と、時間が経つのにつれて重くのしかかる疲労が幾度も意識を朦朧とさせたが、そのたび生は唇を噛み、自分の頬を叩くのを繰り返してひたすらに足を動かし続けた。

やがて、低く、繰り返される響きが耳に届き始めた。凪川の流れが奏でる水音だ。

三ノ宮の領域では、凪川は何度も大きく蛇行を繰り返しながら流れている。梁塁の近辺では北西に向かっていた流れは、三ノ塔を囲むように掘り広げられた湖、塔ノ湖《とうのこ》に流れ込んだあと、今度は南東に向けて進んでいく。その後も何度も方向を変えながら、凪川はやがて南東と南西の二つの流れに分岐したのち、それぞれが海へと注いでいるのだった。

生が向かっているのは、塔ノ湖《とうのこ》から再び流れ出した凪川がはじめに大きく進行方向を曲げている辺りだった。ひんやりと湿った空気が生の頰を撫でる。立ち並ぶ常緑樹の樹高が少しずつ低くなり、下生えもやがて姿を消した。足元が湿った土から砂利混じりへと変わったのが、足音と足裏の感触でわかる。粱塁の周辺よりもずっと石の粒が細かい。

林が途絶え、視界が開けた。

再び、凪川の河岸へと辿り着いたのだ。

緩やかな流れが、星の光を無数の細かな破片に砕き、輝いていた。目に映る光景は、この流れが冥凪をたちまち滅ぼし、ひとであっても浸かれば浸かるだけ確実に寿命を削られる恐ろしいものだということを忘れさせるほど、美しかった。

そんな輝きの遙か向こうに、こちらと同じように樹木が伐採され、砂利と石とが敷き詰められた河岸が見える。川幅はかなり広がっていたが、生は暗闇の中、対岸にいつも目印にしている尖った岩があるのを見つけ、ほっと胸をなで下ろした。どうやら今月も、進む方向を間違えずに済んだらしい。

なるべく足音を立てないように注意しながら、生は流れに沿って下流へと進んだ。他に動くものの姿は何もない。ひとはもちろん、生きもののほとんどは凪川には近づかないからだ。どんな生き物も、凪川の流れが少しずつ、しかし確実に自分たちの体を毒するものであることを、仲間の屍の重なりによって学んでいる。

だから生の耳に届くのは、自分の足音の他は、凨川の流れが奏でる音と、時折吹く凨が背後の林を揺らす音だけだった。世界中から自分以外が消えてしまったかのような静けさの中を歩き続け、生はやがて凨川の流れが大きく湾曲している場所へと辿り着いた。

三ノ宮の領域内で最後の、そして最大の蛇行地点だ。

この流れの上流に、三ノ塔がある。

七歳になるまで過ごした三ノ塔のことを、生は断片的にではあったが記憶していた。できれば忘れてしまいたいことばかりだったが、八年経った今も記憶は薄れる気配がない。

その中でももっとも消し去ってしまいたいと願い、それなのに何度も悪夢として繰り返し体験させられてきたのが、幼い頃に偶然目にしてしまった、毎月新月の夜に三ノ塔で行われている儀式の記憶だった。

選別の儀、とそれは呼ばれていた。

六つの宮がある中で、三ノ宮は他を圧倒する繁栄を誇っている。それを可能にしているのはまず、三ノ宮が商業と交易の機能を担い六つの宮すべての中心となっていること。そしてそれ以上に重要なのは、三ノ宮が仔凨《つぁいふ》という恐ろしく便利な、生きている道具を創りだし多数保有しているということだった。

仔凨は自然に生まれる生き物ではない。全ての仔凨は三ノ塔の中で生み出され、育てられ、働かせるに足るとされたものだけが三ノ宮の全域、そして一部が他の宮へと送り出されていく。

　生み出され続ける仔凧の中にはだが、充分な働きができないものもいる。錆衣として期待された異能を得られなかった生と同じように、役割を全うできるだけの力を持てなかったものが。

　そうした仔凧をよりわけ、新月の夜に凪川へと還す――それが、選別の儀だった。

　儀式の存在を知っている者は、恐らくほとんどいないだろうと生は思っていた。恙から、自分以外には絶対に話すなと強く釘を刺されていたからだ。梁塁に来たばかりでまだ何もわかっていなかったころ、自分の話を聞いた恙が見せたあの表情を、生は今でも忘れることができない。

　だから生は、自分がこれからやろうとしていることが決して褒められるようなことではないのは理解していた。もし三ノ塔に知られたら、生も役立たずと見做《みな》された仔凧と同じように、凪川に還されてしまうかもしれない。

　だとしても、生は月に一度のこの深夜の習慣をやめるつもりはなかった。

　凪川へと還される――つまり三ノ塔から凪川へと破棄される仔凧の多くは、未成熟な幼体だ。どれもごく小さく、体重もまだ軽い。ほとんどは還されてすぐに流れに飲まれ、沈み、そのまま姿を消してしまう。

　だが中には、沈むことなく下流まで流され、河岸へと打ち上げられるものもいた。無論自力で辿り着いているわけではない。偶然の力によって浮かび上がり、大きく蛇行する流れから弾き飛ばされて河岸へと辿り着くのだ。

多い月なら一夜に二十から三十四ほどが、そうして河岸まで辿り着く。もちろん、そうやって凪川から逃れ出たところで、ほとんどの仔凪は生き延びることもできずに息絶える。そもそもが出来損ないと判ぜられたものばかりなのだ。どれもが元より十全からはほど遠く、加えてどんな生き物であれ害する凪川の流れに散々翻弄されたあとだ。打ち上げられたところで動かなくなるものが大半だったし、連れて帰り、手当てをし凪種を与えたとしても翌朝まで生き延びられるものさえごく僅かだった。なんとか生き残ったとしても――生の胸元で、普通よりもずっと弱い紅条の光が、苦しげな呼吸のように明滅した。

でも、たとえそうだとしても。

どこかに打ち上げられているかもしれない仔凪を見つけるため、生は凪川が蛇行を始めている場所の少し手前から流れに近づき、半ば這うような姿勢で地面を見回しながら、そろりそろりと進んで行った。

だが、何も見つからない。新月の闇の中であっても目につくはずの白い体が、どれだけ注意深く周囲を見渡してもただのひとつも見つけられない。生きているものはもちろん、既に動きを止めてしまったものさえ。

焦って駆け出しそうになるのを堪え、生はむしろいっそう慎重になって河岸を進んでいく。だが探索が何の成果も出せなければ出せないだけ、頭の中では疑問の声が大きくなっていった。

やはり出るのが遅れてしまったからなのか——胃の腑から湧き上がる苦いものを飲み込みつつもなお、生は探すのをやめなかった。手をつき四つ這いになり、舐めるように地面を探し、ほんとうに僅かずつ進み続け——そんな生の動きは、凪川が最も深く曲がっている箇所、そこを越えた先で止まった。

初めて目にするものが、そこにあった。

新月の闇に沈む凪川の河岸に、世界中に僅かに残った光のすべてを吸い込んだような、白い、歪な塊。

裸のひとがうずくまっているのかと思い、だがすぐにそうではないことに気づいた。仔凪だ。それも一匹ではない。無数の仔凪が寄り集まって、小山のような塊となっている。息を潜め背中を丸め、足音を殺して恐る恐る近づいて行く。少しずつ細かな部分まで判別できるようになってくる。無毛で、白磁のような体表というだけが共通している、大きさも形状も異なる様々な姿形の仔凪たちが、まるで掃き集められでもしたかのように堆《うずたか》く積み重なっていた。

積み重なった仔凪のほとんどが死にかけ、あるいは既に死んでいることはすぐにわかった。体を動かしているものはおらず、本来なら艶と張りがあるはずの体表も多くはくすみ、たるみ始めてさえいたからだ。

早鐘のように心臓が鳴る。こんなもの、聞いたことも見たこともない。これは、一体——混乱に陥りかけていた生の思考はだが、直後、突然に断ち切られた。

自分の呼吸も、心臓の鼓動のことさえも忘れた。

積み上がっていた仔凪の一匹が突然ずるりと滑り落ち、それにつられて何匹もの仔凪も雪崩を打って崩れていき——その下から、仔凪たちに覆い隠されていたものが姿を現したからだ。

それは、仔凪ではなかった。

闇に近い、暗い輪郭。細部ははっきり見えず、だがそれは、確かにそこに存在していた。

あれは——

得体の知れない圧力を感じながらも、呪縛に抗うように生は半歩、前に進んだ。

まるでその動きに呼応するかのように、寄り集まった仔凪の中に混じっていた紅条が、恐らく最後の力を振り絞ったのだろう、小さな丸い背に灯りを点《とも》した。弱々しいぼうっとした赤い光が、ほんの短い時間だけ続き、すぐに冷たい川風に吹かれたように消えた。

その僅かなあいだに、生の目は、はっきりとその姿を捉えていた。

華奢な体つき。灰色の長い髪——

棄てられ凪川へと還された無数の仔凪たちがまるで護るかのように覆い隠していたのは、力無く横たわる、ひとりの少女だった。

4

感情のすべてを削《そ》ぎ落としたような目でキサを見つめ、一ノ宮の蒼衣筆頭、ナギトが言った。

「この一ノ宮、そして蒼衣の歴史は無論知っていよう」

はい、と掠れ強張った声でキサは応えた。

一ノ塔最上階、蒼衣の間。待っていたのはナギトただひとりだった。

同じ蒼衣の血を引いていても、ナギトとキサでは一ノ宮における立場も、認められている価値も天と地ほどに違う。歴代で最も巧みに鈺珠を使い、無数の屍針蟲《ししんちゅう》を操って冥凪の屍を積み上げてきたナギトと、まともに屍針蟲を扱えず鈺珠を与えられることすらなかったキサ。ひとの領域を護る一ノ宮最強の切り札と、万一に備え蒼衣の血を絶やさぬためだけに一ノ塔に押し込められている小娘が、こうして二人だけで会うことなどこれまで一度もなかった。

これはどういうことなのか。

頭を垂れ、緊張のあまり呼吸さえままならないキサのことなど気にする様子もなく、小さな円卓を挟んで向き合うナギトは抑揚の少ない声で淡々と言葉を重ねていく。

「冥凪に蹂躙されるのみだったひとを護るため、真勇を持つ者たちが立ち上がり、北の際へと集った。それがこの一ノ宮、そして黒衣の始まりだ。それ以降の我らの歴史は、雪衣《せつい》が語り伝えるだけでも三百年を優に超える」

それは、一ノ宮に生まれた者が必ず繰り返し聞かされてきた歴史だった。言葉を話すよりも先に繰り返し聞かされる物語を通して、一ノ宮の者はただひとりの例外もなく、自分たちの存在意義を知り己の中に刻み込んでいく。

冥凪を滅ぼし、ひとを護る。

ただひとを鏖すことだけを目的として存在する冥凪には、どんな言葉も理《ことわり》も通じない。その理不尽に抗い、ただこの世界でひとが生き続けていくためだけに、一ノ宮の者全ては冥凪と戦いそれを滅ぼすことだけを目的として生まれ育った。

「始まりの百五十年は、我らと冥凪との、お互いを屈服させようとする企ての繰り返しであったと言える。相手の弱み、強さの秘密を暴いてそこを突こうとすれば、押し込まれた側は護りを固め新たな力を得てこれに対抗する。我らが新たな武具を用いて攻めれば、冥凪は様様に行動を変え武器の強さを試し暴き、遂《つい》には武具の通用しない変異体を生み出した。だが我らもまた、多くの犠牲を出しつつも様々にこれを攻め、急所を明らかにして再び廃滅の術を見つけ出したのだ。百五十年は、この果てのない循環の年月であった」

種としての変異を繰り返して脅威を増す冥凪に対して、ひとは六つの宮がそれぞれの役割を研ぎ澄ませることで対抗してきた。一ノ宮の黒衣は新たな戦術を練り試み、多くの犠牲と共に知識を蓄えて勝ち筋を見出した。二ノ宮は黒衣の経験と要望を元に武具を改良しあるいは新たに作りだし、三ノ宮から五ノ宮は農業と漁業、交易で彼らを支え、六ノ宮はようやくの思いで滅ぼされた冥凪の死骸を腑分《ふわ》けし切り刻みどうすれば少しでも容易に廃滅できるかを調べ、そうして遂に、無数の死体と膨大な努力の末に、新たな冥凪をも滅ぼす術を見つけ出したのだ。

だが、そうやってひとが努力を重ね対抗するごとに、冥凪はまたも変異体を生み出した。その度ひとは押し込まれ、しばしば後退を余儀なくされた。多数のひとが見殺しにされたこともある。町を丸ごとひとつ、放棄しなければならなかったこともある。

それでもなお、ひとは諦めなかった。

「百五十年前、遂に鈺珠が見いだされた。冥凪の外殻すら易々《やすやす》と浸食する、屍針蟲の巣が」

鈺珠は大きいものだと赤子の頭ほどになる歪な灰色の珠で、表面には無数の細かな孔が空いている。その孔の奥に潜むのが、目に見えないほど極小の蟲、屍針蟲であった。

屍針蟲は、珠の核である女王の命令に従ってどんなものでも襲いこれを喰らう。喰らえないものはなかった。何層にも重なる冥凪の外殻すら。

この屍針蟲を操る術はないのか。六ノ宮は二十年を費やして遂にその方法を探し当てた。

「見つけ出したのはまだ年若かった、凪家《なぎけ》の当主」

鈺珠の中心にまで届く穴を穿ち、指を差し入れ女王に触れる。そうして一心に、冥凪を滅ぼすという意志を練り上げていくのだ。その意志はやがて半睡状態の女王に影響を与え、操られた無数の屍針蟲はいっせいに冥凪を喰らうために飛び立った。

これで。これで遂に全ての冥凪を滅ぼすことができる――誰もがそう思った。だが。

「何があったかは知っているな」

それまで淡々と語り続けていたナギトが、初めてキサに語りかけた。

「――はい」

一拍遅れたものの、なんとかキサは応えることができた。強い視線に恐れを感じながらも、なけなしの勇気を振り絞って顔を上げる。

キサより頭ひとつ背の高い体は痩せて、まだ三十を過ぎたばかりであるのに頭髪の多くは既に色を失い、表情は強ばってまるで死者のようだった。ただ視線だけが、けして折れることのない強く固い意志を滾《たぎ》らせている。

「鈺珠を使える者、屍針蟲の女王を従わせられる者が――」

喉の奥に何かが絡みついたように声が出にくい。それでもキサは、ナギトの視線を受け止めて最後まで言い切った。

「凪家の当主、ただひとりだった」

そうだ、とナギトが応じた。

「彼こそが我ら蒼衣の開祖。彼は弟に凪家の当主を譲り、一ノ宮に居を移して黒衣とともに戦った。それが百三十年前」

開祖が残した子らもまた、鈺珠を使うことができた。以来鈺珠は、開祖の血を引く者、蒼衣の血脈によって使われ続けてきた。

だが不幸なことに、蒼衣の血を引いていれば誰もが同じように鉦珠を使えるというわけではなかった。子孫の多くは開祖に及ばず、キサのように僅かな屍針蟲を呼び出すだけで精一杯な者さえいる。

唯一の例外が、ナギトだった。

雪衣が伝えるすべての蒼衣よりもナギトの力は強大だった。十二層のぶ厚い外殻を持ち、小山のような巨軀を有する最大の冥凪、〈瘤つき〉すらナギトの操る屍針蟲は滅ぼしてみせた。

もちろんそれは、ナギトが無敵であるということではない。鉦珠を使い屍針蟲を操るあいだ、蒼衣は意識を完全に女王に向けねばならず、外部からの攻撃に対して完全に無防備となってしまう。しかも屍針蟲による廃滅は、屍針蟲の小ささ故に時間を要した。特に相手の体軀が大きく、動きが速く、数が多くなればなるほど危険は増す。

こうした数々の急所を塞ぐために、廃滅時の蒼衣には御子衆《みこしゅう》と呼ばれる、蒼衣の護衛に専念する黒衣の衛団が随伴した。御子衆は蒼衣の末裔ひとりずつに作られたが、その中でも特に選りすぐりの黒衣によって構成され、また同時に黒衣の入れ替わりが最も激しいのがナギトの御子衆だった。

鉦珠を用いた廃滅はそれほどの危険を伴うものであったが、それを押して行うだけの価値は確かにあった。ナギトが使う鉦珠と屍針蟲の力によって、この十数年、ひとと冥凪の争いが始まって以来恐らく初めて、ひとは自分たちの領域を維持するだけではなく広げ始めていたのだ。

だが。

「この三年ほど、冥凪の動きに再び変容の徴が現れている。これまで冥凪は、初めからすべての個体が姿を現し、いっせいに襲いかかってくるのが常だった。それが変わりつつある」

例えばそれは、巨大で強固な〈腕つき〉がまず姿を現すことで始まる。巨大な〈腕つき〉は黒衣だけでは滅ぼせないため、蒼衣が鉦珠を用いて廃滅を試みる他にない。だがそれが始まるや否や、まるで待っていたかのように〈翅つき〉が飛来し、高空から蒼衣を見つけ出すと急襲した。さして強くもない〈翅つき〉はすぐさま御子衆によって滅ぼされるが、残った血と体液は標《しるべ》となった。そこに多くの〈蜈蚣《むかで》〉を呼び集めるための。

「まさか――」

絞り出すようなキサの声に、ナギトはそうだ、と言った。

「明らかに冥凪は、自分たちの天敵が誰であるのかを理解し始めている。そしてどうすれば我らを斃せるのか、様々に試みを重ねているのだ」

極めて悪い兆しだ、とナギトは言った。

「これまで行動変容によって戦果を積み重ねた冥凪どもは、成果を元に行動変容に最適化した変異体を誕生させてきた。そして変異体の出現は常に、我らが苦心惨憺してようやく手に入れた優位をただのひと晩で灰燼《かいじん》に帰《い》してきた《ぬ》」

ナギトの目が、真っ直ぐにキサの瞳を射貫く。

「変異体を出現させるわけにはいかぬ」

短く、だがきっぱりとナギトは言い切った。

「我らはなんとしても、全ての行動変容が無益であると、何をしても蒼衣を倒すことはできぬと冥凪に思い知らせねばならない。奴らの行動変容にある隙を突き、全てを瓦解させねばならんのだ。だがそれは、容易に成し得ることではない」

ナギトは口を噤み、じっとキサの顔を見据えた。ナギトの視線が放つ圧力に、キサはほとんど恐怖といっていい感情を抱いた。だが。

「――キサ」

不意に名を呼ばれた瞬間、キサは驚きのあまり目を見開き、呼吸さえ忘れた。

一ノ宮において、ひとの価値はどれだけ冥凪を滅ぼせるかによって決まる。自分の価値が皆無に等しいことを、キサは物心ついたときから思い知らされてきた。そんな自分の名を、まさかナギトが覚えており、あまつさえ口にするなど。

「そのために、お前の力を貸して欲しいのだ」

耳に入ってきた言葉の意味が、すぐには理解できない。

「――わたしの、ちから?」

そうだ、とナギトが言った。

「鈺珠を充分に使えないことで、お前が苦しんできたことは知っている。それはお前の責ではないが、そう言われたところで救われはしないだろう」

冷たい鋭利な刃で胸の奥底までを貫かれたような痛みと、できたばかりの傷を温かく包み込まれたような感情が同時にキサの中に満ちた。

蒼衣の血を引いているのに、ひとの守護者の末裔であるというのに、なぜ自分は鈺珠をまともに使うことができないのか。なぜひとを護るための礎になることすら許されないのか。ずっとそう思ってきた。

けれど。

「お前が自分を許すには、蒼衣としての務めを果たすほかない。そしてお前に覚悟があるのなら、たとえ鈺珠が使えなくともお前にできる務めがある。無論容易ではなく、危うく、恐ろしい務めだ。だがもしお前が――」

「やります」

ナギトの言葉を遮って、キサは言った。

ナギトの、キサの頭の中を覗き込むような強い視線が注がれる。覚悟の真贋《しんがん》を問うかのような、すべてを見通すような視線だった。

それを受け止めて、キサは耐えた。表情のない、冷徹な灰色の瞳に懸命に向き合う。ナギトの二つの目が、内に潜む虚無がキサの視線を吸い込んでいく。キサの目に映るのはもはや、濁りのない半透明の灰色だけとなっていた。

「いいだろう」

ナギトの手が、円卓の上に置かれていた小さな木製の箱へと伸びた。箱の表面には、一ノ宮の象徴、五つの玉を護るように身を丸めた守宮《やもり》が精緻な細工で彫られている。ナギトの細い指が、滑らかな動きで小箱の蓋を開いた。

中に入っていたのは、キサの拳ほどの歪な珠だった。くすんだ灰色で、表面には無数の細かい孔が空いている。それに加えてふたつの、ちょうどキサの指と同じほどの太さの孔が空けられていた。

「これは――」

キサの目が、その珠に吸い付いたようになって離れない。一度だけ手にした、そしてお前には使いこなせないと断ぜられ取り上げられた、これは。

「鈺珠だ。些か小ぶりではあるが、中型の〈腕つき〉一体程度であれば充分滅ぼせるだけの屍針蟲がいることは、既に私が確かめている」

ナギトの手が、箱に入ったままの鈺珠をキサに向けて滑らせた。

「お前のものだ」

目の前に鈺珠を差し出されても、キサは何もできなかった。手を出すことも、目をそらすこともできず、ただ凍りついたように固まっていた。

「これを持って、与えられる務めを果たせ。よいか」

やっとの思いで、ナギトの顔を見上げる。表情のない、こちらの奥底まで見透かしていそうな、キサと同じ灰色の瞳を。

「――はい」

きっと、きっと果たします。自分のすぐ傍にある鈺珠の存在を全身で感じながら、キサは掠れた声で答え、頷いた。

それがたとえどんな務めであったとしても。

こんな、こんな自分にできることがあるのならば——

5

ナギトの声が、どこか遠くで響いている。

なんと言っているのだろう、聞かなければと思えば思うほどに声は小さく弱くなり、耳を傾けようとすればするだけ、それは引く波のように遠ざかっていった。何も捉えられないまま声はやがて残響すら残さず消え失せて、キサは自分が暗く冷たい場所にただひとり、見捨てられ取り残されてしまったことを知る。

ナギトの期待に応えられないまま、何の役にも立てないまま、自分はこのままひとりで消えてゆくのだろうか。

己への深い失望に顔を伏せたキサの頰に、温かな何かがそっと触れた。温もりはまるで舫い綱のように、失望の深淵《しんえん》に沈み始めていたキサの心を繋ぎ止め、すくい上げてくれる。

温かさが、頰から少しずつ広がってキサを包み込んでいく。やがてそれは優しく撫で上げるようにして、閉じているキサの瞼を刺激した。

緩やかに意識が覚醒し、キサは自分が眠っていたことを知った。

瞼がひどく重かった。腫れぼったい目を、キサは苦労してようやく薄く開く。左目に、赤い光が差し込んできた。

——眩しい。

右目のほうはまだ闇の中だった。しばらくキサは状況が摑めずにいたが、少しずつ全身の感覚に意識が回り始め、徐々に理解が追いついてくる。横になっているのだ、とわかった。うつ伏せで、枕に顔を埋めるようにして。

頰に感じている温もりをもたらしていたのは、陽の光だった。朝陽か夕陽かはわからないが、室内に斜めに差し込む赤い光が、ちょうどキサの横顔を照らしている。眩《まば》さに目を細め、陽の光から逃れようとキサは頭を動かした。それに連れ、自分のいる場所の様子が自然と目に入る。

知らない部屋だった。

これまで一度も見たことのない、不思議な部屋だ。

なんの装飾もない、素朴で古びた板張りの壁。広くはない——と言うより、狭い。部屋のほとんどを占めている寝台は、小柄で痩せたキサにとってさえ寝返りを打つのが難しそうな幅しかなかった。天井も低く、そのためだろうか二つある小さな窓はどちらも天井際ぎりぎりに設けられている。窓はどちらも鎧板がはめ込まれており、キサの頰を温めてくれた光はそれらの隙間から差し込んでいた。

寝台以外の唯一の家具は、壁に作り付けの小さな棚だった。四段ほどある棚板のほとんどは空だったが、二段目にキサのものらしい殻短甲《かくたんこう》と陣闘衣、革紐で結わえられたままの鉦珠が並べて置かれている。いつの間に外したのだろう。

ひとつ上、最上段には見慣れない、何か白っぽいものが置かれていた。仔凬《つぁいふ》だろうか、とキサは思った。少なくとも外皮はそんな風に見える。キサがこれまで目にしたことがある仔凬はごく僅かだったが、すべてが同じ、滑らかな乳白色の外皮をしているという知識はあった。ただ形は、キサの知っているどれとも異なっているようだ。

なんだろう。

恐る恐る、うつ伏せになっていた体を起こした。手をついて、それを支えに上半身を起こし——その途端眩暈に襲われて、キサは一瞬平衡感覚を失った。倒れそうになる体を、反射的についた左腕で辛うじて支える。だが腕もまた、気を抜いた途端にくたりと折れそうになるほど力が入らなかった。

歯を食いしばり身を固くして、キサはなんとか自分自身の姿勢を保った。四肢の関節や背中に疼《うず》くような痛みがあったがなんとか堪える。しばらく姿勢を維持し、どうやら大丈夫だと思えるようになってからようやく、キサは改めて部屋の中を見回した。

狭いのに、がらんとした部屋だった。

出入り口は木製の簡素な扉がひとつ、小さな閂《かんぬき》が外れたままになっている。よく見れば壁や天井にはあちらこちらと染みがあり、雨の日には漏るなり吹き込むなりするのだろうと思われた。

ここは一体、どこなのだろう。

キサの目が棚の上段へと移り、さっき目に入った、白いのっぺりとした塊を確かめる。やはり仔鼠のようだった。ただ、下から見上げた時に思ったのとはずいぶん違っていて、塊だと思っていた体は蛇のように細長い胴体を器用にらせんに丸めたものだった。胴体はキサの腕よりも細く、伸ばした長さはキサの腕を少し超えるくらいはありそうだ。

胴体だけを見れば、それは大型の白い蛇のように見えた。だが、先端の頭の部分はぷっくりと丸く膨らんでいて、そこには他の仔鼠と同じ真っ黒な真円の目が二つ。愛嬌《あいきょう》のある顔と蛇のような体がどこかチグハグで、それがかえって可愛らしかった。

思わず触れようとして手を伸ばしかけ、キサはそこで初めて、自分が見たこともない服を着ていることに気がついた。薄い鼠色の柔らかな前合わせを、帯で結わえただけの簡素な服だ。これまでに体験したことがない、つるりとした不思議な膚触り。作りは全体にゆったりしていて、寝間着かなにかのようだった。こんな服、着たことはもちろん、見たこともない。

なぜわたしは、こんな服を――頭に浮かんだ疑問が、ぼんやりしたままだったキサの意識を急速に明瞭なものへと変えていく。どうしてわたしはここ、こんな見たこともない場所で、見たこともない服を着ているのだろう。なぜ。

疑問が、瘡蓋《かさぶた》のように閉じかけていた記憶の蓋を破いた。破れた隙間を縫って血が溢れだしてくるように、一瞬前まで沈んでいた過去の断片が次々に湧き上がってくる。

血と泥と吐瀉物の臭い。暗い森の中、どこまで走っても先はなく、次々と斃れていく黒衣たち。朦朧としながらの逃走、ようやく凪川の河岸に出て、そして――

そして。

突然、心臓を鷲摑《わしづか》みにされたような激痛がキサを襲った。

身動きどころか呼吸すらできない程の痛み。

胸を押さえ、キサは激しく浅く喘《あえ》いだ。みるみる視界が暗くなっていく。力と平衡感覚を失った上半身が折れ、しかしそれすら維持できずに横倒しに倒れ込む。何も見えない。目を開けていられない。

胸が。胸が痛い。今にも潰れてしまいそうだ。

声が出せない。何も考えられない。思考の全てが苦痛で塗りつぶされた。助けて。助けて。誰か。

――しゃあん。

澄んだ音が、長く尾を引いて響いた。

高く細い音が耳の奥に響くと同時に、キサの胸の痛みがすっと引いた。寝台の上で海老《えび》のように丸めた体のまま、キサは僅かにできた余裕に縋りついて、短く激しい呼吸を繰り返す。

しゃぁん、とまた音がした。さっきのものより、心持ち長く続く音。

まるでその余韻に背中をさすられるように、キサの体を支配していた痛みが少しずつ去って行く。

しゃぁん。

長く、より静かに、もう一度。

あとを引く音に導かれるように、キサは腹の底から、深く大きく息を吐いた。吐いた空気と一緒に、痛みと息苦しさが体の内から去って行くように思える。それに連れて、激しく高鳴っていた動悸《どうき》も少しずつ落ち着いていった。

恐る恐る、様子を探りながら僅かずつ体を動かして、キサは寝台の上に仰向けに横たわった。苦痛はもう遠く微かなものになりつつあったが目を開ける勇気はまだなく、再び体を起こそうという気にもなれなかった。

目を瞑ったまま、ゆっくりと深い呼吸を重ねることだけに集中する。

ずいぶん経って心臓の鼓動もすっかり落ち着いたころ、キサの耳が水が流れるような音を捉えた。砦を囲む水路の水音だろうか、と思う。そうしたことを考えられるだけの、つまり自分の苦痛以外を捉えられるだけの余裕を、ようやく取り戻せたようだった。

もう大丈夫かもしれない。そう思いつつも恐る恐る、キサは固く瞑っていた瞼を開いた。

いっぱいに溜まっていた涙が一息に溢れて頬を伝い、視界が滲む。

その、ぼやけた視界に最初に映ったものに、キサは息を呑んだ。

白い蛇だった。

いや、そうではない。キサは頭の中で、反射的に浮かんだ自分の考えを訂正した。仔凪だ。

あの、蛇のように長い体をした。二つ並んだ黒い真円の目が、キサを真っ直ぐに見下ろしていた。棚の上で丸められていたはずの体は今、真っ直ぐキサのほうに向かって伸ばされている。その口が——丸く膨らんだ頭には不釣り合いなほど小さな口が、少しだけ開いた。そこから、ごく短く、小さく、音が発せられる。

しゃん。

小さな鈴の音が、キサの耳の中を滑り降りていった。柔らかな響きが体中に染み通ると、じんわりとした温かさがキサの心臓の辺りに生まれ、血の流れに沿って四肢の先まで広がっていく。

キサを見下ろしている仔凪の黒一色の瞳には、なんの表情も浮いてはいない。だがキサには、その仔凪が自分のことを見守ってくれているように思えた。

寝台に横になったまま、キサはそろそろと腕を伸ばす。

指先が、仔凪の口元に触れた。硬質な見た目から想像したのより、ずっと柔らかくて、ほんのりと温かい。仔凪は、キサに触れられてもじっとしたまま動かずにいた。

「——あなたが、助けてくれたの？」

返事がないことはわかっていた。仔凪の多くは簡単な人語を解するが、話すことができるものはいないと聞いていたからだ。

それでもキサは、言葉を続けずにいられなかった。甦《よみがえ》った記憶の断片から逃れるため、目の前の仔凪の存在に、それが示してくれたと信じる好意に縋りつくように。

「あなたは——」

「白春《ぱいちゅん》だよ」

キサの目が、大きく見開かれた。

蛇のような仔凬の口は動いていない。でも今、確かに——キサは黒い瞳と少しのあいだ見つめあい、そしてようやく声の主は他にいるのだと思い至って、扉の方向に顔を向けた。

少年がひとり、立っていた。

いつからそこにいたのだろう。少年の背後の扉は半分開いたままになっていたが、キサはそれが開いたことにすら気づいていなかった。

「異形態だけど、その子も白春なんだ」

少年が話しているのが蛇のような仔凬のことだとわかるのに、少し時間が掛かった。

「ぱいちゅん——」

小声で繰り返したキサの言葉に、少年はそう、と嬉しそうな顔を見せた。

キサよりも、頭半分ほど背が低い。短く刈った髪に陽焼けした膚、少し窮屈そうな灰色の上衣と、それよりやや暗い色合いで膝丈の半袴《はんばかま》を穿《は》いている。痩せ気味だったが体つきはむしろがっしりしており、衣服から伸びる手足は驚くほど引き締まって筋肉質だった。

少年は室内に入ってくると白春と呼んだ仔凬を棚から取り上げて、長い体をぐるりと回して自分の首にかけた。キサも恐る恐る、ゆっくりと体を起こし、少年と向き合った。

「体がうまく育たなくて、動くのも下手なんだ。だけど、これでももう成体なんだよ。だから鈴音《りんいん》だって出せる。出せるだけじゃなくて、この子の鈴音はすごく効きがいいんだ。他の白春のよりずっと治りが早いって、婆ちゃんが言ってた」

「婆ちゃん？」

キサの問いに、少年はそう、と応えた。

「お医者なんだ。名前は恙《うれい》っていって――婆ちゃんって呼ぶと怒るんだ。先生って呼べ、って」

「お医者さま――」

そうだよ、と少年は応えた。

「きみのこと診て、風臓《ふぞう》がだいぶ弱ってるから鈴音で整えたほうがいい、って言ったんだ。それで、この子がここで、ずっと」

少年が頭を撫でると、白春は黒い目をパチパチと瞬きして、キサの顔を見つめた。

「目が覚めて良かった。もうずっと起きないから、大丈夫かなって心配してたんだ」

「ありがとう」

反射的に礼を言ってから、やっと頭が少年の言葉に追いつき始める。いま彼はなんと言ったろう？　もうずっと起きないから？

「あの――ごめんなさい」

キサは少年の顔を見上げ、言った。

「ここは、どこ？　あなたは――」

キサの問いに目を輝かせ、少年が嬉しそうに答える。

「生《いくる》。生っていうのが、僕の名前」

いくる？　と繰り返したキサに、そうだよ、と少年は胸を張って答えた。

「錆衣《せいい》で、タイクーンの保子《ほす》をしてるんだ。ここは五門の町の西のほうにある、梁塁」

「梁塁？」

少年――生が次々と発する言葉の多くが、キサにはまるでわからなかった。

胸の内で不安が急速に膨らみ、自然と顔が強ばる。自分は砦に向かっていたはずだ。丹際砦――凪川沿いに北上して、何とかしてそこまで帰り着こうとしていた。

でも、ここはどう見ても砦ではない。五門という町の名は聞いたことがないし、梁塁というのは施設か建物の名前なのだろうか。それに目の前の少年は、何をやっていると言っただろう？　なんとかの、ほす？　それは一体なんのことだろう。

キサの表情の変化には気づかないのか、生は一瞬戸惑った表情は見せたものの、なぜかすぐ納得したように、あ、そうかと言って言葉を続けた。

「梁塁って言うのはね、ずっと昔、冥凪に襲われないように凪川の上に作られた家のことだよ。今はほとんど残ってないって婆ちゃんが言ってたから、普通のひとは知らないんだね。僕はずっとここで暮らしてたから、当たり前だと思ってた」

「凪川の――上？」

生が発した言葉の意味が、少し遅れてキサに届く。つまり自分は今、凪川の――冥凪を滅ぼし同時にひとの命を蝕《むしば》む毒の流れの上にいる、というのか。

「大丈夫だよ、体が浸かってるわけじゃないから。僕なんか七歳の時から、もう八年もここで暮らしてるし」

キサの表情で察したのか、生が少し慌てた様子で言った。

「古くて狭いし、凪川の上だから出入りも面倒だし、町から離れてるから少し不便だけど、婆ちゃんだってもうずっとここで治療院やってるけど元気だし――」

そこまで言ったところで、生は何か思い出したのかはっとして、そうだった、と呟いた。

「きみが目を覚ましたら呼べ、って婆ちゃんに言われてたんだった。ごめん、婆ちゃん呼んでくるね」

生は手早く白春を棚の上に戻して扉に向かいかけたが、そこで足を止めて振り向いた。

「名前、聞いてもいい？」

「えっ？」

咄嗟に答えられなかったキサに、きみの名前、ともう一度生は言った。

「知らないと、なんて呼んだらいいかわからないから」

目の前の少年に尋ねたいことは、まだ山のようにあった。だがキサの口からこぼれ出たのはそのどれでもない、問われた自分の名前だった。

「――キサ」

「キサ。キサか。……ちょっと不思議な名前だね」

生はどこか照れたような表情で言ったあと、じゃあ婆ちゃん呼んでくる、と言い残して部屋をあとにした。

ひと通り体の様子を確かめたあと、思ったよりは大丈夫そうだね、と嗄れ声で恙は言った。

小柄な痩せた老婆で、黒と見間違うほどくすんだ濃く赤い貫頭衣の上に、生と同じような灰色の上着を羽織っている。頬がこけているせいで鷲鼻が目立ち、一見異相にも見えるがよく見れば目鼻立ちは整っていて、若い頃は彫りの深い美人だったのだろうと思われた。

頭の後ろで乱暴に結わえただけの髪は白いものが半分以上混じって灰色にしか見えないが、背筋は真っ直ぐで立ち居振る舞いもてきぱきしている。口から出る言葉に至ってはむしろ、早口で威勢が良すぎると言ってもいいくらいだった。

診察するからと言われて上衣を脱いだキサは、上半身裸の状態だった。手伝おうとした生は恙に馬鹿かお前はと追い出され、今は閉まった扉の向こうで声がかかるのを待っている。

「凪臓はもうちょっと鈴音聞かせたほうがよさそうだけど、まあいちんち二日でよくなるだろ。他の部分もそんなに悪かない。しかし足はね、別段痛めてる様子はないんだけど、なんだってまともに立てないほど萎えてるんだか」

ちょっとそこから降りて歩いてみなと言われたとき、キサは歩くことどころか寝台からひとりで立ち上がることさえできなかった。異常を察した生にほとんど抱きかかえられるような格好で支えて貰い、震える足で立つので精いっぱいだったのだ。

「前からこんなだった、ってわけじゃないんだろ?」

骨張った両手でふくらはぎと腿の肉付きと張りを確かめながら問う恙に、キサははい、と小声で答えた。恙はしばらくのあいだ、難しい顔をしてキサの足を指先から股の付け根まで撫でたりさすったりしていたが、やがて諦めたように顔を上げ、キサと正対するとひとまず様子見だね、と言った。

「眩暈やなんかのほうは心配いらない。そっちはアンタが丸三日も飲まず食わずで眠ってたせいだよ。ちょっとずつ食事してけばそのうち治るから心配しなさんな。節々が痛いってのはまあ、ずっと横になってたのも大きいだろうね」

どれ、と言って恙は寝台の上に腰掛けたキサの右腕を取り、ゆっくりと曲げ伸ばしを繰り返した。伸ばされるときに肘や肩周り、特に背中の肩甲骨の辺りに痛みが走り、キサは思わず顔をしかめ、小さく呻く。

「ま、こっちはこんなもんだろ。やっぱり気になるのは足だね、どうにも妙な症状だよ。一体どうやったらこんなことになるんだい。

——アンタ、一体何があったんだい。というかね、そもそもどこから来たんだい」

棚に載せていた鞄から痛み止めらしい軟膏《なんこう》を取り出し、キサの背中にすり込むように塗りながら恙が尋ねた。

「体のあちこちに痣《あざ》があるけど、誰かに殴られたとかそういう類のもんじゃないね。小僧が言ってた名前もなんだか珍しい感じだし、アンタの服やその首から提げてる変な珠だって、アタシャ初めて見たよ。よその宮から来たんだろうってのは見当がつくんだけど」

ほれもういいよ、服着な、と腰に下げた布巾で手を拭いながら恙が言った。

「小僧が凪川の河原で拾ってきたなんて抜かしたときにはまたずいぶんな話だと思ったけど、どうやら法螺《ほら》ってわけでもなさそうだね」

「凪川の、河原――」

そうさ、と恙は細めた目でキサの顔を見つめながら言った。

「塔ノ《とうの》湖《こ》の下流で、還された仔凪に囲まれてたとか言ってたよ。どうやったらそんなことになるもんか、さっぱり見当もつかないけどね」

「塔ノ湖――？」

キサには全く聞き覚えがない名だった。キサの育った一ノ宮は、中心である一ノ塔と塔周りの町の他に八つの砦を有しているが、領域内に湖は存在していない。生が言っていた五門の町というのも同じで、砦の中には五門の名を冠するものはない。そもそも、冥凪を滅し、ひとの土地への侵入を防ぐことを第一義とする一ノ宮は生活拠点を一ノ塔を囲む塔周りの町に集約しており、それ以外の砦が町と呼ばれることはなかった。

「ここは、あの――一ノ宮じゃないんですか」

「一ノ宮？　アンタ、一ノ宮から来たのかい」

恙の細い目が大きく見開かれた。

「それでか。なるほどねえ。一ノ宮とはまたずいぶん遠くから来たもんだ。しかしなんだって河原なんかに？　漁師にしちゃずいぶん華奢だし——」

「ここ、ここはどこなんですか。一ノ宮じゃないのなら」

恙の言葉を遮って、キサは半ば叫ぶように尋ねた。強い眩暈がぶり返し、一瞬意識が遠くなりかける。ぐるりと部屋が回転しかけたところを恙の骨張った腕に支え止められて、キサは自分が昏倒《こんとう》しかけたのだと知った。

「落ち着きな。息をゆっくり——アンタの体は万全ってのにはほど遠いんだ。無理するんじゃない。

いいかい、寝かせるからね」

恙がキサの体を横にするあいだ、体中から力が抜けてしまったキサはただされるがままになる他なかった。

「目を瞑ってゆっくり息をしな。呼吸の数を数えるんだ——そう」

少しずつ息が整っていくキサの脈を取っていた恙は、しばらく様子を見たあと、いいだろ、と呟いて手を放した。

「いいかい、落ち着いて聞きなよ。ここは三ノ宮だ」

「三ノ、宮」

そうだよ、と恙がゆっくりと言った。

「三ノ塔と、それに一番近い五門の町の、ちょうどまんなか辺りにあるのがこの梁塁だ。住んでるのはアタシと、棄鋳が四人——三ノ塔から役立たずだって棄てられた子どもたちさ」

「棄てられた、子ども――」

呟くような声で繰り返したキサの言葉に、ああ、と恙は応えた。

「で――アンタは一体、何者だい」

皺の奥からキサを見つめる恙の目が、すっと細められた。

「キサ――キサと、言います」

頭が上手く働かなかった。何も考えられない。三ノ宮の、梁塁？　どうして、なぜわたしが、そんなところに。

「――一ノ宮の、蒼衣です」

ぼやけた視界でも、恙の顔が驚愕に歪むのがはっきりとわかった。

「蒼衣？　蒼衣って言ったのかいアンタ⁉」

頓狂な声にキサが頷くと、なんてこった、と途方に暮れたような声で恙は唸った。

6

「いやいや、これはまったく賑やかなものじゃな」

仰ぎ見るほどの宮壁でぐるりと周囲を囲まれた、三ノ宮、一門の町。

巨大な観音開きの扉を備えた宮壁門をくぐった先にあったのは、十五、六人が並んで歩いても余裕がありそうな大通りと、そこを途切れることなく流れるひとの波だった。通りの左右には見える限りどこまでも、一ノ宮では見たことがないような商店が建ち並んでいる。

左右を見回しながら大通りを歩くサイの団栗眼《どんぐりまなこ》は、子どものような好奇心を秘めてこれ以上はないというほど大きく開かれていた。

行き交うひとびとの中には、周囲から頭ひとつ半は抜け出るサイの巨軀やざんばらの蓬髪《ほうはつ》、土埃に塗れた陣闘衣といった風体に好奇の目を向ける者もいたが、数はさほど多くはない。ほとんどはちらと見やるだけで、さほどの興味も示さず自分たちの日常へと戻っていく。

「祭りか何かでもあったのかと思いましたが、普段からこんな様子らしいですな」

大きな背嚢を背負い、サイの隣を歩くトーが疲れた様子で言った。サイとは逆に人波に沈むほど背が低く、荷物を抱えて進むのに難渋しているためか、顔にはうんざりした表情が浮いている。

「伊達《だて》に、六つの宮の中で最も栄えていると言われてはおりませんな。商いの宮だけあって、とにかく店と商人が多い。――とは言えあたしにとっちゃ、いささか賑やかに過ぎますが」

もう間もなく昼どきという時刻のせいかもしれないが、南北に町を貫く大通りを行き交うひとびとはみな一様に足早で、ずいぶんとせわしない。加えて人通りは進めば進むほど増える一方だった。最南端にある宮壁門をくぐった時にはこのあたりがこの町で最も栄えているのだろうと思ったが、北に向かって歩けば歩いたぶん、通り沿いに並ぶ店の構えはいっそう大きくなり、集まるひとびとの数も多くなっていくばかりだ。

軒を並べ、ひとびとを引きつけている店のおおよそは商店だった。商店といっても住民向けではなく、行商人相手のものだとひと目でわかる、大量の商品をまとめて並べたような店ばかりだ。当然集まっている者も明らかに三ノ宮以外から訪れた柴衣《さいい》、商いを職業とする者たちばかりで、各々が店員や店主たちとの交渉ごとに励んでいる。

どこも得意な商品に特化しているらしく、見たこともないほど多様な干魚が並べつり下げられている店があるかと思えば、おそらく茶屋であろう、大きな方形の木箱をずらりと並べている店もある。茶屋の店頭では葉の香りを確かめ味見をし、納得したらしい柴衣が木箱を丸ごといくつも買い込んでいる。生鮮品を扱っているところはほとんど見当たらず、目に入る多くは加工品を扱っているようだった。調味料だろうか陶製の瓶がぎっしり詰め込まれた店、客の呼び込みも兼ねているのだろう、敢えて店頭で客の注文に応じて薬を煎じ小壺《こつぼ》に詰めている者もいる。見たこともない色の生地をずらりと並べた店の隣にはそれを仕立てたらしい凝った意匠の衣服を扱う店があり、さらに隣には肘膝当てや包のような小物ばかりを揃えた店が軒を並べている。

それらの商店が並ぶ往来の左右から中央に目を向ければ、そこには大きさも形状も様々な屋台がずらりと並んでおり、そちらもまた大変な繁盛を見せていた。食べ物を扱っている屋台が多く、どうやら飯時だけ出店しているものらしい。ただ魚を焼いて売っているものからその場で肉饅頭《まんじゅう》を作って蒸しているもの、茶を供しているものや香ばしいたれをかけた餅をやいているもの、客の求めに応じて果物を搾った汁を提供しているものなど様々だった。それらの屋台が発する熱と匂いがひといきれと混じり合い、往来は自然と心が浮き立つような熱気に包まれていた。

「あたしゃ気分が悪くなりそうですよ、旦那」

もう何度目か、ひととぶつかってずり落ちかけた荷物を背負い直しながら、トーがほとほとうんざりした様子で言った。そうじゃのう、と一向にそんな風には感じていない様子でサイが応える。

「ここまで数が多いと、ひと酔いくらいするかもしれんな」

「ひとの数もそうなんですがねえ」

ため息をつきながらトーが言う。

「あたしゃどうも、あれがそこら中にいるってのが、どうもこう――」

トーの言葉が尻すぼみに小さくなった。右手に建つ穀物店へと向けられたトーの視線を追って、ははぁ、とサイが得心がいったような声を出す。そこにいたのは、二人が宮壁門をくぐってから無数に目にしてきた、のそのそ動く白くのっぺりとした塊だった。

「仔風《つぁいふ》じゃな。さすがに本家本元、数も種類も多い。あのように図体の大きいものなど、儂《わし》も初めて見る」

見たことのない種類であっても、それが仔風であることはひと目ですぐ判別がつく。のっぺりした乳白色の外皮と二つの黒い真円の目を持ち、ひとの命じるままに働く生きている道具――それが仔風だからだ。ひとを遥かに超える力で荷を曳くもの、光を灯すもの、熱を発したり水を濾過したりするもの。仔凪はどれもみな極めて有用で、その存在が三ノ宮の繁栄を支えていることは誰の目にも明らかだった。

これほど優れて便利な存在であるにもかかわらず、仔凪は三ノ宮以外ではごく限られた種類、限られた数しか利用されていない。理由は二つあった。

まずそもそも、仔凪を産み出すことができるのが三ノ塔ただ一箇所だけだった。用途と機能に応じて様々な大きさと外見を持つ仔凪は、全てが例外なく三ノ宮の中枢である三ノ塔の中で生まれ、役目を果たせるようになるまでのあいだ丹衣《にい》の手で育てられている。他の場所で自由に生み出すことはできないのだ。

そしてもうひとつの、より大きな理由が食餌であった。タイクーン以外の仔凪はどれも、種類によって期間こそ異なるものの、必ず定期的に凪種を摂《と》らねばならない。仔凪は排泄もせず水すら必要としないが、凪種を与えずにいると遅かれ早かれ必ず弱って滅びてしまう。一方で凪種はタイクーンから採取する以外の入手方法がなく、しかも採取後は長期保存が利かず、夏なら三日、冬でも五日を過ぎれば腐ってしまうのだ。

「あれは一体、何をしとるんかのう」

穀物店の店頭にいたのは、トーの背丈と同じくらいの高さとそれと同じくらいの幅を持つ、白く、平たい四角錐だった。一見するとよく磨かれた石のように見えるが、底面部分、四つの角の辺りにはごく短い足が生えていて、それが商店の店頭でもぞもぞと動きながら自身の体をゆっくりと回転させている。

サイの言葉に、いやさっぱり、とトーが首を傾げた。

「あっちの、平たい紐みたいなのはまだわかりますがね」

トーが指した先にいたのは平たい紐と呼ぶにはいささか巨大な仔凪で、背縄《べいしえん》という名で呼ばれていた。その役割はひと目見ればすぐに見当がつく。荷運びだ。大きいものだと大人三人が手を繋いだほどの長さがある背縄は、背の部分に幾つもある小さな角のような突起に縄をかけてくくられた荷物を背負い、尺取り虫のような動きで体をくねらせながら移動していた。

背縄の動きは、外見から想像されるよりもずっと速くかつ器用で、行き交うひとびとの隙間を見事に縫って進んでいた。ひとには到底真似のできない動きで、なるほどこれなら賑やかな町中では重宝されるじゃろう、とサイは感心する。

他にも、役割や姿形の異なる仔凪は無数にいた。首のないでっぷりした体に六本の短い脚を持つ仔凪は、歩みは遅いが積み荷が満載の車を難なく引いて進んでいる。屋台の釜の中に浮いている手のひらほどの大きさの仔凪は、張られた水の温度を自在に操ることができるらしい。店の中には当たり前のように紅条《ほんちゃお》が光を放ち、他にもひとの背に赤子のようにしがみついていたり、道ばたに棒のように立っていたりと、見ただけでは何をしているのか見当がつかないものも多くいた。

「あたしゃ元々あれが不得手なんですよ。特にあの、のっぺりした外見がどうにも」

肩をすくめて言うトーに、まあわからんでもないがの、と苦笑いを浮かべてサイが応じた。

「しかしいかにも便利なもんじゃ。こうして目の当たりにすれば、なるほど三ノ宮が栄えるわけじゃと腑にも落ちる」

感心した様子で言ったサイの言葉に、トーが面白くなさそうに鼻を鳴らした。

「それもこれも、あたしらが命を張って冥凪を食い止めてるからこそでしょう。僻《ひが》みかもしれませんが、あんまり面白くはありませんな」

「そこはそれ、各々の役割というもんじゃろ」

サイが窘《たしな》めるように言った。

「田畑もない、漁も狩りもせん、ただ冥凪と戦うだけしか能がない儂ら一ノ宮の者は、他の五つの宮に養って貰うておる、という言い方もできる。お互い様じゃ」

そりゃまあ確かにそうかもしれませんが、とトーが肩をすくめた。

「ともかくこんなところはさっさと抜け出して、御老のところに行きましょう。暢気に見聞を広げている場合じゃありませんぜ」

それもそうじゃな、とサイが応える。

「一体どんな用件で三ノ宮くんだりまで呼びつけられたのか。ま、どうせ良い話ではあるまいが」

唇を曲げ、ため息ひとつ放ってサイが言った。

「ようやく来たか」

下働きの小僧に案内され、大きな体を縮こませて窮屈そうに扉をくぐるサイを、ヌヰの低く嗄れた声が迎えた。

「ご無沙汰しておりました。御老におかれてはお変わりなく」

その場で深く一礼したサイの言葉に、ヌヰはふん、と不機嫌そうに鼻を鳴らした。

「貴様も変わりないようだな、無駄に頑丈な奴め。……まあよい、入れ」

大人が五、六人も入れば窮屈に感じるほどの、狭く質素な部屋だった。部屋の中央には長方形の卓子があり、それを囲む椅子の他には奥の壁際に小棚がひとつあるきりだ。角卓の一番奥、入り口に向き合う席にヌヰは座していた。鷲のような顔つきをした禿頭《とくとう》の老人で、黒と見間違う程に濃い緑の地に格子を染め抜いた肌着の上に、古びた濃紫の上衣を羽織っている。右頰の引き攣《つ》れたような大きな傷跡がまず目を引くが、その他にもほぼ失われている右の耳殻をはじめ、顔と言わず上衣の袖から覗く骨張った腕とを言わず、傷は大小無数にあった。

室内には他に、先客がひとりいた。右手側に黙したまま座していたのは、サイと同じ陣闘衣姿の若い女。卵のような輪郭と、小ぶりだが端正な目鼻立ちをしている。だが瞳は伏せ気味で、顔からはどんな感情も読み取れなかった。黒衣にしては風変わりな娘じゃな、とサイは胸の内で考える。

サイの視線に気づいたヌヰが、その娘は、と言った。

「一ノ塔から遣わされてきた墨だ。半刻ほど前に着いておったが、二度同じ話をさせることもあるまいと、貴様が着くまで待たせておいたのだ」

ヌキの言葉に目を上げた娘が、無表情のままサイに向かって頭を下げる。

「それは済まんことをしましたな」

サイはヌキが指さした、背もたれもない粗末な椅子に腰を下ろした。ヌキと正対する格好になるが、上背はサイのほうがあるためにやや見下ろす形になる。ヌキの唇が僅かに歪んだがサイはまるで気にしない風で、墨の娘に向かって申し訳なかったの、と言った。

「儂はサイ、黒零《こくれい》のサイじゃ。あっちの丸いのは」

続けて入室してきたトーにちらと視線を送ってから、サイは続ける。

「トーと言う。……で、おんしの名は？」

娘は顔を上げたが、すぐには答えなかった。少しのあいだサイの目をじっと見つめ、それからようやく口を開く。

「ノエ、と言います。墨の、ノエ」

「そうか。よろしく頼む、ノエ」

屈託なく言うサイの後ろでトーが扉を閉め、無言のまま脇に立った。それを見届けてから、ヌキがサイ、と声をかける。

「一ノ塔からはなんと聞かされてきた」

「なんとも」

ヌキの言葉は詰問調だったが、サイは泰然とした表情のまま、大げさに首を左右に振って答えた。

「とにかく急ぎ三ノ宮へゆけ、ヌキさまのご指示を仰げとだけ言われましてな。ま、尋ねたところでどうせ詳細は明かして貰えまいと思いましたので、そもそも聞いてもおりませんが」

「相変わらずだな」

ヌキの言葉には軽侮するような響きがあったが、サイは意に介さない様子で鼻を鳴らした。

「仕方ありますまい。務めは選べぬ、しかしやりようは自由——それが儂ら、黒零ですからな。

　で、今度はどのような？」

「まずは、墨の娘に話して貰う」

ほう、と驚いたように声を上げ、サイはノエを見やった。

「言うておくが、今から聞くことは他言無用じゃぞ」

憤然と言ったヌキに、サイは無論、と笑ってみせた。

「御老が儂をお気に召しておられんのは承知しておりますが、こと仕事については何卒《なにとぞ》ご信頼いただきたい」

ヌキは苦々しく顔を歪ませたが、それ以上何も言うことなく視線でノエに話を促した。

「——六日前、私は末姫衆の冥凪廃滅に帯同しておりました」

前置きもなしに話し始めたノエの声は、心持ち掠れてはいるものの決して聞きづらくはなかった。だが話しぶりは極めて淡々としたもので、それだけにサイは続くノエの言葉に驚愕した。

「その廃滅において、末姫衆は壊滅」

「何？」

表情を一変させたサイは団栗眼をこれ以上ないというほど見開くと、体ごとノエに向き直る。

「それは真《まこと》か」

はい、とノエは微かに顎を引き、頷いた。食ってかからんばかりの勢いのサイを前にしても、表情にはなんの色も浮かんでいない。

「末姫さまもか。末姫さまも――」

「いえ」

サイの言葉を遮って、ノエが短く言った。

「末姫さまは、行方知れずとなっております」

眉根に深い皺を寄せ、サイはむう、と唸った。

「なぜ、そのようなことになった？」

「経緯はこれより、お話し致します」

ノエはサイの表情などまるで気にならない様子で、粛々と説明を続けていく。

「十日前、渕砦《ふちとりで》の砦衆が龍ケ平《りゅうがだいら》の南西で冥凪の活動跡を発見しました。痕跡を辿り偵察を行った結果、防衛線の至近に小型の巣が作られていると判明、廃滅のために末姫衆が出られることとなりました」

「小型と言うたが、どの程度のものだったのだ」

言葉を挟んだヌ牛に、ノエは視線だけを送って答える。

「砦衆によれば巣穴の直径は十二廣ほど。潜む冥凪は小型の〈腕つき〉一体と〈蜈蚣〉が四、五体とされておりました」

巣と呼ばれてはいるが、その実体は繁殖のための場所ではない。それは、ひとの領域を侵すための、言わば橋頭堡《きょうとうほ》だった。

冥凪はひとの領域の北方に広がる、骸《むくろ》の森の奥で生まれると考えられていた。そこから這い出してきた冥凪は、少しでもひとの領域に近い場所に巣穴を掘ろうとする。一度巣が作られるとそこには徐々に他の冥凪も集まり始め、その度ごとに周辺の樹木はなぎ倒され、巣穴は掘り進められて大きく深くなっていく。

当然巣が育てば育つほど、そしてそれが防衛線に近い場所であればあるほど、ひとにとっては大きな脅威となる。だからこそ巣穴は少しでも小さいうちに発見し、根こそぎ廃滅してしまわなければならないのだ。

「砦衆によって確認された規模であれば黒衣のみでも対応可能と思われましたが、如何《いかん》せん防衛線に近すぎる。そのため完全な廃滅を期して、末姫衆がこのお役目に任ぜられました。そして――」

「待て」

ノエの言葉を、サイが遮った。

「末姫衆が任ぜられたのはわかった。じゃが他は？　まさか末姫衆だけということはあるまい」

「いえ」

ノエは僅かに首を左右に振った。

「廃滅に向かったのは末姫衆だけです。その力のみで廃滅できる規模である、と判断されました」

「なぜじゃ」

サイが困惑も露わに言った。

「末姫衆が出る時は必ず他の御子衆が廃滅を担う。それが、末姫さまが鈺珠を与えられた際の決め事であったはず。それがなにゆえに」

「黙れ」

言い募るサイの言葉を、苛立ちを隠さないヌキの声が断ち切った。

「一ノ塔が決めたことじゃぞ。それに意見する気か、貴様」

ヌキの言葉に、一瞬サイの目に怖いものが浮いた。だがヌキがそれを見て取るより早く、サイの顔からは拭ったように表情が消える。

「——失礼しました。確かに、些か口が過ぎましたな」

頭を下げるサイをヌキは無言で見下ろしていたが、やがて表情を緩めるとふん、と鼻を鳴らした。

「わかればよい。ともかく貴様は、余計な口を挟まず最後まで黙って聞け」

それ以上、サイは何も言わなかった。ノエが再び口を開く。

「末姫衆が一ノ塔を出て渕砦に入ったのが六日前。準備を整えたのち、その日の夕刻に廃滅に向かいました」

蒼衣が鈺珠を用いて行う廃滅は、陽が落ちると巣に戻るという冥凪の習性を利用して夜間に行われる。巣の間際に陣を張り、蒼衣はその場で黒衣の護衛を受けつつ鈺珠の内に眠る屍針蟲を呼び覚ます。目覚めた屍針蟲を操って巣の奥へと侵入させ、襲撃を感知した冥凪が活動を再開する前に一体でも多くを滅ぼし、滅ぼし切れぬものは黒衣がとどめを刺す——これが、蒼衣と御子衆による廃滅の手順だった。

だがこの手法は、末姫衆においては当てはまらない。

なぜならば、蒼衣の末裔として鈺珠を与えられてはいるものの、キサが呼び出せる屍針蟲はごく僅かで、到底それだけでは冥凪を滅ぼすことなどできなかったからだ。

では、末姫衆はどのようにして廃滅を行ってきたのか。

サイが口にしたように、これまで末姫衆は、必ず他の御子衆と共に廃滅に任ぜられていた。日暮れを待って巣の近くに陣を張るところまでは末姫衆も他の御子衆と同じだ。ただしその陣は、共に廃滅を行う蒼衣の陣よりもずっと巣の近く、それこそ目と鼻の先に設けられた。

より早く、冥凪に感知させるために。

五年ほど前から、蒼衣が廃滅を開始するや否や全ての冥凪が巣穴から這い出し、いっせいに蒼衣を狙うことが増えてきた。以前には見られなかったこの行動変容は、明らかに冥凪が蒼衣を自分たちの最大の脅威だと理解し始めたことを意味している。

変容した冥凪の行動によって、蒼衣と鉦珠による廃滅は以前より遥かに難しく、また危険なものとなってきていた。このままではいずれ、冥凪はより変容した行動に適した変異体を生み出してしまう可能性が高い。

その道筋を断ち切るために一ノ塔が作ったものこそが、末姫衆だった。

真っ先に蒼衣を狙う冥凪の動きを逆手に取り、目と鼻の先に末姫をぶら下げて冥凪をそちらに集め、その上でもうひと組の蒼衣と御子衆とが全ての冥凪を一気に殲滅《せんめつ》する――それが、末姫衆が任ぜられる際の廃滅手順だった。

つまり、キサは囮なのだ。

そして末姫衆とは、貴重な囮を失わないために――囮として使い続けられるように、本隊である蒼衣と御子衆が冥凪を滅ぼすまでのあいだキサを死なせないように護る、そのために選ばれた者たちなのだった。

であるにもかかわらず、末姫衆が単独で廃滅に任ぜられたのだという。小さな巣であれば黒衣のみで廃滅可能だとでも思ったのか。確かにそれが可能であれば、廃滅の効率は上がり一ノ宮が取り得る戦略の幅も広がるだろう。あるいは、とサイは腕を組み、姫衆頭であるヤガの顔を思い浮かべた。豪胆で有能、加えて野心に満ちた黒衣の顔を。いつまでも囮の護り役ではいられぬとでも思ったか。

背後にどんな思惑があったにせよ、その試みの結果末姫衆は壊滅した。そしてキサの行方は杳《よう》として知れない。

「巣の近くに陣を張り、末姫さまは鉦珠の準備に入られました。ですが、屍針蟲が呼び出されるのとほぼ同時に、末姫衆は十を超える〈蜈蚣〉によって強襲され――」

蒼衣の存在と戦術とを理解し、裏をかいたとしか思えない冥凪の動きだった。

事前に周辺に潜んでいたと思われる〈蜈蚣〉による攻撃の第一波を受け、それによって黒衣の半数が斃されたとわかった時点でヤガは撤退を決意した。一ノ塔へ連絡するための飛《ふえ》信《しん》を飛ばす余裕すらなく後退する末姫衆に〈蜈蚣〉は追いすがり、キサを護る黒衣は果実が外皮を剝がされていくようにひとり、またひとりと斃されて姿を消した。ようやくの思いで丹際砦近く、凪川の河岸に出た時には、三十五人いた末姫衆は数を七名にまで減らしていた。

それでも、そのときはまだ生き残っていたのだ。冥凪が近づかないはずの凪川の河岸で、ノエも含めた六人がキサを護れる状態で。だが。

「そこまで辿り着いておきながら、なぜ末姫衆は壊滅した。凪川さえ渡ってしまえばそれで済んだ話であろう」

責めるようなヌキの口調にも、ノエの表情には変化はなかった。平坦な口調のまま、静かに言葉を続けていく。

「凪川にかかる丸太橋を渡っている最中に、再度冥凪の襲撃を受けたのです」

「何？」

ノエの言葉に、ヌキの顔色が変わった。

「渡っている最中、と言ったのか？　つまり、冥凪が――」

はい、とノエは静かな声で応えた。

「凪川の河岸、更に流れの上にまで踏み込んで来ました。冥凪が自《みずか》ら凪川に近づくことは、これまでほぼありませんでした。そこに油断がなかったと言えば嘘になるでしょう。ですがそれ以上に、足場の限られた丸太橋の上では充分な応戦ができず、また多くの者が既に負傷していたこと、そちらのほうがより大きな要因であったと考えます。みな精一杯に奮闘しましたが、ひとり、またひとりと冥凪と共に凪川へと落下していきました」

「共に、と言うたな」

それまで黙っていたサイが口を開いた。

「それはつまり、冥凪が己の身を顧みず、末姫衆を道連れに滅ぶことを選んだ――そういうことか」

「冥凪の考えまではわかりかねますが」

ちらとサイを見上げ、ノエが答える。

「状況としては、まさにそのようであったと」

「では、その折に末姫さまも凪川に沈んだということか」

サイの問いに、ノエはいえ、と呟くように言うと静かに首を横に振ってみせた。

「末姫さまは、凪川に流されはしましたが、御身を流れに晒されてはいないはずと思います」

「どういうことだ？」

困惑の声を上げたヌキに振り向き、万が一に備えて——とノエが言った。

「ヤガさまが、手を打たれておりましたので」

河岸での短い休息のあいだ、ヤガはノエの手を借りて短い丸太二本を結わえただけの簡素な筏《いかだ》を造り上げていた。辛うじて上半身を乗せられるかどうかという大きさで、凪川に沈むのだけはなんとか避けられるだろう、という程度のものだった。

「ヤガさまは、冥凪の動きがいつもと異なっている、と仰っていました。従来よりも遠くから、従来以上に踏み込んだ位置まで接近してくると。凪川上で襲撃される可能性を考えておられたのは、恐らくそのためでしょう」

凪川を渡ってしまえば、強襲される危険性はごく小さなものになる。空を飛ぶ〈翅つき〉は飛行を可能としたことと引き替えに体が軽く脆く、他の冥凪に比べれば廃滅するのが遥かにたやすいからだ。

〈翅つき〉よりも遥かに強力な〈蜈蚣〉の成体も、上昇こそできないが高所からの滑空が可能だった。だが〈蜈蚣〉が滑空によって凪川を越えることがないよう、防衛線に沿った河岸ではある程度の高さを超えた木々は全て伐採されている。

だがもし、〈蜈蚣〉が己の維持を放棄したとしたら。

ヤガの予想は、残念ながら的中した。

「ヤガさまは私に、万が一のこととなった場合でも戦闘には加わるな、と命じられました。姫衆頭として、末姫さまはなんとしてでもお護りする、だからお前は必ず一ノ塔に帰還しこのことを報告せよと」

それまで一切表情に変化がなかったノエが、唇の端を僅かに噛んだ。

「もし凪川上ですら冥凪が襲撃を仕掛けてくるようなことがあれば、もはや末姫衆の存続よりも奴らの変化を一ノ塔が少しでも早く知ることのほうが重要となる。今だけを考えるのではなく、ひとという種全体にとって最も価値がある行動を取れ、それが墨の役割であろう。ヤガさまは、そのように」

「よくわかった」

ヌキは腹の底から絞り出すような声で言った。

「行方知れずと聞いた時は、果たしてどのようなわけでと思ったが――」

「それを、おんしは自分の目で見たのか？」

サイの声は、静かな落ち着いたものだった。だがそれを聞いたノエは一瞬目を見開き、血が滲むほどに強く唇を噛みしめた。その様子を見たサイが、いやいや、と重ねて穏やかな声で言う。

「おんしを責めようというのではない。もしわかるのなら、確かめておきたいのだ。末姫さまがどのような形で筏に乗り、どのように流されていったのかを」

ノエの言葉は、一拍遅れてようやく発せられた。

「——申し訳ありません。私は見ておりません」

「なぜだ?」

尋ねたヌ犴へ逃れるかのように視線を移して、それは、とノエは答えた。

「複数の〈蜈蚣〉の襲撃と同時に、私はヤガさまに命じられたまま、その場を離脱し丹際砦に向かったからです。そのために、ヤガさまは私を先頭に立たせていました。状況を砦に知らせ増援を呼べ、だがお前はこの廃滅のすべてを伝え終わるまで戻ってくるな——そう指示されていました。そのため私は——」

ノエの声が、そのとき僅かに震えた。

「キサさまを、最後までお護りできず——」

わかった、とサイが労《いたわ》るような声で遮った。

「すまなかった、辛いことを言わせたな」

「——いえ」

首を振り、口を閉じたノエが再び視線を落とす。

「それ以降のことは、儂から話そう」

ノエに代わって、ヌ犴が口を開いた。

「そこから先は儂も聞いておる。違っている点があれば随時指摘せよ」

ノエが走りに走って丹際砦に到達し、知らせを受けた砦衆が丸太橋に辿り着くまでに一刻半が経過していた。白み始めた空の下で砦衆が目にしたのは、丸太橋に突き刺さったままの何本かの槍と、黒衣が身につけていた革短甲《かわたんこう》や金軽甲《かねけいこう》の一部、そして無数の血痕と千切れ飛んだ肉の破片だった。

「生存者の探索は進められているが、見つかっているのは遺体、それも多くは一部のみ。いずれも損壊が激しく、名を確かめるのも難しいものばかりだったと聞く」

つまり、とヌ牛は眉間に深い皺を刻んで続けた。

「墨の話とあわせて考えるならば、末姫衆は凪川上で冥凪と相打ちとなって壊滅、筏のみが凪川の下流へと流された——そういうことであろう」

「末姫さまについては」

ヌ牛はうむ、と渋面を浮かべた。

「砦衆と墨による探索が続いているとは聞いている。だが——」

落ち着いた表情に戻ったノエが、ヌ牛の言葉を引き取った。

「丸太橋の位置から凪川の流れに沿って両岸を探索しておりますが、一ノ宮の領域内では未だ末姫さまはもとより、手がかりになりそうなものも何ひとつ見つかってはおりません」

「そこで三ノ宮、ということか」

サイが唸るように言った。

無数の支流を持つ凪川の本流は、キサが消息を絶った丹際砦の付近ではほぼ西から東へと流れているが、二里ほど東に行ったところでそのまま東に向かう流れと、ほぼ真南に下り、その後大きく蛇行しながら海へと注ぐ流れの二つに分かれる。この、南に向かう流れに沿って造られているのが三ノ宮の町々だった。

サイの言葉に、そうだ、とヌ牛が言った。

「末姫さまが行方知れず、だが三ノ宮のどこかにおられる可能性がある。これが儂が一ノ塔から受けた報《しら》せよ。そして末姫さまをお探しするために派遣されたのが、貴様らということだ」

「貴様ら、というても――」

サイがぐるりと室内をひと渡り見回してみせる。

「ここには、ヌ牛さまを除くと儂ら三人しかおらんようですが」

「わざとらしく言うな」

吐き捨てるように、ヌ牛が言った。

「知らんとは言わさんぞ。末姫さまが一ノ塔の一部の者たちからどのように呼ばれておるか」

責めるようなヌ牛の強い口調に、サイは唇をへの字に曲げた。

「捨姫――ですかの」

そうだ、と如何にも憤然といった表情で言ったヌ牛の顔に、サイは鼻白む。まるで自分はそうではないとでも言っとるようじゃの、この爺《じじい》め。

「まともに鈺珠も使えず、冥凪を滅ぼすこともできぬ捨姫。そう言って憚らぬ者も少なくはない。生きているのかすらわからぬ捨姫のため、一ノ塔が大勢の黒衣を送り込むとでも思うか」

「さて――」

なんとも言えない適当な相づちを打ちながら、サイはちらとノエに視線をやった。視線を卓の上に落としたままのノエは、彫像のようにじっとしている。

「加えて他の問題もある」

サイの反応やノエの様子などまるで気にならない昂ぶった様子で、ヌキは声高に話を続けた。

「墨の話の通りであれば、冥凪の行動はただ事ではない。行動変容の裏をかこうとしていた末姫衆の、更に裏をついてきたのじゃからな。仮に末姫衆を襲った冥凪だけに留まらず、すべての冥凪が同様に、相打ち覚悟でまず蒼衣の血を引く者を狙うようになったとなれば――わかるか、サイ」

一ノ宮の戦略や戦術は根本から見直しが必要になってしまうだろう。冥凪を避けるために凪川の流れを取り込んだ砦や水路、それを前提とした廃滅手順すら役に立たなくなるとまで考えねばならない。

加えてこの状況では、これまで切り札とされてきた蒼衣と鈺珠による廃滅の実施は危険極まりなかった。数十数百の冥凪を一度に滅ぼせるとはいえ、それは同時に僅か三人しかいない鈺珠をまともに使える蒼衣の末裔を、これまで以上に命の危険に晒すことを意味する。ひとにとって貴重な存在、時間をかけても取り戻せるとは限らない戦力を、無策のまま危険に晒《さら》せるわけがないのは明らかだった。

「この状況で、末姫さまの探索のためだけに一ノ宮からひとを割けぬのは自明であろう」

「とは言え体裁もあり、何もせぬ訳にはいかぬ——と」

ヌ牛の言葉に、醒めきった声でサイが続けて言った。

「ならば抜けても大勢に影響はなく、仮に何かあったところで文句も言わない者を——と、いうことですかな」

ふ、と太い唇を曲げて言ったサイはノエをちらと見、おんしはとばっちりじゃの、と声をかけた。だがノエは、微かに首を横に振る。

「私は自ら望んで参りました。私は——必ず末姫さまを探しだし、お助けします」

静かに、だがきっぱりとノエは言った。

「三人だけで三ノ宮の全てを探せとは言わぬ」

ヌ牛が言い、じろりとサイを睨みつけた。

「儂も力は貸す。既に、三ノ宮すべての町に公使詰め——儂の配下の紺衣《こんい》を送ってある。紺衣は確かに事務屋に過ぎんが、ひとと話すことにかけては貴様らよりもよほど上手よ。それぞれの町で、可能な限り話を聞き回らせておる」

「何かわかったことは?」

今のところは、とヌキの顔が渋くなった。

「なんの手がかりも摑めておらん。末姫さまのお姿を見た者はもとより、うわさ話の類すらたっておらんようだ。だが、墨の話の通りであれば、聞き回る先を変えれば何か出てくるやもしれん」

「聞き回る先を変えるとは？」

飲み込めない凪のサイに、ヌキは漁師だ、と答えた。

「凪川を下ったのだとすれば、漁師が何か見ているかも知れん」

「三ノ宮に、漁師は何人くらいおるのですかな」

「二百ほどだ。漁場は丹際砦から南へ五里ほど下った辺りから始まり、それぞれの町を拠点としておる」

「五里、というと――」

少し待て、と言うとヌキは脇机から巻紙を取りだし、文机《ふづくえ》の上いっぱいに広げた。三ノ塔を中心として、三ノ宮の全域が描かれた地図だった。

三ノ宮領域内を南下する凪川の流れは、何本もの新たな源流を取り込み大きく蛇行しながら三ノ塔の傍らで塔ノ湖と呼ばれる湖を形成したのち、そこから更に南の海までは緩やかに曲がりながら伸びている。三ノ宮の町は、三ノ塔を取り囲むように栄える塔周りの町を含めて六つ、いずれも凪川の本流沿いに造られていた。もっとも北方、つまり一ノ宮の近くにあるのが一門の町で、二門から四門の町まではいずれも三ノ塔よりも北に位置している。塔周りの町は三ノ宮の中心であり、規模も他のどの町より遙かに大きく、栄えてもいた。

「ひとつだけ、三ノ塔より南にある町がありますな」

ヌキの説明を聞きながら、絡み合い曲がりくねる凪川の流れを指先で辿っていたサイが言った。

塔周り以外の町は元々、三ノ塔を冥凪から護るための砦としての役割を託して造られたものだ。この百年ほど、つまり一ノ宮が八つの砦を作り上げて以降はこれほど南方まで冥凪の侵入を許したことはないが、かつては三ノ宮の深くにまで入り込まれることもあった。そのため各町とも同じように宮壁を張り巡らせ上部に投石器と放水器とを並べ、外周には冥凪が近寄れないように凪川の水を引き込んだ堀を設けている。

「五門の町、ちうところですな。これでは三ノ塔への砦代わりにはならんのではないですかの」

「そこは少し、他とは事情が異なっておる」

とんとん、と指先で五門の町の位置を叩きながらヌキが答える。

「そもそも町ができたのも三十年ほど前――つまり、一ノ宮が冥凪どもを抑え込んで以降のことだ」

「つまり、砦として作ったわけではない？」

そうだ、とヌキは答えた。

「宮壁門からここまで歩いてきたのであれば、大量の仔凪は見ただろう。あれの餌となる凪種というもの、その産地として造られたのがこの町だ」

「ちうことは、五門の町には漁師はおらんのですかな」

いないことはない、とヌキは言った。

「だが、数はそれほど多くはない。広さこそあるが、町自体の規模も他よりはかなり小さいと聞く」

なるほど、とサイは短く答え、眉根に皺を寄せて地図に見入った。

少しのあいだ、誰もが口を噤み、ヌキが広げた地図に見入った。僅か三人だけでどうこうできるとはとても思えないほどの広大な土地が、そこには広がっていた。

「末姫さまをどのように探すかは貴様が決めろ、サイ」

厳しい声で、ヌキが言った。

「三ノ塔には儂から話を通しておく。この探索についての一切合切は貴様が仕切れ。紺衣の報告は全てそのまま伝えるが、他に必要な助力があれば言え。できる限り手配しよう。ただし、極力ひと目につかぬようにしろ。そうでなくても貴様は悪目立ちするからな」

一拍おいて、唸るような声でサイが言った。

「――承知しました」

小さな筏で凪川を下ったと思われる蒼衣の末姫の行方を、なんの手がかりもなく探すなど雲を摑むような話だった。探し出せる見込みはほとんどなく、かといって放っておく訳にもいかない。

まあ良い、好きにやらせて貰うとしよう。

サイのぶ厚い唇に、不敵な笑みが浮いた。

7

「河岸に倒れてたんだよ。凬川《ふうちゆあん》の」

寝台から立ち上がるキサの肘に手を添え、万一の時に備えつつ生《いくる》が言った。

「たまたま近くを、ええと——仕事の帰りに通ったら、見つけて」

生の言葉はずいぶんと歯切れが悪かったが、自分の体を動かすことに集中しているキサには、それに気づけるだけの余裕がなかった。姿勢を崩すことがないように慎重に、ゆっくりと両足にかける体重を増やしながら腰を上げていく。

「どうしてわたし、そんなところにいたんだろう」

両足の腿が微かに震えてはいたものの、キサはなんとか生の手を借りることなく無事に立ち上がることができた。

「歩けそう？」

生の問いに、緊張の面持ちでうん、と返事をする。

「一度立ち上がれたら、あとはかなり楽だから。——見ててね」

寝台沿いの狭い空間を、キサは慎重に一歩一歩進んでいく。二人が並んで歩けるほどの広さがないため、生は先導するように後ろ向きのままキサの前を進んだ。だが手を触れてはいない。ゆっくりと、かつ危ういところもないではなかったが、とにかくキサは確かに自分の足で歩いていた。部屋をぐるりと一周し終え、最後はもう一度慎重に、太腿を震わせながら寝台に腰を下ろす。

「すごいね、歩き通せた」

生の感嘆の声に、うん、と安堵の息をつきながらキサが応えた。

「毎日生が練習につきあってくれたから。ありがとう」

「そんなことないよ。キサがすごく頑張ってたからだよ」

心底感心した様子で言いつつ、生は少しあいだを空けて、キサの隣に腰を下ろした。

「僕が仕事に行ってるあいだも、ずっとひとりで練習してたんでしょ？　だから、こんなに早く歩けるようになったんだよ。婆ちゃん七日くらいかかるって言ってたのに、まだ三日だもの。すごいや」

目覚めた次の日、痛みはずいぶんとましになり、恙《うれい》が言っていたように眩暈も収まってくれていた。ただ足だけが、全く思い通りに動かせない。痛みがあるわけではないし触れれば感覚もあるのだが、まるで足だけ別人のものになってしまったかのように、キサの意識に従おうとしなかったのだった。

それを聞いた恙は、なるほどね、と言った。

「たまにね、凪川に落っこちちまった漁師が似たような症状になることがあるんだよ。痛めたわけじゃないし見た目にはなんでもないのに、とにかく思うように腕や足が動かなくなる。どうやらそれと同じだね」

こりゃ休んでても治らない、時間が掛かるよとあっさり言うと、恙はとにかくまずは立ち上がる練習を始めることだね、とキサに告げた。

「こりゃね、足が悪くなってるわけじゃないんだ。頭が足の使い方を忘れてるみたいな状態なのさ。だからそれを思い出させてやらなきゃいけない」

そのためには赤ん坊が歩き方を覚えるのと同じように、少しずつ練習を重ねるしかない。まずはひとりで立つこと、それができたら歩く練習。でも無理だけはするんじゃないよ、と恙はキサの表情を見て釘を刺した。

「転んじまって怪我でもしたら、元の木阿弥《もくあみ》なんだからね。小僧に手伝わせるなりして、とにかく慎重にやることだ」

その日からキサは、昼間のあいだはひとりで、夜には仕事を終えて様子を見に来る生に手伝って貰い、起きている時間のほとんどを歩く練習に費やしてきた。そうした努力の甲斐《かい》あってか、三日目の今日にはもう、ゆっくりではあるものの、なんとかひとりで歩けるようになったのだった。

「婆ちゃんがキサは足だけ凪川に浸かってたんじゃないかって言ってたけど、それもそんなに長いあいだじゃなかったのかもしれないね。一ノ宮から流されてくるあいだずっとじゃなくて、最後のほうだけちょっと、みたいな感じだったのかも」

一ノ宮にいたはずだったのに三ノ宮の凪川の河岸に倒れていたのだから、キサは当然凪川を流されてきたのだろう。凪川に落ちた漁師が同じような症状になるのだからきっとそうに違いない、というのが生の考えだった。

「──ほんとうに、そうなのかな」

生が間違ってると思ってるわけじゃないんだけど、とキサが言った。

「まだ、何も思い出せないの？」

生の率直な問いに、キサはうん、とちいさく頷いた。

生だけでなく恙にも尋ねられたが、キサの記憶は断片的で曖昧だった。覚えている最後の出来事は、丹際砦近くで末姫衆に護られ、丸太橋を渡ろうとしていたということだ。それ以外にはどれだけ考えてみても、手がかりになりそうなことは何ひとつ思い出せない。

「心配だね、末姫衆のひとたち」

うん、と頷いてから、でも──とキサは続けた。

「みんなとても強いから、きっと大丈夫だと思う」

自分はそうではない。非力でまともに鉦珠も使えない、陰で捨姫と呼ばれ囮になるしかないただの小娘に過ぎない。自分がなぜ凪川を流されるようなことになったのか、なぜまだ生きているのかはわからない。けれど少なくとも、とキサは思った。ほんとうに凪川に落ちたのだとしたら、無力な捨姫は死んだものと思われているだろう。

だからこそ、なんとしてでも帰らなければならない。与えられた務めを果たせると証《あか》し、自分の唯一の意味を失わないために。

「あのね、もう少し、歩く練習をしたいんだけど――」

「手伝うよ、もちろん」

キサの言葉が終わる前に顔を輝かせて言うと、生は跳ね上がるほどの勢いで立ち上がった。

「でもその前に、婆ちゃんに診て貰いに行こう。歩けるようになったって言わなくっちゃ」

そろそろ外で歩いてみな、と恙が言ったのは、翌日、キサが梁塁で目を覚ましてから四日後のことだった。

「昨日今日でそんだけ動けるようになったんなら、もう平らなとこ以外で歩く練習を始めたほうが良さそうだからね」

三つの居室の壁を抜いて作った診察室の中で、恙は相対して座っているキサに向かい、でもね、と念を押すように強い調子で言った。

「最初は河岸までだ。調子が良ければ土手の道も、そうだね、半里までは行ってもいい。でもそれ以上遠くに行くのはなしだ。いいね」

それからね、と声の調子を強めて念を押す。

「梁塁から河岸に下りる時には気をつけるんだよ。ここでまた凪川に落ちでもしたら台無しだ。精々ちゃんと手を貸して貰うこった。――聞いてんだろ、小僧」

恙が扉に向かって大声で言うと、一拍おいてから薄い板一枚の扉が軋みながら少しだけ開かれ、隙間から生が顔を覗かせた。

「なんでわかったの」

「わかるに決まってんだろ」

はっ、と小馬鹿にしたような口調で言いながらも、恙はどこか機嫌がよさそうだった。

「今日に限ってやけに早く帰ってくるわ、ずっとうろうろそわそわしてるわじゃ、どんな馬鹿にだって察しがつくよ。どうせ歩けるようになったら五門の町に連れて行くとか、タイクーンに登らせてやるとか、益体もない約束してたんだろ」

「タイクーンには登りたくないって言われた」

真顔の生に、当たり前だ、と恙が笑いを堪え、口を歪めて言う。

「金も貰えないのにあんなもんにわざわざ登る馬鹿はいないだろ。アタシだって嫌だよ」

「婆ちゃんには無理だよ。年だし、体は重いし、腕の力も足りないし」

余計なお世話だよ、と恙が鼻息荒く言い返した。

「それに、力が足りないってことにかけちゃこのお姫さんも大差ないからね。五門の町まで連れて行きたいなら、もっときっちり治してからだ」

わかった、と応じた生に、真顔になって恙が言葉を続ける。

「冥凧を滅ぼしちまうようなお姫さんでも、今はなんとか歩けるようになっただけの娘っ子なんだ。この辺りのことも三ノ宮のこともまるで知らないし、知り合いだってひとりもいない。どのくらい不安で心細いか、いくらお前だって想像はできるだろ」

恙の視線を真っ直ぐ受け止めて、生も真剣な顔になってうん、と答えた。

「焦って無茶したくなることもあるだろ。だけどもうしばらくは辛抱だ。とにかく無理はしない、させないってのが肝心だからね。いいかい」

恙の強い言葉に、キサと生は同時に頷いた。

「わかった。約束する」

「約束するならアタシとじゃなく、お姫さんとしな」

ふん、と鼻を鳴らすと、恙はもう用は済んだとばかりに手で二人を追い払う仕草をした。


夜の梁塁の中を歩き回るのは初めてだった。

迷路のような梁塁の通路ももうずいぶんと覚えたつもりでいたが、光がなくなっただけでまるきり様子が変わってしまう。露台に繋がる出口へと向かっているのはわかっているのに、二、三度通路を曲がっただけで、キサはもう自分がどこにいるのかわからなくなってしまった。

部屋も通路も狭くやたらと入り組んだ構造である梁塁には、通風と明かり取りのための小さな鎧窓があちこちに設けられている。だから陽が出ているあいだは通路もそれなりに明るかったし、継ぎ足し継ぎ足しで拡張されてきたために壁や床の造りや色目がそこここで変わっていて、それらが現在地を把握するための目印になってくれもした。

だが、いったん陽が落ちてしまうと様子はすっかり変わる。通路は闇に沈み、頼りになるのは点々と灯る紅条《ほんちゃお》の、それも生が助けてきた異形態の弱々しい明かりだけだ。顔の高さをぼんやりとした赤い光で照らしてくれてはいるものの、それは梁塁の内側の大部分を塗りつぶしている黒の濃さをいっそう強調するだけに終わっていた。

昨日今日でかなり歩けるようになったとはいえ、それは慣れた環境であれば、という但し書きがつく。キサは自分が思っていたよりもずっと危うい状態なのだということを、恙の診療室を出てからの僅かな時間でいやという程思い知らされた。

何より大きいのは、足元がほとんど見えないことだった。足を踏み出して、体の重心を移すという当たり前の動作が難しい。自分が足を進めるのにこんなに目の力に頼っていたことに、キサはこれまでまるで気がつかなかった。

すぐ前を歩いていたはずの生の背中がもう見えない。そうではないと頭ではわかっているのに、闇の中にひとり取り残されたかのような感覚に襲われる。黒で塗りつぶされた死角の中から、身を潜めこちらを狙うものの睨《ね》めつけるような視線を感じる。葉擦れの音、生ぬるい風、そして溶け落ちて腐った血と肉の匂い。いっせいに甦ってくる記憶がキサの五感に押し寄せてくる。ほんとうのことではないとわかっているのに、心臓の鼓動は速く、呼吸は苦しくなっていくばかりだった。

「いくる――」

掠れ声で名を呼び、腕を伸ばした。その白く細い指先が、生の上衣の裾に触れる。

「どうしたの、大丈夫？」

目の前に、生がいた。自分より少し背が低くて痩せた、でも引き締まった体つきの少年が。心配そうな表情で、背を丸め震えを堪えている自分を見つめている。

その視線が、キサの呪縛を解いてくれた。

「――うん」

搏動《はくどう》が落ち着き、冷え切っていた手足の指先に血が流れ出すのがわかる。じんわりとした温かさとむず痒《がゆ》さが、キサの体の内を巡っていった。

「ごめん、暗くて――よく見えなくて」

生と言葉を交わしたことで、胸の内に最後まで残っていた澱のようなものもようやく姿を消してくれたようだった。

「どっちに行ったらいいのか、よくわからなくなって」

「あ、そっか」

慌てたように言った生はすぐに距離を詰めて、キサの手を取った。

「気がつかなくてごめん。こっちだよ。足元気をつけてね」

「――うん」

生の手は、思っていたのよりずっとがっしりして、力強かった。キサよりも高い体温が、触れあった手のひらを通して伝わってくる。

誰かと手を繋いだことなんて、幼い頃の記憶の中くらいにしかなかった。少し居心地が悪くて落ち着かなくて、でも、決して嫌なものではなかった。

生のほうはいつもと何も変わらない様子で、ただ心持ちゆっくりとした歩き方になって先へと進んだ。梁塁の中など知り尽くしている生にとって、通路が暗いことはなんの障害にもならないのだろう。迷うことなく踏み出され続ける生の足取りが、キサに安堵を与えてくれた。

出入り口に辿り着くまで、通路を四回曲がった。梁塁が拡張に拡張を重ねたせいで診察室から出口まで真っ直ぐに向かう方法がなく、どうしても大回りするしかないんだ、と生が説明してくれる。

「診察室のある辺りが、梁塁で最初に作られたとこらしいんだけどさ」

梁塁には恙と生の他に、まだ幼いといっていい棄錆の子どもが三人住んでいる。もう眠っているだろう三人を起こすことがないよう、生の声は普段よりずっと静かだった。

「そのあと何回にも分けて足されてって、今の形になったんだって。だから今みたいに変な造りになったんじゃないかって、婆ちゃんが言ってた」

梁塁は冥凪からの避難場所として作られた、という話を思い出す。もしかするとこういう造りのほうが都合がいいことがあったのかもしれない、とキサは思った。なんの都合かは見当もつかないけれど。

「ここ、三ノ宮でもだいぶ南のほうだから、ほんとうにこの辺まで冥凪が入り込んだのかもわからないんだって。避難場所として使われてて、ひとが住んでたってのはほんとうらしいんだけど」

そうなんだ、とキサは相づちを打つ。とは言え二百年という昔はあまりに遠すぎて、それが現実の、自分たちが生きている今に繋がっているものだとはなかなか実感しにくかった。

ひとがどのくらいの歳まで生きられるかは、どの宮に生まれたかで大きく違っている。最も長命なのは知識と技術の開発を担う六ノ宮であり、商業を担う三ノ宮がそれに次いだ。逆に最も短命なのは、言うまでもなく一ノ宮だった。特に黒衣は四分の一が四十になるまで生き延びることができないが、歴代の蒼衣もそれに劣らず早世した者が多かった。

自分ひとりでできることなどほんの僅かしかない。短い命を細かに繋ぎ、次の世代の、ひとという種の礎となって死ぬ――それが一ノ宮においては最も自然な考え方であり、多くの者たちの揺るがない信念になっている。

それは、ひとのことだけに限らなかった。一ノ宮には、一ノ塔以外には作られてから百年を超えるような建築物は存在していない。一ノ宮の中核であるが故に一ノ塔と周辺の町は死守されてきたが、それ以外の町や砦はどれも、初めからいずれ冥凪に破壊されることを前提として作られた安普請ばかりだ。つまり一ノ宮の建物のほとんどは、短い期間に求められる役割を果たし、それが終われば放棄されてやがて消え、記憶にすら残らないものとして造られているのだ。残るのはただ、かつてそこにあった何かが、ひとという種を護る礎となったという結果だけであり、一ノ宮ではそれこそが重要だと考えられていた。

だが、三ノ宮ではそうではない。ここではこんなふうに同じ建物が、元々の用途を失ってもなお使い続けられている。

ひどく現実離れした、まるで作り話の中にでもいるような感覚を抱えたまま歩いていたキサは、着いたよ、という生の声にいつの間にか伏せていた視線を上げた。

梁塁の中を歩き回っているあいだに闇はいっそう濃くなって、視界に映るのはところどころに灯る紅条の赤い光だけだった。キサの目にはぼんやりとしか見えない扉を生は迷うことなく押し開けて、二人は露台——梁塁の周囲にぐるりと張り出した広縁へと出た。

既にとっぷりと陽は暮れていたが、空高く輝く月と星の光によって、外はむしろ梁塁の中より明るいほどだった。前を歩く生が自然な動作で振り返って上空を見るのにつられて、キサも体を捻って空を見上げる。遠くに横向きの歪で白い楕円《だえん》形が、穏やかな川風に揺られながら漂っているのが目に入った。

「あれがタイクーンだよ」

その存在に圧倒されていたキサは、生の言葉に、あれが——と、小声で呟くのが精一杯だった。

かなり距離が離れているにも関わらず、どれほど巨大なのかは容易に理解できた。あんな大きなものが、それも宙に浮いているなんて。

「タイクーンは、陽の光と風を受けて凧種を生むんだ。タイクーン以外の仔凧は凧種しか食べられないから、タイクーンはすごく大切なんだよ」

十五廣ほどの高さに留め置かれているタイクーンは、梁塁の半分ほどの長さがあるように見えた。冥凪の中にも、例えば年経た〈腕つき〉のように小山と見間違えるほどの巨大なものはいる。だがそれらと向き合うとき、ひとは死に物狂いで逃げているか廃滅を試みているかのいずれかだ。こんなに静かな状態で、恐れることもなくあんな巨大な生き物と向き合っていられることがキサには不思議で、まるで現実とは思えなかった。

ほっと吐息を漏らすと、キサは生の横顔を覗き見た。夜空に浮かぶタイクーンを見つめる表情は真剣そのもので、ただ眺めているわけではないのはすぐにわかった。

だがそれはいっときのことで、キサの視線に気づいた生はタイクーンから視線を外し、いつもの笑顔に戻ると行こうか、と河岸に繋がる丸太へとキサを誘った。

「キサが先に、でも手は繋いだままにして。足が滑ったりしても、僕が絶対支えるから――」

そこまで生が言ったとき、不意に背後から小さく震える声が聞こえた。

「――いくる?」

えっ、と振り向いた二人の視線の先にあったのは、半開きになった出入り口の扉と、その陰から恐る恐るこちらを覗いている幼い少女の顔だった。

「紗麦《さむぎ》⁉」

三人の幼い棄錆のうち、一番年下の娘だった。まだ八歳で、キサは朝晩の食事のときに顔を合わせてはいたが、これまで一度も口をきいて貰ったことがない。

生が慌てて駆け寄って、紗麦の手前でしゃがみ込んで視線を合わせた。キサは少し距離を空けたところから、そっと二人の様子を見守る。

「どうしたの、こんな遅くに」

生の問いには答えず、紗麦は泣きそうな声で尋ねた。

「生、どこか行っちゃうの？」

「そんなわけないじゃないか」

目を丸くして、生が答える。

「どこにも行ったりしないよ。なんだってそんな」

「だって」

不意に、紗麦がキサへと視線を向けた。その視線の驚くほどの強さに、キサは思わず身を竦めてしまう。

「お姫さまと二人で、こんな夜に」

「それはそうじゃなくて、ええと――」

生が言い淀む。その姿が、考えるより先にキサの体を動かしていた。数歩の距離を詰めると膝をついてしゃがみこみ、紗麦と視線を合わせて真っ直ぐに向き合う。

「ごめんね、紗麦ちゃん」

そっと、なるべく穏やかな声で。紗麦は怯えたような表情を見せたが、目を逸らすこともなく、キサの視線を受け止めた。

「生は、わたしが歩く練習をするのを手伝ってくれてるだけなの。今日ね、河原で練習してもいいって先生に言って貰ったんだけど、わたし、まだひとりであそこまで行けるかわからなくて。それで、丸太を渡ったりするのを生が手伝うよって言ってくれたの」

だからね、とキサはゆっくり言葉を続ける。

「生はどこにも行ったりしないよ。わたしの歩く練習が終わったら、ちゃんと梁塁に帰るもの」

言葉が終わっても、しばらくのあいだ紗麦はキサの顔を見つめたままでいた。たっぷりの時間をかけて勇気をかき集めたのだろう、ようやく口を開くと少し震える声で、ほんとうに？　と尋ねる。

「ほんとうに」

紗麦の目を真っ直ぐに見て、キサは深く頷いて言った。引き込まれるように紗麦も、ん、と小さく頷く。

「紗麦、だからもう部屋に戻って――」

安堵の表情を浮かべた生がかけた言葉を、紗麦はいつになく強い視線で遮った。

「――どうしたの」

「紗麦もやる」

えっ、と驚いた二人に向かって、紗麦はきっぱりした表情でもう一度言う。

「紗麦も、お姫さまの、お手伝いする」

「でも――」

「やる」

きっぱりと言い切った紗麦の表情には、キサが、そしておそらく生も初めて見るのだろう強い意志が現れていた。キサは目を丸くして紗麦の表情に見入っていたが、隣で大いに驚いたらしい生はでも、とかそんなこと言っても、などと泡を食っている。その様子が段々おかしくなってきて、キサはとうとう吹き出してしまった。

「それじゃ、紗麦ちゃんにもお願いしようかな」

半開きの扉を開け、紗麦に向かって手を伸ばしながらキサは言った。

「歩く練習の、お手伝い」

大真面目な顔で力強く頷くと、紗麦はキサの手を握り締めた。

「じゃあキサが先に、紗麦としっかり手を繋いでね。紗麦、反対側の手は僕と繋ごう。放すんじゃないよ」

うん、と紗麦が答えるのを確かめると、キサは自分の肩幅ほどもない、上部を平らに削られただけの丸太の上に慎重に足を乗せた。そのまま、滑り止めとして彫り込まれている溝に合わせ、ゆっくりと、でも止まることなく足を動かしていく。渡り慣れている紗麦が歩調を合わせてついてきているのが繋いだ手を通して伝わってきたが、キサには振り向いて確かめる余裕さえなかった。

数歩で、凪川の上に出る。露台の床が姿を消し、代わりに暗い、豊かな水の流れが視界のほとんどを占めるようになった。無限に奏でられ続ける水音は涼しげで、その響きは耳にとても心地いい。だがこれは凪川だ。冥凪すら滅ぼす毒の川、ひとを冥凪から護り、しかし同時にひとの命もまた削る、六つの宮を支配するかのように隅々まで支流を伸ばす流れ――

「足元だけ見て」

生の言葉に、キサは我に返った。

「今日は風も強くないし、一歩ずつ進んで行けば平気だから。自分のつま先を見るといい。つま先と、滑り止めの溝を合わせることだけ考えて」

「がんばれ、お姫さま」

紗麦の声が続き、繋いだ手がぎゅっと握り締められる。

「――わかった、ありがとう」

振り返るのは無理だったが、精一杯の声で答えた。前を向いたまま、キサは一歩一歩、ゆっくりと足を進めていく。

渡りきれるだろうかという不安はもちろんあった。けれどそうした根拠のない不安や自分への不信は、冥凪廃滅に向かうときと同じように胸の内に押し込めて封をする。余計なことは考えず、目の前のことだけに集中して、さあ一歩ずつ。握り締めた紗麦の体温の高い小さな手のひらが、キサに力を与えてくれた。

頭の中で歩数を数え繰り返し足を動かしているうちに、少しずつ中洲が視界の隅に入ってきた。油断せずそのまま同じ調子で足を動かし続け、歩数が三十を過ぎたところで足元が細やかな砂地へと変わる。これでもう足を滑らせても大丈夫、と安堵してから間もなく、三人は揃って小さな中州のひとつへと辿り着いた。

この中州は自然のものではなく、梁塁へと渡る中継地点とするためにひとの手で作られたものだった。流れの中に岩を積み上げ、周辺に杭を打って固定してある。そうした中州が他に三つあった。三人は、それらのあいだに渡された丸太橋を順々に渡って移動していく。最初のひとつ以外の丸太橋はほぼ水平だったので、二つ目からはずいぶんと歩きやすかった。ただそのぶん川面までの距離が近くなっているため、キサの緊張に変わりはなかったが。

結構な時間をかけてようやく、三人は凪川の河岸へと辿り着いた。緊張に強ばっていた足が痛んで震えたが、まだ自分の足で立って、歩くことはできた。

ほっと胸をなで下ろしていると、お姫さまえらいね、と紗麦が言ってくれる。ありがとう、と紗麦に笑顔を向けるキサを見て、大丈夫そうだね、と生が言った。

「全然大丈夫じゃなかったよ」

余裕ができたためか、キサの口調には明るさが戻っていた。

「途中落ちたらどうしようと思って、すごく怖かったもの。紗麦ちゃんに手を繋いで貰ってほんとうによかった」

キサの言葉に誇らしげな表情を浮かべた紗麦の頭を、生が優しく撫でてやる。

「だけど、足を滑らしたり姿勢を崩したりする様子はなかったし。何度か往復したらすぐに平気になると思うよ」

「今度は戻るの？」

尋ねる紗麦に、あとでね、と生は笑って言った。

「その前に、もうちょっとだけ遠く——そうだな、土手の上まで行ってみようか。五門の町まで続く道があるから。紗麦も見たいだろ」

うん行こう行こう、と紗麦が飛び跳ねる。初めて見る紗麦の活発さに、キサも浮き立つような気分を味わった。そうだね、と紗麦に答える。

「せっかくここまで来たんだし——紗麦ちゃんが手伝ってくれるなら、もうちょっと歩けるかな」

手伝うよ！　と胸を張って言った紗麦が、ぎゅっと力を込めて手を握ってくれた。

こっちだよ、と先導する生に続いて、キサは紗麦と手を繋いで暗い河原を歩き始めた。暗いといっても月明かりがあるから、梁塁の中よりもずっと体は動かしやすい。ふらついても体を支える壁はないし、天然の河原は小石で埋め尽くされ平坦でもないが、凪川の河岸であれば冥凪廃滅の際に何度も歩いた経験がある。しかもそこは一ノ宮の領域、つまりもっと上流の、岩と呼んでもいいくらいの大きさの石で埋まり、幅も狭く傾斜も急だった河原だ。それと比べたら、ここを歩くのはずっと簡単だった。

小石だらけの河原をすぐに抜け、三人は河岸を囲うように造られた小高い土手へと向かった。

土手はしっかりと固められてはいたが、それなりのきつい斜面だったために上るのは簡単ではなかった。それでもどうしてもというキサの希望を入れて、生と紗麦は手を貸すことをせず、一歩ずつ上っていくキサを黙って見守っていてくれた。

たっぷり四半刻はかけてようやく上りきった土手の上には、驚くほど整えられた、幅の広い石畳の道が続いていた。どんなに少なく見積もっても、ひとが十人は横に並んで歩けるだろう。凪川の流れに沿っているから直線でこそないが、なんの障害物もない滑らかな道が、見える限り左右にずっと伸びている。

「――立派な道だね」

「三ノ塔に続いてるからね」

生は進み始めていた方向の逆、北西を振り向くとこっちに、と道の先を指さした。

「半日歩くと塔周りの町があるんだ。五門の町から凪種を運ぶのに使う道だよ」

「……真っ直ぐなんだね」

呟くようなキサの言葉に、生はしばらく進むと流れに沿って大きく曲がるよ、と言った。

「五門の町まで行くほうはほんとうに真っ直ぐなんだけどね。曲がり道も分かれ道もないんだ。……ちょっと歩いてみようか」

うん、と応えて、キサは再び紗麦と手を繋ぐと、生と並んで南東に向かって歩き出した。

「このまま一刻半くらい行くと、五門の町だよ。宮壁は大きいから、もっと手前からでも見えるけどね。良く晴れた昼間なら、ここからでもなんとか見えるかな」

生の言葉に、キサは目を細めて月明かりに照らされた真っ直ぐに伸びる道の先を見つめてみる。遙か向こう、闇に混じって黒々とした町の宮壁が見えるような気もしたが、はっきりそうだとはわからなかった。だが生の言う通り、昼間であればきっとここからでも見えるのだろう。歩いて一刻以上掛かる距離からでも見えるなんて、どれほどの大きさなのだろう、とキサは思う。

宮壁の巨大さは、もちろん冥凪に対する入念な備えの結果であるはずだった。それだけのものを造り上げられる三ノ宮の繁栄に驚きつつも、キサはそれほど立派な宮壁で町を囲いながらも一方でこれほど整備された道を無防備に晒していることに、なんとも言えない違和感とチグハグさをも感じてしまう。

生に対してキサが真っ直ぐだと言ったのは、道の進行方向のことではなかった。一ノ宮ではこれほど整えられた道が、目的地に向けて素直に伸びていることはあり得ない。全ての道は冥凪の進行を阻むために狭く頻繁に折れ曲がって、意図的に作られた行き止まりすら珍しくなかった。また道の多くは本来の地面よりも低く、掘り下げられた溝のような道になっている。無論石畳など敷かれているはずがなかった。

一ノ宮ではどの道にも、およそ五十廣ごとに太い杭が道幅いっぱいに打ち込まれている箇所がある。冥凪返しと呼ばれる仕掛けで、入り込んだ冥凪の進行を阻むためのものだ。ひとであれば杭と杭のあいだを通って先に進めはするが、もちろん進むには邪魔なものだし、見通しは当然悪くなる。

冥凪返しだけではない。そもそもほとんどの道が溝のように掘り下げられているのは、いざという時に凮川の水を流し込めるようにするためだった。そのための貯水池や水路が、一ノ宮の領域には無数に作られている。

そうした貯水池や水路、もちろん道自体も、いずれ放棄されることが前提の簡易なものばかりだった。ほとんどの建物と同じように、一ノ宮にあるものはどれも、冥凮を滅ぼすための道具として造られているのだ。

それは、ものだけに留まらない。ひともまた、そうだった。

だがここでは違う。平らで滑らかな道を歩き、繋いだ手のひらに紗麦の体温を感じながら、キサはそれを痛いほど感じていた。

「タイクーン、今日は直さなくてよかったの?」

不意に、紗麦が生に向かって尋ねた。キサが生の顔を見ると、生は紗麦に向かって今日は大丈夫そうだった、と答えてから、梁塁のタイクーンのことだよ、とキサに告げた。

「あのタイクーンはね、梁塁にいる他の仔凮と一緒で、異形態なんだ。体が歪だから、もう成体なんだけどあんまり大きくないし、高く上ることもできないし、安定して浮いてるのも難しい。だから時々調整して、うまく浮いてられるようにしてやらないといけないんだ。そうしないと、うまく凮種も生めなくなっちゃうし」

三ノ塔で生み出された仔凮は、仕事ができるようになるまで育てられたあと、三ノ塔に申し込み、適正だと認められた者たちへと順に与えられる。その際に特段の費用は不要とされていたが、手に入れてから仔凮に食べさせるための凮種については話が別だった。

一ノ宮にこそ無償で提供されているが、それ以外の宮や住人は三ノ塔が専売するそれを購入する必要があった。凬種を充分に与えられずに仔凬を飢えさせたことがわかると、三ノ塔からの次の仔凬の提供があと回しにされてしまう。そのため凬種の購入は、必要以上に仔凬を求めることへの抑制にもなっていた。

「だから当然、みんな異形態の仔凬なんて欲しがらない。年取って働けなくなった仔凬もそう。ちゃんと仕事はできないけど、そういう仔凬にも凬種をあげなきゃいけないから。だから、そういう仔凬は三ノ塔が認めたらすぐ、ほとんど――凬川に、還されちゃう」

どんなに言い繕おうと、生が口ごもった言葉が廃棄を意味していることくらいはキサにもわかった。

「ただ、タイクーンはそもそも数が少なくて貴重だし、どっちにしても育てるのには時間も手間もかかるんだ。だから異形態でもしばらく育てられて、ある程度働けるようだったら残されることもある。でもあの子は、一年育ててはみたけど、手間の割に充分な凬種を産まないからって還されることになって」

「それを生が助けてあげたんだよ」

自分のことのように、胸を張って紗麦が言った。

「あの子が歪なのは、表皮の厚さが一定じゃないからなんだ。だから体に無理がかかるし、安定して浮いてられない。ちょっと均衡を崩すだけで高度や姿勢を保《たも》てなくなっちゃう。だから朝晩様子を見て、必要なら包み網や、調整用の錘を取り替えたりしてやってるんだ」

そうした面倒な作業を、生はけして楽ではない仕事の傍ら、もう何年も続けてきた。それだけではない。梁塁にいる数多くの異形態の仔風の世話を、生は帰ってきてから眠るまでのあいだ、毎日欠かさずに行っている。

「凮種は紗麦があげてるんだよ」

えらいね、とキサが言うと、紗麦は照れたような笑顔を見せた。

「でも、悪いところを治してあげるのは生しかできないの」

異形態の仔凮は、タイクーンのようにそれぞれが異なる問題を抱えている。それらのひとつひとつに生は丁寧に対応し、命を永らえさせてきた。

「――すごいんだね。生は」

棄てられて傷ついた仔凮を助けて、そこまで寄り添ってあげられるなんて。そう思い――だが、口には出せなかった。

自分も同じだったのかもと、思ってしまったから。

蒼衣として役に立てない自分は、あのタイクーンと同じだ。まともに鈺珠も使えず屍針蟲も操れない、棄てられるはずだった異形態の蒼衣だ。囮としてなら使えるとわかったから、だから辛うじて生かされているのに過ぎない。あの、全てが冥凮を滅ぼす、その一点のために造り上げられている一ノ宮において。

だからわたしを助けてくれたの？　棄てられた仔凮と同じように。

もちろんそんなはずはない。生はキサが、一ノ宮でどんな扱いをされていたかなど知る由もないのだから。出来損ないだからとか、半ば捨てられたような存在だからと憐れんで手を差し伸べてくれたのではないのだ。それはわかっていた。わかっているのに、それなのになお確かめようとしてしまう自分の言葉を、キサは辛うじて飲み込んだ。

「そんなことないよ」

　生の言葉に、えっ？　とキサはいつの間にか俯いていた顔を上げる。

「すごくなんてない。僕にできるのはそれだけ——そんなことだけしかできないんだもの。キサみたいに冥凪を滅ぼしてひとを救うなんて、僕にはできないからさ」

　並んで歩いている生はどこか遠くを見つめるような表情で、いつもの通りの口調で、でもどこか寂しげな声で言った。

「婆ちゃんから聞いたでしょ。僕は棄鋳なんだ。役に立たないって、仔凪の世話くらいしかできないって言われて、三ノ塔から棄てられたんだよ」

　僕は——と何かに耐えているような表情を浮かべ、だが淡々と、生は言葉を続けた。

「ひとの役には立てないんだ。立てないって、言われたんだ。お前が仔凪を助けてるのはそのせいだって、前に婆ちゃんに言われたことがあるんだよ。自分は役に立つって思いたいからやってるんだって、それでほんとうにいいのかちゃんと考えろ、って。

　でも僕には、他にできることが何もないからさ」

「そんなこと——」

　ない、とは言えなかった。

生の横顔は、そんな無責任な言葉を言わせてはくれなかった。

目の前の少年が抱えているものを、彼の空虚を、自分は知らない。けれど、気安い慰めの言葉などかけられても嬉しくはないだろうということだけは、そんなことをしてはいけないということだけは、はっきりとわかった。

自分と同じだったから。

中途半端な力しかなく冥凪を滅ぼすことができず、与えられた囮の役目に必死で縋りついている、他には何もない自分と。

だから、何も言えなかった。

自分の内にある、普段は決して考えないようにしている空虚と同じものを目の前にして、自分の穴さえ埋めることができないでいる者が、一体何を言えるというのだろう。

しばらくのあいだ、沈黙が続いた。川の音と虫の声だけが響く時間を終わらせたのは、生のはああ、という殊更大きな、でもどこかおどけた感じのため息だった。

「もうだいぶ歩いたから、今日はそろそろ帰ろうか」

大げさなくらいの笑顔で、生はキサと紗麦に振り向いて言った。

「あんまり遅くなると、また婆ちゃんに怒られちゃうし。大丈夫？　疲れてない？」

「うん——平気。ありがとう」

また一緒に練習しようね、と言う紗麦の手を取って、キサは生と並んで梁塁の方向へと振り向いた。視線の先には、凪川の川面に浮かんでいるかのような梁塁と、遙か上流で浮遊するタイクーンの、少し歪な、切り絵のような影があった。

8

トーが取った宿は、二門の町の唯一の出入り口、宮壁門のすぐ脇にあった。

主に宮と宮とを行き来して交易を行う柴衣《さいい》を相手にした宿で、呼び込みをしていた男の言葉を信じるならば、二門の町どころか三ノ宮で一番泊まり賃が安い宿、ということになる。それを売りにするだけのことはあって、食事は別料金で風呂はなく憚《はばか》りも共用、案内された部屋の窓や扉の立て付けは悪いし床は派手な音を立てて軋むし、壁には虫食い、天井には雨漏りの痕が幾つも残っている。安宿と大書して額に飾ったかのような有様ではあったが、普段野営することが珍しくもない一ノ宮の黒衣にとっては苦にならないどころか快適とさえ言って良く、そのうえ限られた路銀が倹約できるのならありがたいほどだった。

「ここがですか。へえ」

四ノ宮から塩を売りに来たという柴衣の若者が、サイの巨体を見上げながら感心したように言った。

「宮のほうじゃ爺さんたちが、一ノ宮の方々は俺らの金でいい暮らしをしてる、なんて言ってましたけど」

「それは、何を以ていい暮らしというかによるのう」

ひとなつこい若者の率直な言葉に苦笑を浮かべ、サイは言った。

「儂らにとっては、この宿に泊まれるのは充分よい暮らしということになるからの。それに少なくとも、そのために使っておる金がおんしらから出して貰うたもんじゃ、ということは相違ない」

ははあ、とどちらかというと呆れたような表情を浮かべて若者が言った。

二人が並んで座っているのは、宿の裏庭にある洗い場の長椅子だった。いや、これを椅子と呼んでいいのかどうか——要するに使い道のない曲がった丸太をそのまま、転がらないように杭を打って地べたに止めてあるだけのものだ。風呂はないが洗い場ならばある、それは好きに使っていいと聞いたサイがやってきた先にあったのはこの椅子代わりの曲がった丸太と、幾分濁った水を溜めた樽が二つ並んだだけの、正確に言えば裏庭ですらない、隣の建物とのあいだにある空間だった。

ここで体を洗うのかなるほどとサイが陣闘衣を脱ごうとしたところにやってきたこの若者が、この水は足を洗うためのものでそんなもので体を洗う奴はいない、とサイの巨体に圧倒されながらも親切に教えてくれたのだ。

「——もしかして、一ノ宮ってあんまり金貰ってないんですかね？　俺んとこの柴衣頭《さいいがしら》の爺さん、稼ぎからずいぶん取られてるってぶつぶつ言ってましたけど、嘘なのかな」

「ずいぶん、というのがどのくらいなのか儂にはわからんが、嘘ではなかろう」

一ノ宮は他の五つの宮と異なり、生産活動をほとんど行っていない。ただひたすらに鍛錬を重ね、砦を築いて冥凪がひとの世界に入り込むのを阻み廃滅する、ただそれだけに専心している。彼らの生活に必要な費用は、一ノ宮がすべてのひとを護ることに対する代償として、他の五つの宮が分担して負担していた。それが実際どのくらいの額になるのかは、それぞれの宮で政を担う紫衣《しい》らが割り振りを決めるなど全て取り仕切っているため、サイのような黒衣が詳細を知ることはない。だが、少なくとも丸々ひとつの宮の者たちを、残りの五つの宮で支えているのだ。少ない額でないだろうことくらいは予想がつく。

それもそうか、と若者は納得したように頷いた。最初は腰が引けていたようだったが、生まれて初めて一ノ宮の黒衣に会ったためか、段々と好奇心が隠せなくなってきている様子なのがサイには可笑しかった。

「自分たちで畑作ったりはしないんですか、そんないい体なんだから楽々できそうですけど」

「そうできればいいんじゃが、残念ながら難しくてな。……理由は二つある」

納得していなさそうな若者に向けて、サイはごつい指を二本、目の前に立てて見せた。

「ひとつめ。儂らにあるのはどうすれば冥凪を滅ぼせるかという知識と技能ばかりで、畑を作るにはどうすればよいのか知っている者がひとりもおらん。そしてもうひとつ、こちらのほうがより大きいが」

指を折って、続ける。

「睡眠飲食、それ以外のほとんど全ての時間を鍛錬に費やさねば、ひとの身で冥凪どもに勝てる道筋を見つけることなど到底叶わぬ」

言うてみればな、とサイは若者の表情の変化を窺いながら言った。

「儂らの生活は、食うのと寝るのの他は、冥凪を滅ぼすために備えるか、冥凪と向き合ってこれを滅ぼそうと試みているか、そのいずれかということよ」

へええ、と心底感心したように若者は言った。彼の表情と言葉とで、サイはこれまでも薄薄感じていたことに確信を持つ。

「——おんし、冥凪を見たことはないじゃろ」

「もちろんですよ」

何を当たり前のことを、と言わんばかりに若者が言った。

「だってこの百年ずっと、一ノ宮の方々が食い止めてくれてるじゃないですか。俺だけじゃなくて、親父《おやじ》も爺さんたちだって見たことないですよ。話で聞いたことがあるくらいで」

「話でだけ、か」

そうですよ、と若者が答える。

「一ノ宮の北には一体でひとを百も二百も斃しちまう冥凪って化け物がいる、って。それで悪ガキなんかは、いい子にしてないとうちのほうまで冥凪が入り込んでくるぞ、って脅されるんですよ。悪さするたび何度も何度も」

口を尖らせた若者の表情に、はっは、とサイは笑った。

「おんし、それは自分のことじゃろ」

まあそうなんですけど、と頭を掻く若者の姿に豪快に笑って見せながらも、サイは内心、ここまで違うものなのかとの驚きを抑えられずにいた。

全員が全員そうというわけでは無論ないだろう。だが少なくとも目の前のこの実直そうな若者にとっては、冥凪やそれを滅ぼすために命をかけている一ノ宮の者たちは、昔話に出てくる登場人物と大差がないのだ。それが現実であることを無論頭では理解しているだろうが、冥凪の姿や何より恐ろしさを体験も目の当たりにしたこともない彼ら彼女らにとって、それは結局のところ他人事なのだ。

「でもあの、あれですよ」

サイの微かな表情の変化に気づいたのか、柴衣の若者が取りなすように言った。さすがに商いを担っているだけあって、そういうことには聡《さと》いようだった。

「一ノ宮のひとたちが俺らのことを護ってくれてる、ってのはちゃんとわかってますから。黒衣のひとたちと、蒼衣でしたっけ、すごい力を持ってるひとらのお陰で、俺らは冥凪を見ずに済んでるってこと」

わかって貰えちょるのはありがたいの、とサイは若者の気遣いに向け、ぶ厚い唇に笑みを浮かべてみせた。

歩きづめだった足を洗っただけでも、ずいぶんといい心持ちになった。だが胸の内は今ひとつ晴れないままだ。

何度も二門の町に来たことがあるという若者は、少し先にあるという安くていい風呂屋を教えてくれた。彼の親切は元々の性格によるものでもあるだろうが、サイが一ノ宮の黒衣だということも当然作用しているだろう。一ノ宮の蒼衣や黒衣が自分たちを護っていると知らなければ、若者にとってサイは薄汚れた、無闇に体の大きい風来坊としか思えなかったはずだ。

逆に言えば、その事実と知識だけが、冥凪を知らない他の宮と、冥凪と向き合い続けるしかない一ノ宮との関係を成立させている唯一のものになってしまっている。

サイたちはこれからこの三ノ宮で——つまり一ノ宮の外で、ひと探しをしなければならない。しかも探すのは蒼衣の血を引く姫だ。そのために一ノ宮から投入された者が僅か三名である理由を、ヌキは行動変容の可能性が高い冥凪に備えて迂闊《うかつ》に衛団を動かすことができないからだと言った。それは嘘ではないだろうが、一方それだけが理由でもあるまい、とサイは思った。

要するに一ノ宮は、他の宮に弱みを見せるわけにはいかないのだ。冥凪の廃滅に失敗し、貴重な血統である蒼衣の末裔が行方知れずとなれば、他の五つの宮は一ノ宮の能力について疑いを抱き始めるかもしれない。そうなれば、一ノ宮と他の宮との関係を支えている唯一の前提が瓦解してしまう。

できる限り目立つな、か。全く好き勝手言ってくれるのう。

完全に知られないことなど無理に決まっている。サイらが三ノ宮で動き回ればどうしたって目立ってしまうだろう。ヌ牛は三ノ塔に対し先手を取って申し開きをするだろうが、どうせ全てを明かしはしないだろうし、そんな言葉がそのまま信じられるわけもない。まあ別段信じなくても放っておいてくれればいいんじゃが、とサイは口をへの字に曲げた。

「――そういうわけにはいかんじゃろうなあ」

思わず呟いたちょうどそのとき、まるで見計らっていたかのように部屋の扉が叩かれた。

「旦那？」

「トーか。開いちょるぞ」

不用心ですねえと言いつつ扉を開けて入ってきたトーの手には、湯気の立つ紙包みが握られていた。サイの鼻に、甘く食欲を誘う香りが届き、素直な胃袋が巨体に見合うだけの音を立てて鳴った。

「なんじゃ。いい匂いがするの」

巨軀にはずいぶんと窮屈な寝台に仰のけになっていたサイは、餌に釣られた熊のようにのっそりと体を起こした。

「そろそろ何か召し上がりになりたいころかと思いまして。昼飯前の、ちょっとした繋ぎに」

トーから手渡された紙包みを開くと、中には濃い茶色のたれが掛かった、手のひらに載るほどの丸い塊がひとつ、入っていた。鼻を鳴らしたサイの相好が、好物を目の前にした子どものようにくしゃっと崩れる。

「これはありがたい。そう言えば、朝に乾し飯齧《ほ　かじ》ったきりじゃったの」

一門の町でのなんの成果もない探索のあと、サイらは夜っぴて歩き続け、朝食も歩きながら済ませてこの二門の町に辿り着いたのだった。乾し飯は携帯しやすくすぐに食べられ、体を動かすだけの力が得られるために一ノ宮の黒衣にとっては馴染みの食料だが、味が単調である上にそれだけで腹を満たすのは難しいのが難点だ。

「大概の黒衣の場合、廃滅中は食事やら排泄やらは頭から消えて失せる、って感じだと思いますがね」

背負っていた背嚢をどさりと床におろし、トーが言った。

「旦那は廃滅中でも普段通りに食べるし憚《はばか》りにも行くくせに、平時に考え事に夢中になるとその辺りが全部吹っ飛んじまうんですよねえ。おつきをやらせていただくようになってからもうずいぶんになりますが、全く変なお方だ」

「それをずけずけ儂に言うおんしも、だいぶ変なほうじゃと思うがの」

トーの言葉に機嫌を損ねるどころかむしろ愉快そうな表情を浮かべ、サイは胡座《あぐら》をかいた大きな鼻を紙包みに寄せ、匂いを嗅いだ。

「まるご餅、とか言うそうですよ」

背嚢から食材らしい野菜やら魚やらを取り出し、部屋に備え付けの飯台に並べつつトーが言う。

「この辺りでは焼いた餅にたれを絡めて食べるってのが多いんだそうですが、それがこの町では断然の一番人気だって話です。炒めた茸《きのこ》と挽肉《ひきにく》を混ぜ込んだ甘味噌《みそ》を挟んで、甘塩っぱい醤油《しょうゆ》だれをかけたとかで——」

トーの説明が終わるより早く、サイは餅を丸ごと口の中に放り込んでいた。

「肉と茸が入っちょるぞ」

「ですからそう言ったじゃありませんか」

トーの呆れたような言葉は聞き流し、サイは満足げな表情で包みの中に残っていたたれを指先で丁寧にすくい取って口に入れた。

「なるほどこれは旨いの。見た目ほどしつこくもなし味も濃ゆくなし、程の良い甘さと塩気でいくらでも食える」

物欲しげな視線を送ってくるサイに、それしか買ってませんからね、とトーは言った。

「もう二刻もすれば昼飯ですからね、少しくらいは我慢しててくださいよ」

別に料金を払えば食事を作って貰うこともできたが、それとは別にこの宿には、投宿者用の台所が用意されていた。共用ではあったがそちらは無料で、食材さえ用意すれば好きに使っていいことになっている。

泊まり客の大半を占める柴衣は、交易のために三ノ宮と自分の宮を往復しつつ、新しい商品を探しては試すのが常だった。新しい店ができればすぐに立ち寄り、目新しい食材があればまず買って自分で料理して吟味する。だから柴衣は三ノ宮のことを住人以上によく知っていたし、新しいものや変わったものには目ざとかった。

投宿後、台所で何人かの柴衣からそんな話を仕入れたトーは、彼らの勧めに従って町に繰り出すとあちこちの商店を覗いては珍しい食材を探し、気に入ったものを買い込んできたのだった。

「他の宮から来たってのが丸わかりだからでしょうね、どの店でも店員は親切で色々話を聞かせてくれましたよ。お薦めの食材とか調理法とか、調味料の話とか、うわさ話とか」

「——何かわかったか」

「いや、それが残念ながら」

トーは首を横に振ったが、さして残念そうな風でもなかった。

「まあ、柴衣の連中も特に変わったことは見聞きしてなかったようですし、あんまり期待してた訳でもないんですがね。しかし、どうします？　墨の娘っ子も責任感じてるんだかなんだか、漁師全員に話を聞いてくるって朝一番に出てったっきり帰ってきませんし」

「そうじゃのう」

適当な相づちを打ちながら、サイは宿が決まるや否や飛び出していったノエのことを思い起こしていた。

ノエの属する墨は、情報の収集と報告とを主任務とする特殊な衛団だ。ほとんどの場合単独で他の衛団に同行し、廃滅の過程一切合切を記録し報告する。調査任務を行うこともあるからこの探索への同行自体はそれほど不自然ではないが、ノエの行動は観察に徹することを原則とする方針からは明らかに外れていた。

「墨にしては変わり者じゃの、あの娘。あるいは、末姫さまに何か思うところでもあるのか」

「自分からあれこれ調べに行ってくれる、ってのはありがたいんですがね」

サイの言葉を受けて、トーが言った。

「ただあたしゃ、そもそもこう順々に門町巡って話聞いて回るだけ、ってのでほんとうにいいのかって気がしてならないんですよ――」

トーの言葉を遮ったのは、派手な音を立てて鳴ったサイの腹の虫だった。これはすまん、とサイがざんばらの蓬髪を照れくさそうに搔いた。

「餅ひとつではおさまるどころか、むしろ目を覚ましてしまったようじゃ」

どれ、と大仰なかけ声とともに、サイの巨体はのっそりと立ち上がった。

「ちぃと出てくる。――心配するな」

もの言いたげなトーの表情に、サイはにいっと笑って続けた。

「腹の虫の気を散らすためにしばらく歩き回ってくるだけじゃ。買い食いなどせんから安心せい」

昼までには戻ると告げて、サイは窮屈そうに身を屈めて出入り口の扉をくぐり抜けた。

二門の町の大通りは、昼前から多くのひとびとでごった返していた。

途切れることのない町並みの多くはひと目でわかる商店、それも小売りではなく行商人相手のものばかりだ。米や麦、豆などの穀物、干したり塩漬けにした魚や肉。味噌塩醤油といった調味料を扱う店もあれば、農具や調理用品といった道具類を店頭にずらりと並べている店もある。酒や茶のような嗜好品、衣類を扱っているところも多いし、数は少ないが薬屋はどこも繁盛しているようだった。

ほとんどの店が扱っている商品は、他の宮で生産されてここまで運ばれてきたものだ。食料品の多くは農畜の盛んな五ノ宮か、海に面している四ノ宮。調味料も多くはそれらのどちらかの産だ。道具類はやはり二ノ宮で造られたものがよく求められているようだったし、高価な薬はほとんどが六ノ宮から届けられるものだ。三ノ宮でも幾らかの食品加工を行ってはいるようだったが、独自の商品と言えるのは仔凮《つぁいふ》の食餌である凮種《ふしゅ》くらいなものだろう。

だが、三ノ宮が提供している最大の価値は商品ではない。それは交易のための基盤、即ち物流網の提供と、六つの宮の相互信頼に基づいて委託されている通貨の発行管理だった。

それに加え、三ノ宮は仔凮という生きている道具を造り出し、産業と生活環境を大きく改善してみせた。食餌である凮種が日持ちしないために他の宮での仔凮の利用は未だ限定的だが、いずれ問題が解決した暁には三ノ宮は他の五つの宮に対し、今以上に大きな影響力を振るうことも可能になるだろう。

そうなっていないのは、冥凮という現実的な脅威が存在しているからだ。六つの宮が相互の信頼に基づいておのおのの役割に専念しなければ、個々の力で遙かに劣るひとが冥凮に対抗するのは難しい。仮にどこかの宮が自分たちだけ利益を得ようとすれば、その途端冥凪への対抗力はたちまち減殺されてしまうだろう。

そんな危ない橋を渡るわけにはいかないと、誰もが考えている。少なくとも、今は。

大通りを歩くひとびとの多くは大荷物を抱えた明らかな柴衣で、それぞれが目当ての商品を探し求めて好き勝手に歩き回っていた。そんな人混みの中を、サイの、近寄るだけで熱を感じそうなぶ厚い筋肉の塊といった態の巨体が、ゆったりとした歩調でまっすぐに進んで行く。ヌヰがいくら釘を刺したところで目立つなというのはどう考えても無理な話だ。

最もそのお陰で、周囲を歩くひとびとは自分のほうからサイを避けて進んでくれていた。とは言え自分が邪魔になっているという自覚もあるため、サイは多少申し訳なさそうな表情を浮かべつつ、ひとのいない方向を選んで足を運んでいく。

表通りを外れると、食堂や茶屋の類が目につくようになった。如何にも食欲をそそる匂いに鼻孔を刺激され、サイの羨ましそうな視線は店内で一服している者たちへと何度も注がれたが、その都度トーとの約束を思い出すらしく、口をへの字にして通り過ぎていく。だが、店頭で熱した鉄板の上に餅を並べた店を見つけたところで遂に耐えられなくなったのか、突然ふいっと足先をそちらに向け、突進と言ってもいいほどの速さで進み出す。

人通りがだいぶ少なくなったとは言え、サイの巨体が、それも早足で進むとどうしてもひと目をひく。ひとびとの視線を受けつつ餅屋のすぐ近くまで辿り着いたサイだったが、そこでいきなり足を止めるなり、巨軀からは信じられないほどの身軽さでくるりと背後に振り向いた。

「で、なんぞ儂に用かの」

にいっと笑って見せた視線の先には、瘦せぎすの若い女が立っていた。陣闘衣の下が半袴に見えてしまうほど長い、すらりと伸びた足が目を引く。

「見つかっちゃったか」

悪びれるふうもなく、悪戯が露呈した幼子のような笑顔で女が言った。


「どうしてわかったんだい」

朱炉《しゅろ》と名乗った女は、興味津々であることを隠そうともせずに言った。二十四、五というところか、太めの眉毛にきりっとしたきつめの顔立ち。背丈だけみれば年齢相応というところだが、頭や胴体はひとよりずいぶん小さく、足だけが飛び抜けて長かった。

ひと目見たら忘れられない姿だが、周囲を行き交うひとびとで目を向けてくるものはほとんどいない。それほど見事に朱炉は気配を消していた。研ぎ澄まされたサイの感覚ですら、目を閉じてしまったらそこに朱炉がいるとわからなくなってしまうかもしれない。

二人は、サイが適当に選んだ茶屋の店頭で、客用に並べられた長椅子に微妙な間合いを開けて並んで座っていた。団子を頼むかどうかサイは相当に迷っていたが、なんとか理性が勝利を収めたらしく、結局注文したのはお茶だけだ。

「おんしに気づいたわけではないさ」

楽しげな笑みを浮かべながら、サイが言った。

「たいしたもんじゃ。一ノ宮の黒衣でも、そこまで上手く気配を殺せる者はそうはおらんじゃろうな」

「じゃあ、なんで」

「おんしのことはわからんでもな」

悪戯っぽい顔で朱炉を見つめ、サイが答える。

「周りを歩いている者の気配はわかる。儂の背後を歩いている者らがやけに慌てて仰《の》け反ったり蹈鞴《たたら》を踏んだりしておれば、自ずとそこに気配の薄い誰かがいるらしいことくらいは察しがつくじゃろ」

なるほどねえ、と納得したような表情で朱炉が言った。

「それは気がつかなかったな。そうか、そういうふうになるんだね」

「おんしの技は素晴らしいが、実際に儂のような相手に使った経験はあまりないようじゃな」

そうさ、と再び楽しげな顔に戻って、朱炉が答えた。

「このあいだ同輩から教わってね、やってみたのは初めてなんだ。もうちょっとばれないかなって思ってたんだけど」

「初めてでここまでできればたいしたものよ。次からは儂が言うたことに気をつければよい」

朱炉が手を打って笑った。

「面白いね、旦那。思った通り面白いひとだ」

「別段そんなことはないと思うがな。せっかくよい技を持っちょるのにもったいないと思うたら、口を出したくなるのは道理というもんじゃろ。それに、話したいこともあったしな」

「話したいことって？」

そう怖い目をするな、とサイは柔和な顔のまま言って、腰をひいて朱炉から少しく離れてみせた。座ったままではサイの手も足も朱炉には届かないほどの距離が開く。

「おんし、三ノ塔のもんじゃろ。——いや、別段答えんでもよい」

真顔になって、朱炉の目を真っ直ぐに見つめたまま続ける。

「儂のような者が突然やってきて、あれこれ聞いて回っておれば気になるのは当然じゃ。あとをつけられようが調べられようが、それに文句はない。そうされて困るようなことはしておらん。——ま、そう言われて素直に信じるわけにはいかんのもわかるが」

じゃろ？　とサイは問うたが、朱炉はそうかもねえ、と肯定も否定もせず、先を促した。

「儂の口から詳しいことを喋るわけにはいかんが、儂らは三ノ宮に対して何か思うところがあって来たわけではない。あくまで一ノ宮の問題じゃ。どんな問題かというのが言えんのが辛いところじゃが——そうじゃな、まあ言うてみれば失せ物を探しに来た、というところじゃ。それ以外に他意はないし、用が済めばすぐに帰る。約束する」

少しの沈黙のあと、朱炉は自分よりも上背も体重もあるサイの目を正面から見据え、口を開いた。

「アタシは別にそれでいいんだけどさ。でも、それだけでみんながみんな信じてくれるかっていうと――」

そうじゃな、とサイが気まずそうに言った。

「証拠もない、裏書きもないじゃから信じて貰うしかないわけじゃが。ま、存分に調べて貰っても構わんのじゃが、時間と苦労が惜しかろうと思うてな。どうせあれじゃろ、うちの公使がはっきりものを言わんかったんで疑心暗鬼になっとるんじゃろ。もし儂でよければいつでも話をすると、誰だか知らんがおんしの上役にも言うておいてくれ」

ふうん、と言ってしばらくサイの顔を眺めていた朱炉は、やがてにっと笑うとわかった、と短く言った。

「伝えとくよ。信じて貰えるかどうかはわかんないけどね」

それでよいさ、と言うと、サイは話は済んだとばかりに腰を上げた。

「なんだったら儂らと一緒に来て貰っても構わんのじゃがな。ま、機会があればまた茶でも飲もう。――おんしもな」

言うなりサイはぐるりと体を回転させると、少し離れた長椅子に座っていた男に向き直った。そこにいたのはサイに勝るとも劣らないほどの巨漢で、特に両の腕が大人の女の胴体ほどもあり、しかも明らかに普通よりも長い。

突然声をかけられた男だったが、予期していたのか動じる様子はなかった。それを見て、朱炉が如何にも楽しげにはっは、とまた手を打って笑う。

「やっぱり気づいてたか。さすがだね、旦那。ま、あの体じゃどうしたって目立つしね」

「何を言う。気づかれるようにしとったろ」

ぶ厚い唇に笑みを浮かべ、サイは言った。

「そうでなければ気にも止めんさ。——聞いてはおったろうが、改めて名乗ろう。儂は一ノ宮、黒衣のサイじゃ」

「亦駈《またく》」

巨漢が、太い声で短く名乗った。

「アタシは足が速いくらいしか能がないけどね、亦駈は強いよ。力だけならたぶん、旦那にだって負けない」

朱炉の言葉に、そのようじゃの、とサイは呵々《かか》大笑《たいしょう》した。

「鍛え上げられた良い体じゃ。いずれ機会があれば、力比べでもしよう」

ではな、とのっそりと立ち上がり、サイは振り返ることもなくその場を去った。

9

小さな円筒形の浴槽の中に、キサは慎重に、ゆっくり体を沈めた。色素が抜け落ちたような白い膚が、心持ち熱めの湯にたちまち薄赤く染まる。結わえてあった肩骨ほどまである長い灰色の髪を解くと、それは湯の中にふわりと、生き物のように広がった。

湯船の中には、キサの拳と同じほどの大きさの仔凪が浮いている。一ノ宮では見たことがない種類で、丸い乳白色の球のてっぺんに、白春《ぱいちゅん》と同じ真っ黒な目が二つ。お湯に浸かっている下半分からは薄い帯のようなものが幾つも伸びていて、ゆらゆらとお湯の中を漂っている。

「露温《るうえん》って言うんだよ」

先に湯船に浸かっていた紗麦が、仔凪に見入っていたキサに言った。

「下にお口がついてるんだよ。さっき紗麦が凪種あげたの」

「お風呂の前に？」

うん、と大きく頷いて、紗麦は何かを摘まんだ真似をした手を、露温の真下まで伸ばして見せた。

「こうやって持っていくとね、ひゅって吸い込んで食べるんだよ。それで、お湯沸かしてくれるの」

「露温が？」

「そうだよ」

ほら、と紗麦が躊躇いなくキサの手を取り、露温の傍に近づけた。確かに露温から熱めのお湯が流れ出してきているのが感じられる。

「熱かったらね、ぬるくするのもできるよ。お姫さま、熱い？」

「少しね」

紗麦は慣れているのか平気な顔をしているが、キサの額には早くも汗が浮き出していた。気持ちいいけれど、このままだとすぐに逆上《のぼ》せてしまいそうだ。

「どうすればぬるくなるの？」

キサの問いに、言えばいいんだよ、と得意げに言うと紗麦は内緒話をするように露温に顔を近づけた。

「露温、もうちょっとぬるくして」

それでいいの？　とキサが訝《いぶか》しんでいると、露温はゆっくりとその場で回転し始めた。それに連れ、少しずつ湯の温度が下がってくる。

「……すごい」

「でしょ」

紗麦が得意満面の笑顔を見せる。

手を伸ばしてみると、湯の中に広げられた露温の帯からぬるめのお湯が流れ出してきているのがわかった。その流れをすくい上げ、キサは顔を洗う。ちょうどいい温度だった。

「えっと――露温、ありがとう。もう大丈夫」

紗麦を真似て言ってみる。紗麦がうんうん頷いているので、どうやらこれでいいらしい。見ているうちに露温の回転が緩やかになり、それと同時にぬるめのお湯の流出も止まった。

頭のような部分にそっと触れてみると、お湯よりも少し熱いくらいだった。一体どうやって湯温を調整しているのだろう。

「びっくりした。すごいんだね、露温って」

「すごいし、かわいいんだよ」

鼻の穴を膨らませて言うと、紗麦は口の上までをお湯に沈め、露温の間近まで顔を寄せる。キサも真似て、改めてすぐ近くから露温の姿を眺めてみた。二つの黒い目玉がついた丸い球はこうしてみるとなかなか愛嬌があって、確かに可愛いと言えば可愛い。

「紗麦はね、露温がいっとう好き。紅条《ほんちゃお》もね、ちっちゃい子は好き。でもおっきくなると紗麦のお顔よりおっきくなるから、それはちょっと嫌い」

「そうなんだ」

紗麦の言い方が可愛らしくて、キサはつい笑ってしまう。

一緒に河岸に行った日からすっかりキサに懐《なつ》いた紗麦は、あれから何かとキサの傍にいるようになっていた。その影響か、他の二人の棄鋳の子——奈雪《なゆき》という女の子と、節弥《せつや》という男の子も、少し距離はあるものの以前よりは警戒心を解いてくれている。

奈雪はもう十一歳で、去年から五門の町で紅条の保子として働きはじめていた。十になっていない節弥と紗麦はまだ仕事に就けないため、代わりに梁塁で炊事や洗濯などの手伝いをしている。

「紗麦ちゃんは仔凪に詳しいんだね」

えへへ、と紗麦が照れたように笑った。

「生《いく》が教えてくれるんだ。紗麦もね、十になったら紅条の保子《ほす》になるから」

大体どの宮でも、子どもは十歳で仕事を始める。きょうだいたちと同じくらいに鈺珠を使いこなせていたなら、キサもそうだったろう。

「保子の仕事って、どんなことするのかな」

「凬種《ふしゅ》あげるの！　あのね、あのね」

紗麦はキサに何かを教えるのが楽しくて仕方がないらしい。お湯の中をキサのほうへにじり寄りながら、目を大きく開いて少し早口で言葉を続ける。

「紅条はどんな家にも必ずいて数がすごく多いでしょ、だからみんなで手分けしてね、ひとつずつ順番に凬種を食べさせてくんだよ。凬種はおっきいのとちっさいのと中くらいのがあるからね、紅条の大きさに合わせたのあげなきゃいけないの」

おっきいのとちっさいの、という度に紗麦が両手で大きさを示す仕草がとても可愛くて、キサは自然と笑顔になってしまう。

「お口は普段隠れてるんだけどね、目のあいだのちょっと下のとこに凬種を持ってくと、するって飲んじゃうんだよ。すっごくかわいいの」

「ほんとうによく知ってるね」

「だって紗麦、もう梁塁の紅条に凬種あげてるもん。だから保子の仕事だってちゃんとできると思うんだ」

きっとそうだね、と言ってキサは紗麦の頭を撫でてやる。紗麦は嬉しそうに目を細めたが、すぐに今度は大きく目を開くと、でもね、と内緒の打ち明け話でも始めるような顔になった。

「紅条の保子はお給金ちょっとしか貰えないんだって。奈雪が言ってた」

「そうなの？」

あのねあのね、と声を潜めて紗麦が言う。

「一日お仕事して、五千鐶《かん》しか貰えないんだって。だから奈雪は今ね、背縄《べいしえん》のお世話の練習してるんだよ」

「背縄？」

仔凬の名前だろうことはわかるけれど、それがどんな姿でどんな役割なのか全く想像がつかない。キサの表情でそれを察したのだろう、紗麦が背縄はね、と説明してくれる。

「おっきい紐みたいなのでね、くねくね動いて荷物運ぶの。汚れたり怪我したりするから、凬種あげるだけじゃなくて、磨いたり手当てしたりしないといけないんだって」

姿形はともかく、紗麦の説明のお陰で役割は理解できた。なるほど、ただ光るだけの紅条とは違い、細かな世話が必要になるのだろう。

「覚えないといけないことがたくさんあるんだね」

うん、と答えた紗麦は、でもね、となぜか得意そうな顔になった。

「生が全部教えてくれるんだ。生はね、色んな仔凬のお世話の仕方、いっぱい知ってるんだよ。それにね、タイクーンの保子やってるの。タイクーンのお世話は一番難しいんだよ」

「タイクーンって、このあいだ見た、空に浮いてる仔凧？」

そうだよ、と紗麦が言う。

「あれ、どのくらいの高さに浮いてるのかな」

「えっと――普段は十五廣くらい、って言ってた」

少し考えてから、紗麦が教えてくれる。

「それで、高いときは三十廣くらいにするんだって。お天気にあわせて変えなきゃいけないって、生が教えてくれたの」

三十廣の高さを想像して、キサは体を震わせた。一ノ宮で一番高いのは一ノ塔だが、それでも二十五廣しかない。

「すごいんだね」

「でもね、生はそこまで上るんだよ！」

自慢げな紗麦の言葉にキサは絶句する。三十廣の高さまで、上る？

「タイクーンは凧種を生んでくれるけど、それしかできないの。自分で動くのもできなくて、ぷかぷか空に浮いてるだけで、ほっとくと風に吹かれて飛んでっちゃう。だからおっきな綱で包んで、それにふっとい綱を結わえて、飛んでっちゃわないようにしてあるの」

おっきい、ふっといと言うたび、紗麦は小さな腕をぶんぶん回して大きさを示してみせた。

「生はその綱をするするって上って、お空の上でタイクーンのお世話をしてるんだよ。すっごく危ないからできる棄鋳はあんまりいないの。あとね」

急に悪戯っぽい顔になって、紗麦はキサの耳元に口を寄せて小声で続ける。

「お給金も、いいんだって。一日二万鐶貰えるって、奈雪が言ってた」

へええ、とキサは目を丸くしてみせたが、実のところ二万鐶がどのくらい〝いい〟給金なのかはわからない。だが紗麦が自分のことのように得意げに胸を張っているのを見ると、そんなことは些細なことであるように思えた。

「紗麦もね、おっきくなったら生みたいにタイクーンの保子になるんだ」

紗麦の大きく開かれた瞳は、お湯に反射した光を映してか、あるいは思い描いている未来への期待のためか、きらきらと光って揺れているようだった。その表情を眩しく感じながら、きっとなれるよ、とキサは応えた。

「いっぱい仔凪のことを知ってるし、お料理だってできるし、紗麦ちゃんはとってもえらいもの」

キサの言葉に、へへっ、と紗麦が顔をくしゃくしゃにして、心底嬉しそうに笑って体をくねらせた。そのさまがあまりに可愛くて、キサはまた、紗麦の頭を優しく撫でてやる。

紗麦は満足げな表情を浮かべていたが、何か思い出したようにキサを見上げると、でもね、と言った。

「でも、お姫さまだってえらいよ。生が言ってたもん。これまでずっと冥凪を滅ぼして、三ノ宮に来ないようにしてくれてたんだ、って」

「――そんなことないよ」

紗麦の言葉に、キサの胸が少し痛んだ。そんなキサに気づく様子もなく、紗麦はそんなことあるよ、と真剣な顔で言う。

「お姫さまはえらいもん。ずっと紗麦たちのこと、護っててくれたんだもん」

言うなり紗麦が、湯船の中でキサに抱きついた。細い腕がキサの背中に回され、その顔が躊躇うことなくキサの胸に埋められる。

「お姫さまありがとう、ずっと紗麦たちのこと護っててくれて。――知らなくてごめんなさい」

「そんな――」

喉が詰まった。

胸の奥にずっとあった空虚に、何かが流れ込んでくるようだった。二人を包んでいるお湯よりも、体の中を流れる血よりも温かいものが。

「わたしこそ、ありがとう」

やっとの思いで言うと、キサは紗麦の小さな体をそっと抱きしめた。


「すまないね、すっかり面倒見て貰っちまって」

入浴後、長風呂のせいかはしゃぎすぎで疲れてしまったのか、居室についた途端に紗麦はすとん、と眠ってしまった。紗麦を寝台に寝かせ、体が冷えないように上掛けを掛けてやってから、キサは恙《うれい》の診療室を訪れた。そろそろ陽が落ちる時間で梁塁の中はもうかなり薄暗かったが、紗麦が嫌いだと言っていた大きめの紅条によって、診療室の中は赤い明るい光で満たされている。

「そんなことありません」

恙に言われた通り足の曲げ伸ばしをしてみせながら、キサは首を小さく横に振った。

「わたしこそ、何から何まで助けて貰ってしまって」

「そんなの当たり前のこったよ。お姫さんが気にすることっちゃない」

問題はなさそうだね、と言いつつキサの足の動きを見入っていた恙が体を起こした。

「二ノ宮から六ノ宮で暮らしてるもんはみんな、一ノ宮のお陰で生きてられるんだ。困ってるなら助けるのは当たり前のことだよ。アタシらは生まれてからずっと、お姫さんたちに助けられてきてるんだからね」

だからそんな顔しなさんな、と恙は目を伏せたキサに向かって言った。

「小僧なんか、お姫さんのためになんかやりたくってしょうがないんだよ。よく懐いてる犬っころと同じさ。嫌なことならそう言ってくれりゃいいけど、そうじゃないならせいぜい働かせて、お姫さんの役に立たせてやっとくれ。そのほうが小僧も喜ぶからね」

「でも――」

良くして貰えることはありがたいし、紗麦が懐いてくれるのは嬉しい。けれどキサは、どうしても申し訳なさを感じてしまう。もし自分が、紗麦が言ったようにほんとうに冥凪を滅ぼしてきたのなら、こんな気持ちにはならなかったかもしれないけれど。

自分がただの囮だったと打ち明けてしまえたら。そう思いながらも、実際に言葉にする勇気はなかった。

黙り込んでしまったキサを眺めていた恙は、ふむん、と鼻をひとつ鳴らしたあと、ちょっと昔の話をしようかね、と穏やかな声で言った。

「今でこそあんなだけどね、あの小僧、ここに来たばかりの頃は奈雪や節弥よりも大人しくてね、置物かと思うくらいだったんだよ。棄錆ってのはみんな、能なしか役立たずだって棄てられたせいで内に籠もっちまうのが多いんだけど、あそこまで酷いのは初めてだったね。とにかく口もきかないし目も合わせない、怒鳴られても殴られてもそのままって感じだったんだよ。お陰で気味悪がられてどこの小宰処《こさいじょ》も引き取らなくて、それでアタシが拾ってやったんだ。頑丈なのは間違いないし、力はありそうだったから、ここで診療の手伝いでもさせりゃいいかって思ってね」

生が変わったのは、異形態の紅条の世話をし出してからだった、と恙は教えてくれた。

梁塁は部屋数が多く通路は入り組み、さらに光があまり入らない造りになっている。そのため陽が沈んだあとの移動が極めて不便で、恙は照明用の紅条を少しでも多く欲しいとずっと考えていた。

もちろん、普通の家なら数匹いれば充分な紅条を、恙だけ十も二十も手に入れるのは難しい。だが恙は粘りに粘って、三ノ塔から本来ならば破棄されるはずだった、正常ではない、けれど働くことはできる異形態の紅条を手に入れたのだった。

そうやって梁塁にやってきた異形態の紅条は、正常なものと違って扱いが面倒だった。中には単に光る力が弱いだけのものもいたが、多くは何らかの問題を抱えており、個別の世話が必要だったからだ。自立できず支えがいるもの、そのままでは凪種を食べられないもの、表皮をこまめに磨いてやらなければならないもの……

そうした紅条の面倒を、言われてもいないのに生は熱心にみた。手入れの方法を覚えるために恙との会話も少しずつ増え、また内容も最初はただ知識を求めるだけだったものが、それ以外のことも少しずつ口にするようになっていった。

それが今やあんなに喋りまくるんだからね、と恙は大げさにため息をついてみせた。

「まあとにかく、小僧は異形態の紅条を助けたことでようやっと喋ったり笑ったりできるようになったんだよ。誰かの、何かの役に立てるってこと、立ててるってことだけが、今の小僧の支えなんだ。役立たずだって言われて、自分に価値がないって思い込んじまってた小僧のね」

だからね、と恙はキサの目を見て続ける。

「小僧はアタシみたいに、三ノ宮だ一ノ宮だって思ってやってるわけじゃない。心の底からお姫さんの役に立ちたいって思ってるだけなんだ。それが嫌だってんなら別だけどさ、そうじゃないならせいぜいお姫さんの好きに使ってやっとくれ。多少無茶言ったたって構いやしないよ、頑丈なのは折り紙付きだからね」

さ、昔話は終わりだ、と恙は伸びをして言った。

「このあと小僧と、五門の町まで行ってみるんだろ？　今診た感じじゃ大丈夫そうだったけど、無理だけはするんじゃないよ」

苦しいほどに胸がいっぱいだったが、キサはなんとか頷くことができた。

生は日中五門の町で働いているのだから、キサを迎えに来ると余計な一往復をすることになってしまう。だが恙の言うとおり生はそんなことは全く気にならないらしく、仕事が終わった途端一心に走って帰ってきたのだった。

梁塁を出たときには、もうすっかり陽は沈んでいた。前回は眺めただけだった土手の上の道を、キサは生と連れだって歩いていく。体の節々に多少の痛みと動かしづらさが残っていたが、きっちりと敷き詰められた石畳の道は思った以上に歩きやすかった。

それでも心配そうに様子を見ている生に、キサは今日紗麦と一緒にお風呂に入り、髪や体を洗ってやったりもしたのだ、と話して聞かせた。

「だからそんなに心配しなくても平気。お風呂もすごく楽しかったよ。紗麦ちゃんも可愛かった」

「そうかあ。——よかった」

生の顔に安堵の表情が浮かんだ。

「キサが動けるようになったのも、紗麦とのことも、ほんとうによかったよ」

「紗麦ちゃんのことも？」

キサの問いに、生はうん、と言った。

「紗麦はね、梁塁に来たばっかりのころは全然喋らない子だったんだ。お風呂どころか、ご飯もみんなと一緒に食べないで、ずっと部屋に籠もったままで。それが、キサと一緒にお風呂に入っただなんて」

生の言葉に、キサは恙が話してくれた生自身の過去を思い返した。ねえ生、と自然に声が出る。

「棄錆の子はみんな最初はそうだって、先生が言ってたんだけど――」

そうだね、と生があっさりと答えた。

「僕もそんな感じだったかも。能定《のうさだ》めの儀で無能とか無用って判定されるの、やっぱりかなり辛いから」

「能定めの儀？」

うん、と少し俯いたまま答えた生が何かに気づいたように、あっそうか、と顔を上げた。

「そう言えば婆ちゃんが言ってた。錆衣《せいい》って、他の宮にはいないんだってね」

冥凪に対抗するためにそれぞれの役割に特化したことによって、六つの宮の交流はむしろより緊密になった。単独の宮ひとつで成り立つ営みがほとんどなくなってしまったからだ。交流を円滑に行うため、六つの宮は長い時間をかけて各種の基盤を統一してきた。統一の範囲は度量法や通貨といったものから多くの法、交易手順や建材の仕様にまで及んでいる。

職能団もまたそのようにして設立され、統一化されたものだった。特に各宮の運営を担う紫衣《しい》や、実際の実務を多く行う紺衣《こんい》の場合は、職能の範囲だけではなく実務手順の多くも共通化が図られている。前提条件や知識を同じにものとして、宮をまたぐような仕事の場合でも話を早く、簡潔に進めることを可能とするためだ。

とはいえ、すべての職能がすべての宮で同じというわけではもちろんなかった。例えば黒衣《こくい》の役割は一ノ宮とそれ以外で大きく違う。同様に知識や技術の開発・集積を担う丹衣《にい》が扱う内容も宮によって大きく異なり、一ノ宮の丹衣が担うのはほぼ医療のみだが、二ノ宮では金属の精錬や加工に関するものが主となり、三ノ宮の丹衣にとっての最大の責務は仔凪の繁殖と育成となっている。

そうした差異はあるものの、職能団の区分け自体はどの宮でも同じものが利用されていた。ただし能力の特殊性から蒼衣《そうい》は例外で、一ノ宮にしか存在していない。

生まれてからこれまで、冥凪の廃滅を除けばほぼ一ノ塔の中だけで生きてきたキサではあったが、塔内には紫衣や丹衣もおり、ひと通りの知識は有している。だがその中には確かに、錆衣と呼ばれる職能団は存在していなかった。

「僕も知らなかったんだけど、錆衣は三ノ塔でしか生まれないんだって」

「どうして?」

婆ちゃんの話だと、と前置きしてから生は答える。

「赤ん坊に異能を与えられるのが、三ノ塔の丹衣だけなんだって。錆衣って、三ノ塔に献上された赤ん坊が、異能を与えられてなるんだよ」

「――異能を与えられる？」

話が良く理解できず、キサの眉根に少し皺が寄った。

「能賜《のうし》の儀って言うのがあるらしいんだ」

「能賜の儀――」

うん、と生は応えた。

「三ノ宮で生まれた子どものうち、毎年何十人だかが三ノ塔に集められてね、それで能賜の儀で異能を与えられるんだけど――」

生は困った表情になって、頭を掻いた。

「僕もやったはずなんだけど、赤ん坊だったからどうやったのか覚えてなくて。異能の種を与えるんだ、って丹衣は言ってたけど、よくわからない。なんか飲ませられたような気がするんだけど、赤ん坊の時のこと覚えてるわけないと思うし」

「異能っていうのは、特別な力のことなんでしょう？」

それまでの生の話から、キサはそんな風に理解していた。

「その種をどうやってか貰ったら、力が使えるようになるのかな」

「何年かしたらね。ただ、種を貰ったみんなが異能を持てるわけじゃないし、持てても役に立つ力になるかどうかは、大きくなるまでわからないんだ」

生の口調には、なんの変化もなかった。だが並んで歩いていたキサは、横を歩く生の目が伏せられたのを感じ取り、自分が迂闊《うかつ》であったことに気づいた。

「――ごめんなさい」

え、と生は困惑した声を上げた。

「ごめんなさいって、何が？」

だって、とキサは顔上げ、言葉を継いだ。

「嫌なこと、思い出させてしまったでしょう」

「そんなことないよ」

生は即座に否定したが、キサの思い詰めたような表情を見て口を噤み、キサの顔を見て改めて大丈夫、と言った。

「もうずっと前のことだし、誰のせいでもないし、僕だけのことでもないし」

「でも――」

生は口元を笑顔の形にして見せたが、キサの気持ちは沈んだままだった。

「やっぱり、聞くべきじゃなかった」

そんなことない、ともう一度、少し強い調子で生は言った。

「錆衣はね、七歳になるとどんな異能が身についたのか調べるんだ。三人にひとりはなんの異能も持てない無能で、もうひとりはあまり役に立たない力しか持てない。無能や役立たずだから、棄錆って呼ばれるんだよ」

僕もそうだけど、と生は軽い調子で言った。

「最後のひとりだけが、特別な、役に立つ異能が身につくんだ。それで、例えばすごく力が強くなっていれば黒衣になって黒錆《こくせい》って呼ばれるし、頭が良くなっていれば丹衣に取り立てられて丹錆《にせい》になる。そうやって、この三ノ宮を支えていくんだ。

僕はなれなかったけど——それはでも、仕方がない。運がなかっただけだし、そうやって力のある錆衣を生み出していかないと三ノ宮が発展するのも遅くなるし、そうなったらひとが冥凪と戦うのも難しくなるから。何より大事なのはひとが冥凪に負けないようにするってことだし、錆衣はそのために三ノ塔が生みだしたものだから。うまくいかない場合があったって、ひと全体のことを考えたら仕方ない——って、言われたんだ。世話してくれてた丹衣に、三ノ塔を出るとき」

まるで他人事のように淡々と話していた生が、いったん口を噤み、俯いた。

「悔しかったよ、もちろん。仕方がないなんて思えなかった。なんで自分は棄錆になったんだってずっと思ってたし、今でもそういう気持ちは残ってる。でもね」

不意に明るい声になって、生は言葉を続けた。

「僕が棄錆で、保子だったから、キサを助けられたんだ。保子の仕事の帰りに凪川に寄ったから、キサを見つけられたんだもの。もし黒衣や丹衣になってたら僕は凪川に行かなかったし、そしたらキサとも会えなかった」

そのときの生の横顔が、キサの胸を強く打った。真っ直ぐに道の先を見つめている、迷いのない生の顔が。

「保子でよかった、棄錆でよかったって、初めて思ったんだ。だから今はもう能賜の儀のことも、能定めの話も気にならない」

一度きっぱり言い切ってから、いや――と生は慌てて付け足した。

「ほんとう言うと、今でもちょっと嫌な気はするけど、でも、平気だよ。平気になったんだ、キサを助けられたから」

言い終えてから我に返ったのか、生は照れたような表情になった。その顔に、キサの胸が切ないような、嬉しいような、なんともいえない気持ちで一杯になる。

「わたしも――」

やっとの思いで、キサは言った。

「わたしも、生に助けて貰えて、ほんとうに良かった」

そのあとしばらく二人は黙ったまま、それぞれの思いに耽《ふけ》って歩き続けた。

10

その報せが届いたのは、サイたちが三ノ宮・三門の町に到着した翌日のことだった。

「冥凪が防衛線を抜けた?」

町中探し回って三人が取った宿をようやく見つけたというヌキの使い、公使館詰めの紺衣はひょろりとした体型の若い男だったが、サイの唸るような言葉にも臆することなく、小さく頷いた。

「崎砦《さきとりで》の西、三里半ほどのところを突破されたとのこと」

「どういうことじゃ。崎砦は黒十七の受け持ちじゃろう。奴らは冥凪が防衛線を抜けるのをただおめおめと見過ごすような連中ではないぞ」

　冥凪廃滅に特化した一ノ宮最大の職能団である黒衣のほとんどは、黒衣筆頭のヨムの下、黒一から黒十八までの衛団に分かれて活動を行っている。ひとつの衛団に属する黒衣の数は小さいものでも六百、大きなものだと千以上。このうち黒一から黒十までの衛団は防衛線の北側、即ち冥凪の領域である骸の森により近い地域を担当し、冥凪の探索及び廃滅を任務としていた。彼らは鍛え上げた力と技、二ノ宮と共に造り上げた武器、そして積み重ねた知識と経験とによって、相手が単体かつ小型から中型であれば独力で冥凪の廃滅さえしてのける。

　一方、黒十一から黒十八までは防衛線の要である八つの砦を拠点とし、ひとの領域への冥凪の侵入阻止を担っている。砦衆とも呼ばれるその役職には、比較的年若く経験の浅い黒衣が任ぜられることが多い。確かに彼ら彼女らには、独力での冥凪の廃滅は難しかった。だがそのぶん若さと体力があり、強固な砦と多数の武器と防具を有し、何より人数が豊富であった。個の力ではなく数で見張り数で防ぐ——そうした方針の下、砦衆は防衛線の構築からこれまで、ただの一度も冥凪の通過を許していなかった。

　これまでは。

「無論です」

事務方の紺衣と言えども一ノ宮の者、腹は据わっているらしい。ユズリと名乗った使いは、眉を上げたサイのぎょろりとした目から放たれる視線を正面から受け止めた。

「黒十七はこの三日間で既に、二十を超える〈腕つき〉と〈蜈蚣〉を滅ぼしております。しかもいずれも中型以上の強敵。その上で——」

「待て。二十じゃと？」

自分の目で見てきたかのように語るユズリの言葉を、サイは遮った。

「僅か三日のあいだにか」

はい、とユズリが答える。

「しかし冥凪どもの勢いは未だ衰えず、雲霞《うんか》の如く湧いてきております。あまりの数の多さに、イサナさまが廃滅に出ることも検討中である由、通信文には書かれておりました」

むう、とサイがぶ厚い唇をへの字に固く結んだ。トーもまた慄然とした様子で声も出ず、ノエも表情こそ変えないものの、僅かに寄せられた眉根の皺が緊張を伝えている。

末姫衆を壊滅させた冥凪の行動変容が疑われる今、蒼衣のひとりであるイサナが冥凪の廃滅を試みるのは極力避けるべきことだった。にもかかわらずそれが検討されているということが、今の崎砦周辺がどれほど危機的な状態かを明らかにしている。

何が起きているのか。いや、起きようとしているのか。

冥凪の行動変容、末姫衆の壊滅、そして大量の冥凪による防衛戦の突破。これはたまさか続いた出来事なのか、それとも必然的に引き起こされた事態なのか。

沈黙が訪れた室内に、表通りで交わされる無数のひとびとの話し声が入り込んでくる。活気に満ちあふれた町の音は、今聞いたばかりの出来事をまるで深い断絶の向こう、別の世界のことであるかのように感じさせた。だがそうではないのだ、とサイは腹の底で自分に言い聞かせる。儂ら一ノ宮がこの百年間必死に維持してきた断絶を、冥凪どもは今、理解できない方法で乗り越え、こちら側に入り込もうとしている。

三人が泊まっていたのは三門の町で一番安い宿の一番安い部屋だったが、二間と簡易な厨《くりや》がついている。宮壁門のすぐ傍にあり、それだけに周辺は朝から晩まで人通りも多く賑やかだった。一ノ宮とは何から何まで違う。

一門の町と二門の町、そして周辺で三日を費やしてキサの行方、あるいは手がかりを探した三人だったが、これまでのところ結果らしきものは何ひとつ得ることができずにいた。紺衣の手も借りて漁師や町のひとびとに話を聞き、凪川の河岸を歩き回ってくまなく調べ、小舟を調達して中州や幾つも残っている昔の避難所跡らしい廃墟の中まで入念に見て回ったが、キサの姿や手がかりはもちろん、日常からはみ出す出来事の気配すら見いだせていない。

何まだ調べるところは山のようにあると空元気を絞り出してはみたものの、下流に行けば行くほどキサを生きたまま見つけられる可能性が低くなることは容易に想像がついた。なんの収穫も新しい報せも得られないまま時間が過ぎていくのにつれ、自分たちの目的が徐々に、キサを探し出すことからその死を確認する――少なくとも生きている可能性がないと諦めをつけることに移りつつあることを、決して口にはしないものの、サイは認めないわけにいかなかった。

そこに届けられたのがこの報せだ。一ノ塔から三ノ宮一門の町の公使館宛てに届けられ、ヌ圷がその内容をそのまま各門町にいる公使館詰めの紺衣へと送り、急ぎサイを見つけて知らせるように指示したのだという。

「御老の元にこの報せが届いたのはいつじゃ」

サイの問いに、ユズリは昨日の夜です、と即答した。

「一ノ塔から、飛信《ふぇいしん》によって報せがありました」

飛信は鳥のように飛行が可能な仔凪で、情報伝達の命綱となっている。最大の役割は冥凪廃滅の際の指示及び報告伝達だが、一ノ塔と各宮の公使館を繋ぐ連絡役としての役割も担っていた。

「冥凪が防衛線を抜けたのは」

「一昨日」

ユズリが短く答える。

「七日ほど前から〈翅つき〉が何度も姿を現すようになり、警戒していたところ次々に〈腕つき〉や〈蜈蚣《むかで》〉が現れるようになったと。防衛線を抜けたと確認されたのは中型の〈腕つき〉一体で、ほかは全て食い止めておりますが、ただ——」

「ただ、なんじゃ？」

口ごもったユズリに、サイの眉が上がる。

「思わせぶりなことをするな。早《は》よう言え」

「それが、なんとも信じがたい話で——私の口からお話しするより、直接読んで頂いたほうが」

ユズリは気まずそうな表情を浮かべ、懐から小さく折りたたまれた紙を取り出して差し出した。サイは不審げな表情で受け取り、ごつい指先で丁寧に開く。それは確かに飛信によって運ばれてきた通信文で、小さな紙面はぎっしりと細かな文字で埋め尽くされていた。目を細め、文面を読み進めていくほどに、サイの眉間に深い皺が刻まれていく。

「——旦那？」

耐えかねたトーが声をかけるのと、サイが顔を上げるのがほぼ同時だった。

「地図じゃ」

「はい？」

「地図を出せ、早く」

それまで黙ったまま様子を窺っていたノエが、ヌキから譲り受けた三ノ宮全域の地図を手早く座卓に広げた。

「どうしたんです、旦那」

トーの問いかけには応じず、サイは黙ったまま、地図の上方の一点を太い人差し指で押さえつけた。指の下にあるのは、三ノ宮の北北東に位置する崎砦。崎砦は眼前に西から東に流れる凮川《ふうちゅあん》支流のひとつを天然の防衛水路として築かれた砦で、そこから南におよそ二里下ると今度は同じく西から東に向かう凪川の本流がある。

この、支流と本流によって挟まれた帯状の地域こそが一ノ宮の防衛線の実体だった。支流で冥凪の足を止めつつ砦衆がそれを滅ぼす。万が一そこで滅ぼし損ね、比較的川幅の狭い支流を越えられてしまったとしても、背後に流れる凪川の本流はそう簡単に越えることはできない。傷ついた冥凪が足を止めているあいだに追撃してとどめを刺す、あるいはいっそ凪川に追い込んで落とし、滅ぼす――それが冥凪の南方への侵入を百年間阻んできた、一ノ宮砦衆の基本的な戦術だった。

凪川の本流は、崎砦とその西にある丹際砦のあいだで南に下る太い流れを生んでいる。この南下する流れ沿いに造られたのが三ノ宮の門町と三ノ塔だ。つまり三ノ宮は、一ノ宮が維持している防衛線に加え、凪川という天然の防壁を最大限活用するようにして構築されているのだった。

そこまでの備えがあっても、かつては幾つもの源流が合流する前の川幅の細い辺りを狙って大型の冥凪が凪川を越えることも、四門の町辺りまで冥凪が入り込むこともあった。だがこの百年来、一ノ宮はひとにとっていっそう危険な上流域にも砦を築き水路を巡らせて防衛線を延伸し、冥凪の侵入のことごとくを阻んできた。ましてや、崎砦の南に控えているのは既に多くの源流を飲み込んだあとの、激しく深い凪川本流の流れなのだ。ここを越えるどころか、越えようとした冥凪自体、少なくともこの百年間一体も存在していない。

だが。

「崎砦の防衛線を抜けた〈腕つき〉は、凪川の流れで滅び、沈んでいるところを発見されたということじゃ」

「なんだ、じゃあこっちに入り込んだ冥凪はいないんですね」

ほっとした表情を浮かべたトーはだが、厳しい顔つきのままのサイを見て眉根に皺を寄せた。

「旦那？」

「確かに〈腕つき〉は滅んだ。じゃが、崎砦の砦衆のうち何人かが、防衛線を越えた時その背に複数の〈蜈蚣〉が乗っていたのを見た、と言うちょる」

「はい？」

目を丸くしたトーの声が裏返る。

「なんですそりゃ、つまりえと、〈腕つき〉が〈蜈蚣〉を背負って凪川を渡ったってことですかい？　そんな馬鹿な」

ひとの記憶にある限り、これまで冥凪がそんな姿を見せたことなどただの一度もない。冥凪が協調して攻撃を仕掛けてくるという行動変容だけでも充分すぎるほどの驚異なのに、我が身を犠牲にして他の冥凪を凪川の向こうに渡らせた？　トーでなくとも信じがたいことであり、ユズリが自分で語ろうとしなかったのも当然だった。誰がそんなことを信じられるものか、この目で見もしない限りは。

「確かに信じがたい。じゃが、そんな如何にも胡散臭い話を、わざわざ飛信を使ってまで報せて寄越したんじゃぞ」

「てことはほんとうに、三ノ宮に〈蜈蚣〉が――」

「乗っていた〈蜈蚣〉の数や大きさは、わかっているのですか」

それまで言葉を発していなかったノエが、トーを遮って静かな声で言った。サイの眉間の皺が、より一層深くなる。

「わからん。複数なのは確かなようじゃが、二なのか五なのか十なのか、大きいのか小さいのかも見当がつかん」

「厄介ですね」

ノエの言葉に、ああ、とサイは応じた。

「数や大小がわかれば打って出るなり護りに徹するなり考えようもあるがな。その辺りを探ろうにも、三ノ宮におるのは儂らだけじゃ。しかも末姫さまのこともある、迂闊に動くこともできん」

ち、と舌打ちしてからサイはユズリの顔を見据えた。

「一ノ塔はどうしている。まさか静観しているわけではあるまいな」

「一ノ塔からは、五名の墨が派遣されたとのことです。一両日中には三ノ宮の領域に入ると」

「墨だけ？　黒衣はいないんですかい」

トーが目を丸くして声を上げた。

「相手が〈蜈蚣〉だってんなら、墨が五人だけじゃどうにもなりませんよ。衛団を動かせとは言いませんけど、せめて黒衣の十か二十はいるでしょう」

「その見極めじゃろう」

唸るようにサイが言った。

「何より冥凪の異様な行動のこともある。〈腕つき〉が土台になって〈蜈蚣〉に凪川越えをさせるなど前代未聞。その真偽、そして目的を見極めるまでは、黒衣であっても安易には動かせまい。

で、ヌキさまのほうはどうじゃ」

「三ノ塔に向かっておられます」

ユズリが即答する。

「既に一門の町の警護長には状況を報せ、同じ内容を飛信にて三ノ塔に伝達済み。各門町及び塔周りの町の護りを固めるように要請しています。三ノ塔では三ノ宮の灰衣《かいい》及び黒衣筆頭と会談し、今後の対応について検討する予定です」

「結論が出るまでにはしばらくかかりそうじゃな」

サイの問いに、はい、とユズリは応えた。一門の町から三ノ塔までは、普通に歩けば四日はかかる。酷い乗り心地にさえ耐えられるのなら力曳《りいいえ》という仔凪が引く車に荷と一緒に同乗して二日で辿り着くこともできるが、そうそう都合のいい車が見つかるかはわからない。恐らく話し合いが終わるまで、あと三日か四日かかるのではないかとユズリは言った。

「そのあいだに、〈蜈蚣〉が門町を襲うとすれば――」

サイの太い指が、地図上の一点を抑えた。崎砦の南西、凪川の本流。

「通信文によれば、奴らが凪川を越えたのはこの点。ここから入り込み、進んだとなれば」

指先が南へと下って行く。西側には南下する凪川の本流と、それに沿って構築された門町が並んでいた。

「〈蜈蚣〉が渡った側、つまり凪川の東岸にあるのは――二門の町、四門の町、五門の町、それに三ノ塔と塔周りの町ですな」

トーの言葉に、サイは無言で頷いた。

サイらは既に三つの門町を訪れていたが、それらはどれも似たような造りになっていた。扱う商品に多少の違いはあるもののどこもまず交易拠点であり、防衛のための砦であり、そして多くのひとびとが住まう城砦《じょうさい》都市でもあった。高くぶ厚い宮壁を四周に構え、すぐ外に凪川の水を引き込んだ堀を巡らせ、宮壁の上には投石器と放水器を並べて冥凪の襲来に備えている。内側には無数の住居や商店、それぞれの宮から訪れ売買を行う柴衣《さいい》が泊まる宿や彼ら彼女ら相手の飯屋が建ち並び、常に多くのひとびとで賑わっていた。

一ノ宮で無数の冥凪と相対してきた目で見ても、どの門町も充分によく考えられ、造り上げられていると思えた。この百年間の平穏のために宮壁門こそ開きっぱなしではあったが、そこさえ閉じてしまえば少なくとも中型の〈蜈蚣〉までなら侵入を阻止できるだろう。〈蜈蚣〉が小型であり警護役が充分に優秀であれば、独力で冥凪を退けることすら可能かもしれない。

恐らくは残る二つの門町も同様であろう、とサイは思った。三ノ塔を中心とした塔周りの町がそれより劣るとも思えず、だとすれば宮壁門を閉じてこもってさえしまえば侵入した〈蜈蚣〉による被害は避けることができる。

もちろんそれは、都合が良すぎる想定だった。大型の〈蜈蚣〉はときに高く固い壁すら破壊することがあるし、中型であっても宮壁や堀が必ず耐えられるという保証はない。何より、どこにどれだけいるのかわからない冥凮のために、未来永劫《みらいえいごう》宮壁門を閉ざしているわけにはいかなかった。交易の都市である三ノ宮は、六つの宮のものの流れの中心だ。宮壁門を閉ざしてその流れを止めるのは、六ノ宮すべての首をじわじわ締め上げていくのも同様だった。

「三ノ宮にも黒衣はいますが、彼らの役目は主に宮の中の治安維持で、冥凮と相対した経験のある者はいません」

サイの胸の内を読んだように、冷静な声でノエが告げた。

「我々三名だけでできることは限られているでしょうが、彼らに知識や経験を伝えれば、多少の役には立てるかもしれません」

「まったくもう――」

忌々しげにトーが吐き捨てた。

「末姫さまをお探ししなきゃいけないってときに、あいつらなんだってこんな面倒ごとを」

ノエの提案にもトーの愚痴にも答えず、サイは押し黙ったまま地図を睨み続けていた。

ノエが言うのはもっともなことだった。三ノ宮に入り込んだ冥凪の数も大きさも所在も、そして何より進路がわからない状況では、僅か二人の黒衣とひとりの墨にできることはほとんどない。

一ノ塔は既に墨を派遣しているという。彼らが状況を把握、分析したのち、一ノ塔は最適な衛団を派遣するだろう。その流れに、サイたち三人が助力できるようなことは何もない。せいぜいがノエが言う通り、護りを固める三ノ宮の各門町に助言を与えるくらいだ。

それはわかっていた。

わかっていてなお、サイは自分の頭からひとつの疑問を消し去ることができずにいる。

なぜ冥凪は凪川を越えたのか。防衛線を突破するという困難を敢えて冒し、〈腕つき〉が自らを犠牲にしてまで。

そもそも一ノ宮より南、ひとの領域に侵入するだけであれば、凪川のより上流域でそれを試みたほうがよほど容易だったはずだ。だが奴らは、敢えて最も防御の厚い三ノ宮のすぐ北方を抜けた。そこには無論理由がある。目的が。

冥凪の行動を理解しようとするのは無駄なことだ。それは嫌というほどわかっているはずなのに、その疑問は喉奥に刺さった小骨のようにサイの気を引きつけて放さない。

奴らはなぜ、三ノ宮の領域に侵入したのか。確かに三ノ宮が担う交易機能を麻痺させれば六つの宮は混乱し、一ノ宮の戦力も大きく削がれることになるだろう。だがそもそも、冥凪が六つの宮が担う機能の差異を理解しているとは思えない。

だとすれば。

この行動変容は一連のものだ、とサイは確信していた。これだけの変化が、なんの関連性もなく一時に起きる可能性のほうがよほど小さい。奴らは凪川を恐れなくなった。入れば滅ぶと知っていて、なお末姫衆と諸共に凪川に飛び込んだ。同じように〈腕つき〉は凪川に入り込んで身を滅ぼし、背に乗せた〈蜈蚣〉を三ノ宮へと渡らせた。三ノ宮――自分たちがキサを捜し求めている、この場所へ。

末姫衆への襲撃が始まりだ。

その考えが、サイの脳裏に閃《ひら》めきを与えた。奴らは末姫衆を斃すため、自らを道連れにすることを躊躇わなくなり――いや、違う。

奴らが斃したいのは、己らの身に代えても斃そうとまで執着しているのは末姫衆ではない。蒼衣の末姫、キサだ。だから奴らは凪川を越えた。

「ユズリ」

一歩引いて三人の話を聞いていた使いの名を、サイは呼んだ。

「なんでしょう」

「すまんが教えてくれ」

脳裏に浮かんだ考えをまとめながら、サイが尋ねる。

「七日ほど前から〈翅つき〉の飛来する回数が増えた、そう言っておったな。それは崎砦でのことか」

ユズリが頷くのを確かめて、質問を重ねる。

「では――三ノ宮ではどうじゃ。門町の住人で〈翅つき〉を見たものは」

「それは――なんとも」

ユズリの顔に困惑が浮かぶ。

〈翅つき〉は飛信よりも遥かに大きな空を飛ぶ冥凪で、飛行中は常に蒼衣の姿を探していると考えられていた。鉦珠による廃滅の試みを発見するや高空から敢えて真っ直ぐに突っ込み、己の犠牲と引き換えに体液と肉塊とを撒《ま》き散らかす。容易には消せない臭いによって、〈翅つき〉は他の冥凪に蒼衣の居場所を報せるのだ。滅ぼすのは容易だが、滅ぼすことで更なる冥凪を呼び込む、それが〈翅つき〉だった。

空を飛ぶ以上、〈翅つき〉は一ノ宮の防衛線によって阻まれることはない。だが全ての蒼衣が一ノ宮の領域にいたためか、これまでは〈翅つき〉が防衛線を越えた場所で見られたことはほぼなかった。

「もしかして、サイさま」

ノエの言葉に、当て推量に過ぎんが、とサイは言った。

「冥凪が振る舞いを変えたのは、末姫衆が初めて単独での廃滅に挑んだときのこと。奴らは己の身を顧みない特攻で、末姫衆を壊滅に追い込んだ。じゃが末姫さまはヤガやおんしの尽力によって斃されることなく、凪川を伝って逃れられた。

そして今、〈蜈蚣〉が凪川を渡った。〈腕つき〉の死骸を土台にしてまでな。渡った先にあるのは三ノ宮、そしてそこには——」

「凪川の下流があります。末姫さまが流された、その先が」

サイはノエの言葉に頷き、続けた。

「そしてそこに、仮に〈翅つき〉がやってきていたとすれば。根拠はない。そもそも冥凪にそんな知恵が回るとは思いがたい。だが腹には落ちる、少なくとも儂の腹には」

〈腕つき〉や〈蜈蚣〉が蒼衣の末裔の存在を感知できるのは、一里から一里半の範囲が限界だと考えられていた。だが〈翅つき〉は、視力によってかあるいは未だ判然としない冥凪が持つ能力によってか、遙か遠方から蒼衣の存在を感じとり、周回を繰り返して居場所を絞り込む。

「すぐ調べます」

ユズリが言った。

「一門の町を介せば、各門町の紺衣とも飛信でやり取りができます。結果は直接お送りできたほうがいいでしょうから——飛信を一体、新しく手配します。そいつにサイさまのお体の匂いを覚えさせてやってください」

わかった、とサイは応じた。

「それとな、もし〈翅つき〉を見ておるものがおれば、どちらから来てどちらに飛んでいったかも尋ねてくれ。わかるだけで構わん」

言い終えたサイが、再び地図を睨む。

崎砦から一番近いのは一門の町だが、冥凪が凪川を越えたのはそれよりずっと東側だった。加えて一門の町に向かうためには、南下する凪川を再度越えなければならない。ここまで知恵を回している冥凪が、仲間を犠牲にして凪川を渡るのにわざわざ遠回りする愚は犯すまい。だとすれば、奴らの目的地は南北に走る凪川の東側。であればやはり二門の町か四門の町、あるいは五門の町か。

凪川の流れを目で追っていたサイの目が、五門の町の西側で止まった。ユズリ、と紺衣を呼ぶ。

「この四角い枠、中州に造られた昔の避難所とかいうやつじゃな」

ええ、とユズリが頷いた。

「梁塁《りょうるい》、とか呼ばれてます」

「これだけやけに枠が大きいんじゃが、たまたまか。それとも――」

「実際に大きいという話です」

ユズリがサイの問いを遮って答えた。

「南方にあるぶん一番安全だろうと言うことで、以前は三ノ宮で一番大きな梁塁だったと。そのせいかもしれませんが、ただの廃墟になっている他のと違って、そこは今も使われているという話です」

ユズリの言葉に、サイの目が細められた。そのまま、考え込むような表情でしばらくのあいだ黙り込む。

「旦那——」

沈黙を破ってかけられたトーの声に、よし、と力強く言うとサイは顔を上げた。

「三手に別れるぞ。トーは四門の町、ノエは五門の町とこの梁塁とやらを頼む」

「旦那はどうするんです?」

「儂は野暮《やぼ》用を片付けてから、四門の町、五門の町と順にゆく。墨の調べが間に合うかわからんし、できれば凪川を抜けた〈蜈蚣〉どもについても調べておきたいところじゃがな、その辺りは状況次第じゃ」

承知しました、とトーが応じた。

「ユズリ、〈翅つき〉の件はわかり次第、ヌキさまを経由して飛信を飛ばし、儂らに教えてくれ。無論末姫さまや入り込んだ〈蜈蚣〉のことで何かわかれば、各々同じように飛信で報せあおう。

それから、最後にもうひとつ」

全員を見回してから、サイはゆっくりと付け加えた。

「〈蜈蚣〉や〈翅つき〉を見つけても、すぐには廃滅するな。できるだけ奴らの動きを観察して、向かっている方角を確かめろ。

——恐らく奴らの向かう先に、末姫さまがおられる」

11

いつもの通り、朝食のあいだ喋っていたのはほぼ生《いくる》ひとりだった。主な話題は保子の仕事中にあったことや五門の町で見聞きしたこと、それに梁塁にいる仔凧の様子と自分がやってみた世話のことなどだ。生の話は決してうまいとはいえなかったが、できるだけわかりやすく、かつ面白くなるように工夫しているのはキサにも伝わった。

最初にこの光景を見たときキサはいささか不思議に感じたが、今では生が年下の三人の棄鋳のため、精一杯考えた上でそうしているのだということに気づいていた。生は実際の保子の仕事の内容や町の様子を、時に笑い話として、時には自分の失敗談を通じて、年下の子らに教えようとしているのだ。

「他の棄鋳の子は、小宰処《こさいじょ》で仕事を教えて貰えるんだけどね」

毎夜の習慣になった河原での歩行練習中、並んで歩きながら生は言った。

「梁塁には小宰領《こさいりよ》がいないから——婆ちゃんと僕が教えるしかないんだ」

少し困ったような言い方だったが、キサと手を繋いでいた紗麦《さむぎ》はそれを聞くや、生に教えて貰うほうがいいもん！　と口を尖らせて言った。

「小宰領より生のほうが仔凧《つぁいふ》に詳しいもん」

「紗麦は小宰領に会ったことないだろ」

苦笑しつつ言った生は、キサが今ひとつ話が飲み込めていないことを察するとそうか、えとね、と説明してくれた。

「能定《のうさだ》めで棄鋳って判断された子どもは、三ノ塔を出たあと普通は小宰処っていうところに入るんだ。そこの取りまとめをしてるのが小宰領っていう役職のひとなんだけど」

たとえ能なしでも役立たずと判断されたとしても、子どもが将来の貴重な担い手であり、働き手であることに変わりはない。三ノ宮で棄鋳とされた子どもらはみな、いずれ仔凪の保《ほ》子《す》となるよう育てられることになっていた。保子は棄鋳でなければ務めることができないと決められている——棄鋳が自力で生きていけるよう、三ノ塔が用意した仕事だからだ。そのために作られたのが小宰処で、管理者である小宰領は棄鋳の養育と教育、また彼ら彼女らが働き始めてからの仕事の監督を担っていた。

「小宰領の給金は、自分のところの保子がどれだけ稼ぐかで決まるんだ。だから毎回、新しく棄鋳になった子をどこの小宰処が引き取るかは結構揉《も》めるんだよ」

どこの小宰処も当然、将来の稼ぎを大きくするために少しでも出来の良さそうな子を引き取ろうとする。それは逆に言えば、どの小宰処も引き取りを渋る棄鋳が出ることもある、ということでもあった。

「僕や紗麦みたいに全然喋らなかったり凄く不器用だったり、そういう理由でどこの小宰処にも選ばれなかった子を引き受けてくれてるのが婆ちゃんなんだ」

恙《うれい》はそれと引き替えに、三ノ塔から月々の支援金と、梁塁を使用し続ける許可とを得ていた。そして十歳になって働き始めるまでのあいだ、その子なりの働き方ができるよう、棄鋳を育てていく。

もっとも恙は、保子の仕事の実際については知らない。だからそれらを教えるのは、梁塁で最も年嵩《としかさ》の棄鋳と決まっていた。

「僕もそうやって教わったんだよ。だから同じように、紗麦たちにも教えてるんだ」

「生は教えるのとっても上手なんだよ」

紗麦が嬉しそうに言うのに、ほんとうにそうだね、とキサは応えた。

自分たちも保子として働き、いずれ独り立ちしなければならないことを三人の子どもたちはよくわかっていた。生の話にはしっかりと耳を傾けていたし、よくわからない点があれば納得いくまで繰り返し尋ねる。そういうとき生はとても嬉しそうな表情を浮かべ、相手がわかったと納得できるまで丁寧に話を続けた。

もっとも、奈雪《なゆき》たちに比べれば経験があるとはいえ生もまだ十五歳、知識や経験はごく限られたものだ。どうしてもうまく伝えられないときや、そもそも自分でも知らずに答えられないこともある。だがそんな時はいつも、恙がさりげなく口を挟んで助け船を出していた。

こうやって梁塁は続いてきたのだ、とキサは思った。一ノ宮の黒衣が冥凪の滅ぼし方を連綿と教え伝えてきたように、ここでは血の繋がりのない棄鋳たちひとりひとりのあいだを、自力で生きていくための知識と経験とが順々に受け渡されてきたのだ。

その長い連なりの一端である今朝の食事もまた、これまでと同じように進んでいた。生は路周《るーつうお》という、珍しい仔凮について身振り手振りを交えて話している。生もまだ見たことがないというその仔凮は三ノ塔にだけ配置されていて、高い塔の中でひとを上下に運んでいるのだという。

「どうやって運んでくれるの？」

紗麦の率直な問いに、生は答に詰まる。

「体の表面に平らな出っ張りがあって、それに乗るってことらしいんだけど」

「路周が背中に乗せてくれて、それで上までのぼってくれるの？」

「そうじゃないらしいんだ。なんだかこう、体は動かなくて出っ張りだけが動くっていう話なんだけど——」

ごめん、と生は紗麦たちに頭を下げた。

「僕も小宰領の話で聞いただけだから、よくわからないんだ。小宰領に聞いても、とにかく出っ張りが動くんだとしか教えてくれなかったし」

気まずそうな生の言葉に、それまで黙って聞いていた恙がへええ、と皮肉っぽい笑いを浮かべて言った。

「てことは、お前んとこの小宰領は三ノ塔に行ってきた、ってことかね。あの、小金を稼ぐことに汲々《きゆうきゆう》としてる男がねえ。一体全体なんの用件で呼ばれたのやら」

それは聞かなかった、と真顔で生が答える。

「選ばれた黒衣と小宰領だけが呼ばれたから、呼ばれてないひとには話せないんだって。だから聞かなかった。聞いたら悪いと思って」

「それでほんとうに聞かれなかったんじゃ、小宰領もさぞありがたかったろうよ」

吹き出しそうな顔をしながら、恙は皿から根菜の煮物をひとつ、口に入れた。心持ち煮過ぎたきらいがなくはないが、良く味が染みている。ふふん、と恙の口元に満足そうな笑みが浮き、節弥《せつや》ににっと笑いかけた。

「また腕を上げたね。いい出来だ」

はにかみながらも嬉しさが隠しきれずにいる節弥の隣で、紗麦が足をバタバタさせつつ声を上げる。

「紗麦も手伝ったんだよ！」

「芋の皮を剝《む》いただけじゃないか」

口を尖らせながら抗議する節弥に、紗麦はでも手伝ったもん、ともう一度繰り返してから不意にキサの顔を見上げ、ねえねえ、と言った。

「お姫さまも、美味しかった？」

恙がすっかり懐いちまったねえとぼやいたが、その顔はとても困っているようには見えない。

「美味しかったよ」

紗麦の目を見てキサが答える。

「良く味が染みてて、柔らかくて、こんなに美味しいの初めて食べたって思ったもの。お野菜の形も綺麗だったし」

キサの返事に紗麦は嬉しそうに笑ったが、節弥はなぜか面白くなさそうに眉根に皺を寄せ、口をへの字に曲げた。そんな節弥に生が、僕も美味しかったよ、と言葉をかける。

「もう僕よりも節弥のほうがずっと料理が上手いよ。保子より、料理の仕事のほうが向いてるかもしれないな」

ね、と声をかけられて、キサも微笑んだ。

「今からもうこんなに美味しいものを作れるんだったら、大きくなったらもっと――」

「嘘だ」

キサの言葉は、節弥の棘のある声で遮られた。

生もキサも何も言えず、一瞬の沈黙が生まれた。気まずい時間を破ったのは、恙の落ち着いた声だった。

「何が嘘なんだい、節弥」

「だって」

眉根を寄せ口をへの字にして、節弥が恙に訴えかけるように言う。

「お姫さまはもっと美味しいものを食べてるんだって、奈雪が」

「奈雪が？」

急に名を出された奈雪が、慌てたように何度も首を横に振った。

「だって、だって小宰領が、三ノ塔のひとたちはすごいご馳走《ちそう》食べてたって言ってたんだもん。三ノ塔だってそうなんだから、一ノ塔の、それもお姫さまだったら――」

奈雪の話に、あの小役人は碌なこと言わないねまったく、と恙は毒づいた。

「奈雪も節弥も、ちょっと落ち着いて考えな。――いいかい」

二人の顔を順に見回して、恙がゆっくりと言う。

「小宰領に言われてそう思い込んじまったってのはわからんでもない。でもね、三ノ塔の連中は確かにアタシらよりいいもん食ってるかもしれないけどね、だから一ノ塔もそうだってことにゃならないだろ。それとも何かい、アンタたちは一ノ塔に行ったことがあるのかい」

恙に問われて、二人は口をへの字にしつつ、首を横に振った。だろ？と恙が言う。

「ひとを羨む気持ちを持っちまうのは自然なことだし、それ自体は仕方ない。でも、だからって相手に当たり散らすのはみっともないよ。それに、ほんとうかどうかもわからないことで誰かを妬《ねた》んだり、嘘つき呼ばわりするのはもっと駄目さ。だろ？」

ゆっくりと穏やかに話す恙の言葉に二人は黙ったまま聞き入っていたが、やがて声をあわせ、ごめんなさい、と言った。

「アタシに言ってもしょうがないだろ」

伏し目がちの二人の顔が、キサに向けられる。

「――ごめんなさい」

「大丈夫だよ、気にしてないから」

ね、とキサが言っても、二人の表情は沈んだままだった。

「じゃあ、じゃあさ」

取りなすように、生が殊更元気な声で言う。

「キサに教えて貰おうよ、普段どんなご飯を食べてるのか。知らないままだったら、二人もなんだかすっきりしないでしょ」

「アンタね――」

窘《たしな》めるような声を出した恙に、キサは慌てていいんです、と言った。

「生の言うとおり、このままだと嫌な気分になってしまうと思いますし。――あのね」

二人に向き直って、キサは続けた。

「一ノ塔でのご飯はね、もっと簡単なものばかりなの。入ってるお野菜の種類も少ないし、節弥くんが作ってくれてたみたいな、色んな種類の料理もないの。いつも大体ひと皿、煮物とか、焼き物とかがあるだけ。味付けも大体いつも同じだし――あ、でも量だけは多いよ。黒衣はみんなすごくたくさん食べるから」

「どうしてそんななの？」

不思議そうな顔で、紗麦が尋ねた。

「お姫さまなのに」

「お姫さまっていっても、わたしは――特別なわけじゃないから」

少し困った笑顔を浮かべて、キサは答えた。

「蒼衣ってね、黒衣とは違うやり方で冥凪を滅ぼせるんだけど、数がすごく少ないの。それで姫って呼んで貰えてるだけで、偉いわけでも、特別なわけでもない。それに、冥凪を滅ぼすって言う役目ではわたしも、黒衣も、それ以外の一ノ宮のひとたちもみんな一緒でしょう。だから、食べるものはみんな同じ」

へええ、と紗麦が感心したような声を出す。奈雪と節弥の二人も、黙ったままではあったものの興味深そうにキサの話に耳を傾けていた。

「野菜の種類や料理の数が少ないのはどうして？」

横から生が尋ねる。それを聞いた恙が呆れたような表情を浮かべたが、何も言わなかった。

「一ノ宮では野菜をほとんど作ってなくて——全員が、冥凪を滅ぼすためだけに働いているから、畑なんかはないの。だから、他の宮が送ってくれるものを無駄にしないように、ほんとうに必要なものだけに切り詰めなくちゃいけない。それでだよ」

「……大変なんだね」

ぽつり、と奈雪が言った。そんなことないよ、とキサは首を横に振る。

「わたしたちは冥凪を滅ぼすのが役割だけど、他の宮が食べ物や何かを送ってくれなかったら、そもそも何もできないんだもの。だから、貰ったものを大切にするのは当たり前。それに、一ノ塔や砦でご飯を食べられるときはまだいいの」

少し悪戯っぽい表情を作ってみせて、キサは続けた。

「冥凪の廃滅のときは乾し飯や干し餅っていうのを食べるんだけど、どれもすごく固いの。

歯が折れちゃうかも、って思うくらい。あんまり味もしないし」

「美味しくないの？」

「美味しいとは、ちょっと言いにくいかな。でも、すごく軽くて日持ちするから便利なの。冥凪の廃滅は何日もかかることが多いから」

「何日も⁉」

紗麦が素っ頓狂な声を上げた。

「何日も、そんな美味しくないの食べなくちゃいけないの？」

「大変なんだね……冥凪の廃滅って……」

紗麦に続いた節弥の言葉に、そうだね、と答えつつキサは思わず笑ってしまう。まさかそんな理由で冥凪の廃滅を大変だと言われるなんて、思ってもみなかった。

「お姫さま、ずっとここにいればいいのに」

急に真剣な顔になって、紗麦が言った。

「そしたらずっと美味しいご飯が食べられるよ。紗麦が一緒にお風呂にだって入ってあげられるし」

そうだね、と虚を突かれたような表情になって、キサが答えた。

「ほんとうに――そうだね。そうできたらきっと、楽しくて、素敵だと思うよ」

キサはひと言ずつ、ゆっくりと話した。紗麦の言葉に真摯に向き合うために。そして同時に、自分の心の奥を探り、確かめていくために。

「奈雪ちゃんや節弥くんが作ってくれるご飯は美味しいし、紗麦ちゃんと一緒に入るお風呂はとっても楽しい。こんなこと、今まで一度もしたことがなかったし、ずっとここにいられたら、どんなにいいかって思う。

わたしはお料理もできないし、仔凪のことも何も知らないけど――」

紗麦が教えてあげるよ！　と真剣な顔で言う紗麦の頭を撫でて、そうだね、とキサは応えた。一瞬脳裏に、紗麦と一緒に紅条に凪種を与えている自分の姿、奈雪と節弥に料理を教わっている姿、そして生と一緒にタイクーンを見上げている姿が浮かぶ。自分がここでの役割を得て、梁塁の一員となっている姿が。

脳裏に浮かんだ光景は、キサの胸を自分でも思ってもみなかったほどの幸福感で満たした。そうできたらどんなにいいだろうと思い、でも同時にそれが夢であることもわかっていた。この夢を得るよりも先に、この景色を護るために、自分にはやらなければならないことがある。

「梁塁にずっといられたら、色んなことを教えて貰えたら、どんなに素敵だろうって思う。だけど――」

ううん、とキサは首を横に振った。そうだ、だけど、じゃないんだ。

「だから、わたしは一ノ宮に帰らなくちゃいけない。梁塁を護るために。大事なこの場所に、みんなのところに、冥凪なんか絶対に来させないようにするために」

口からこぼれ出た言葉が、キサの背筋を伸ばしていく。

そうだ。

そうだったんだ。

蒼衣の血を引いているのになんの役にも立たないと言われ続けてきた。

囮にならなれると言われて、それに縋って生きてきた。

それだけしか自分の生きる意味がないと思ったから。

でもそうじゃない。そうじゃなかった。

「ずっとね、冥凪を滅ぼす蒼衣として生まれたんだから、どんなことをしてでもそれを果たさなくちゃいけないって、そう思ってたの。でも――どうしてなのかって、考えたことがなかった」

そんなことは当たり前だ、冥凪を滅ぼさなければひとが斃されるからだ。もちろんそれはわかっている。でもそれは、他の誰かの理屈だ。キサを役立たずと呼び、それしかできないと囮に縛り付ける、キサではない誰かの理由だ。

自分が蒼衣の末裔として生まれたということ以外、キサは理由を持っていなかった。命を晒し、囮になることの。

もう違う。

今はもう、違う。

「それがわかったの。みんなのお陰で。わたしは――」

キサははっきりと、自分の思いを口にする。

「みんなを護るために、冥凪を滅ぼさなくちゃいけない。紗麦ちゃんや節弥くんや奈雪ちゃん、先生や生《いくる》を、紅条や露温やタイクーンを冥凪から護るために」

ひとりひとりの顔を、キサはゆっくりと見回した。自分が生まれて初めて得たものを。自分の、自分だけの理由を。

「冥凪は強くて怖いし、ご飯だってみんなが作ってくれるみたいに美味しくはないけど――でもわたしは、みんなを冥凪から護る力になれる。

だから、帰らなくっちゃ」

お姫さまえらいね、と紗麦が言ってくれた。

ありがとう、とキサは微笑んで応えた。


その日の夜更け、そろそろ寝ようとしていた恙の部屋の扉が、控えめな音を立てた。

小声でやれやれと呟き、なんともいえない複雑な表情を浮かべつつ、恙は扉を開けて生を迎え入れる。

「どうしたんだい、こんな夜中に」

お姫さんのこったろ、という言葉は辛うじて飲み込んだ。

生があの娘を連れてきた日から、いつかこんな日が来るだろうという予感はあった。そもそも一ノ宮の蒼衣と三ノ宮の棄錆は本来お互い交わるはずがない、鳥と魚ほどに種類の違う存在だ。生まれも育ちも、果たさなければならない役割も違う。当然考え方も、価値観だって異なるだろう。話ができること自体が奇跡のようなものだ、と恙は思っていた。

弱ったキサを、生は予想通り熱心に世話した。予想外だったのは、キサもまた生や梁塁に馴染んでいったことだ。

とは言えねえ、と恙はいつになく神妙な顔をしている生を前に胸の内で考える。いつまでも続くわけじゃないってのはわかってたことだろうに。お姫さんとアンタじゃ、生まれた世界も、生きてく世界も丸きり違うんだよ。

ま、それもこれも経験だ。しっかり受け止めて、じっくり糧にするこった。

「何かあったってわけじゃないんだけど」

そんなわけないだろと思いつつ、恙は素知らぬ顔でじゃあどうしたんだい、と尋ねた。

「やっぱりキサは——」

ほんの少し、恙の目が細められる。

「お姫さんが、なんだい」

「一ノ宮に、帰るんだね」

「そりゃそうだろ。そういうお役目なんだから」

あっさりと恙は言った。最初からわかってたこったろ、と言いたいのはなんとか堪える。

うん、と短く答えたあと、生はえっと、それでさ、と口の中でもごもごと言った。いつにない歯切れの悪さに、恙は苛々《いらいら》しつつ心配にもなってくる。まったくもう、普段ならこっちが止めたっていくらでも喋りまくってるくせに。

恙の胸の内が伝わったわけでもないだろうが、生は思いきったように顔を上げて、言った。

「送っていこうと、思ってるんだ。でも、どう行ったらいいのかわかんなくて。婆ちゃん知らないかな。一門の町までは大丈夫だと思うんだけど、そこから先が――」

「は？」

思ってもみなかった生の言葉に、恙の両目が大きく見開かれる。

「一門の町の先、って――もしかしてアンタ、こっから二人でてくてく一ノ宮まで歩いて行く方法を聞いてんのかい」

恙の声には明らかに呆れたという響きがあったが、生は全く気づかない様子で頷いた。

「だって、一門の町までは道が通ってるだろうけど、そこから先はないらしいからさ。小宰領に聞いたら、一門の町よりまだずっとずっと北にあって、道はないしすごく遠いしお金も掛かるし、お前なんかに行けるわけないって言われたんだ」

「小宰領がかい。けっ」

吐き捨てるように恙が言った。

「あんな小役人が何知ってるってんだ。一ノ宮どころか一門の町までだって行ったこともないだろうにさ」

毒づいたあと、恙は我に返ってそんなことはどうでもいいんだよ、と言った。

「つまり何かい、アンタ――お姫さんが一ノ宮まで帰るのを手伝おうってつもりなのかい」

さっきそう言ったよ、と生は応えた。

「だってキサは一ノ宮の蒼衣のお姫さまで、そこに帰らなくちゃいけないんだから。でも、まだ長いこと歩けるかはわかんないし、歩けたってひとりじゃ危ないし、それに道だって知らないし」

「道がわかんないことにかけちゃ、アンタだって一緒だろ」

「でも僕は歩けるからさ」

必死の形相で生が言う。

「重い荷物だって背負えるし、キサが嫌じゃなかったらキサのこと背負って歩いたっていいし。だから——」

はぁ、と感心したというよりは呆れたといったほうがよさそうな表情で、恙はため息をついた。

「お姫さんに頼まれたのかい」

違うよ、と生は首を横に振った。

「でも、ひとりでなんて帰らせられないもの。ちゃんと、一ノ宮まで送っていかないと」

恙はまじまじと生の表情に見入った。その無遠慮な視線を、生は無言のまま受け止める。しばらくそうして見つめあったあと、恙はやがて、アンタ、と低い声で言った。

「それに、納得してるのかい。お姫さんが一ノ宮に帰るってことに」

生は即答しなかった。だが一瞬の間のあと、生は恙の目を真っ直ぐに見返し、何かを振り切るような表情で、だって、と答えた。

「キサが、帰るって決めたんだ。婆ちゃんや、僕らや仔凪を冥凪から護るために。そのためにキサはあんなに一所懸命歩く練習をして、もう五門の町までだって行けるようになって、だから」

「それじゃ答えになってないよ。――ま、いいさ」

ふん、と鼻を鳴らすと、恙は扉を大きく開けて、入んな、と生を部屋の中に招いた。

「いいの？」

「立ちっぱなしじゃいい加減足が疲れるんだよ、アタシはアンタと違って年だからね」

恙の部屋は、生やキサが寝起きしている部屋よりはかなり広かった。寝台の他に几帳面《きちょうめん》に整理された机と、一面の壁いっぱいに書棚が立ててある。そうした全てが、天井際の窓から入ってくる星明かりと、壁に張りついた小さな紅条の赤い光とでぼんやりと照らされていた。

恙は生に寝台に座るように言うと、自分は机の前の椅子に腰を下ろした。

「柴衣《さいい》に聞いてみようかとも思ったんだ」

聞かれる前に、生が話し始める。

「交易やってる柴衣は色んな宮に行ってるから、きっと一ノ宮まで行ったことがあるひともいるかなと思って。だけど」

「お姫さんの話でそれじゃ駄目かもって思ったわけだ」

うん、と生が頷く。

「一ノ宮が必要なものは他の宮が送ってる、って言ってたから――商売してる柴衣は行ってないんじゃないかと思って」

「皆無、ってわけじゃないけどね。でもすごく少ないって話だ。だからもしアンタが柴衣に聞いて回ってたとしたら、当たりを見つけるまでは何日もかかったろうね」

生が口を尖らして伏し目がちになるのを見た恙の唇に、楽しそうな笑みが浮いた。

「ま、実際に無駄足踏む前に気づいたのは良かったじゃないか。そこは褒めてやるよ」

「……あんまり嬉しくない」

はっはっ、と声を立てて恙が笑う。

「ま、アンタにしちゃ知恵を使ったほうだろ。でもね、残念ながら最初っから考え方が間違ってるんだよ」

「どういうこと？」

きょとんとした顔をする生の顔を正面から見据えて、いいかい、と恙が言った。

「こっちから行くんじゃない。迎えに来させるのさ」

「どうやって？」

生がまるで想像がつかないといった様子で尋ねるのに、恙がふふん、と如何にも得意げに鼻を鳴らした。

「アタシはね、あの子が一ノ宮の蒼衣だって聞いたときから、いつかはこういう日が来るだろうと思ってほうぼうに手を回して調べてたんだよ。……知りたいかい」

うん、と生が前のめりになって言った。

「知りたい」

いいだろ、と恙が口元に笑みを浮かべて言った。

「一門の町にね、一ノ宮の公使館ってのがあるって話だよ」

「こうしかん？」

ああ、と恙は言った。

「そこにね、一ノ宮から来てる公使——まああれだ、連絡係みたいなもんだと思ってりゃいいよ、それがいてね、一ノ宮と三ノ宮のあいだの連絡を取り持ってるらしいのさ」

そうか、と理解したらしい生が目を輝かした。

「じゃあ一門の町まで行って、そのこう——なんとかいうひとにキサのことを話したら」

「アンタがいきなり行って会って貰えるわけないだろ」

にべもなく恙が切って捨てた。

「物事にはね、手順ってのがあるんだ。特にこういう面倒なのはね。ま、その辺りもきっちり調べといたからね、教えてやってもいいんだけど——」

「ケチなこと言わないで教えてよ」

ケチなんて言うもんじゃないよ、と恙が生の頭を平手で叩いた。痛ってえ、と生が大げさに頭を抱える。

「お前の石頭がこのくらいで痛むわけないだろ。そうじゃなくて、アンタ、ほんとうにそれでいいって思ってんのかい」

「それでいい、って――どういうこと？」

わかってて聞いてんのか心底わかってないのかどっちなんだい、と小声で毒づいてから、恙は改めて生に問う。

「さっきも聞いたけどね、お姫さんが一ノ宮に帰るってことに、アンタは納得してるのかい、ってことだよ」

「だからそれは――」

反駁しかけた生の言葉を、恙は最後まで聞きもせずに遮った。

「さっきからアンタは、お姫さんがそう決めたから、ってしか言ってないだろ。お姫さんがそうしたいって言ったからそうさせたい、お姫さんが決めたことだから手伝う。アンタの考えはどこにあるんだよ」

「――僕の？」

目を丸くして、戸惑った様子で生が言った。そうさ、と恙が続ける。

「今のアンタを見てるとね、まるで異形態で手間が掛かるのやら凮川流れの弱った仔凮やらをせっせと世話してるのと同じに見えるんだよ、なんの考えもなしにね。そりゃ仔凮の場合はそうするしかないさ、あいつらは喋れないし、自分で自分の面倒なんて見られないし、そもそも与えられた仕事をする以外に能がないんだからね。ひとみたいに意志があるのかだって怪しいし、こっちが必要なもん察して助けてやんなきゃ死んじまうんだから」

でもね、と恙は生の目を真っ直ぐに見据えて言った。

「あの子は仔凪じゃない。自分で考えて、自分でやりたいことを選んだんだ。一ノ宮の蒼衣で特別なお姫さんかもしれないけどね、ただの女の子で、アンタと同じひとなんだよ」

「……僕と同じ？」

目を見開いて問い返した生の目を見つめ、そうさ、と恙はゆっくりと言った。

「アンタだって仔凪じゃないんだ。困ってる相手を助けるってのは、確かに悪いこっちゃないよ。でもね、ただ仔凪みたいになんの考えもなしにそれをやったって駄目さ。生、アンタはひとなんだよ。棄鋳だなんだと言われてるけど、それ以前にひとなんだ。あの子とおんなじように、自分で考えて、自分がほんとうにやりたいことを、自分が何者になりたいのかを選べるんだ。まずはそれを、もっとちゃんと、じっくり考えな」

いいね、と恙は静かに、しかしはっきりと言った。

その短い言葉に圧倒されたように、生は無言のまま、深く頷いた。

12

「どうしました旦那、むつかしい顔なさって。もしかしてお口に合いませんでしたか」

声をかけられて初めて、サイは自分が眉根に深い皺を刻んでいることに気がついた。これはいかんと慌て、手に持ったままだった湯呑みに口をつける。中身はすっかり冷えてしまっていた。

「これはすまぬ、気を遣わせてしまったな。待ち人の姿が見えんのでつい苛々してな」

振り向いた先に立っていたのは、背が低く小太りで、見るからにひとの良さそうな中年の男だった。既に二刻ほど、サイが店頭の床机《しょうぎ》で粘っているこのお茶屋の主人だ。

主人はサイの答えを聞くと、そうでしたかと安堵の色を浮かべた。

「うちの一番人気なんですけどもね、一ノ宮の方に差し上げるのは初めてなもんで心配になりまして。いやもうほら、いつも私たちを護ってくださってるお方に失礼があっちゃいけませんから」

「そういうことであれば心配は無用、実に旨かった。一ノ宮では茶を嗜める機会なぞほとんどないのでな、堪能させて貰ったぞ」

サイの言葉に主人は、ははあ、と感じ入ったような声を出した。

「なるほどやはり、一ノ宮のみなさんは茶をお飲みになる時間もないほどお忙しいんですね」

「いや、まあ――それはそうじゃが」

サイが語尾を濁すと、主人ははっとした表情になるや申し訳ありません、と頭を下げた。

「もしや私、失礼なことを言いましたか。一ノ宮の皆さんは命懸けで冥凪と戦っておられるというのに――」

「いやいやそんなことはない、そんなことはないぞ」

いやこれはどうにも面倒じゃな、とサイは困惑しつつ考える。

主人が言った通り、一ノ宮の者がこの辺りまで出張《でば》ってくることはほとんどなかった。加えて三ノ宮の住人は、下手をすれば祖父母の代ですら冥凪を見たことがない。彼ら彼女らにとって冥凪を廃滅する一ノ宮の黒衣は、恐れと興味とが同等に混じりあう存在なのだろう。とにかく話を聞きたくて仕方がないのがありありと伝わってくる。

相手をしてやりたいのは山々なんじゃがな、とサイは、主人が話す一ノ宮の秘術とやらについての噂を聞き流しつつ考える。申し訳ないが今はちいと、他愛のないお喋りをする気にはなれんのでのう。

幸いなことに、主人が次の問いを発するより前に、背後から威勢のいい声がサイの名を呼んだ。


サイが案内されたのは、蛸壺《たこつぼ》屋という妙な名前の貸座敷だった。

その名の由来は、普通の貸座敷からはかけ離れた奇妙な建物の造りにあった。蛸壺屋は裏通りの四つ角に面して建てられているが、通りに面した二面に七つ、隣接する建物とのあいだの側道に面して五つ、合計十二も出入り口がある。加えて店の中も複雑怪奇で、二階建ての店内は通路と階段が入り組んでいる上に薄暗く、どこをどう進めばいいのかさえ判然としない。店内には小さな個室が二十以上あるらしいのだが、果たして全部を把握できている者はいるのだろうか、とサイは巨体を縮こませながら思った。

元々は、人目を憚る会合のために入り口をふたつに増やしたのが始まりだった。それが好評だったんで調子に乗って、客が増えるたんびに入り口を足してった結果がこの有様さ、と案内した朱炉《しゅろ》は言った。

「また一段と上達したのう」

薄暗く狭い側道ですぐ前を行く朱炉の背中を凝視しながら、サイが感心したように言った。

「先ほども、声をかけられるまではほとんど気づかんかった。今も、目を閉じればおんしがおるのもわからんようになりそうじゃ」

「教えて貰ったのに上達しなかったら悪いじゃないの」

さも当然、といった風に答えたあと、朱炉は足を止め振り返った。サイとのあいだ、右手側の蛸壺屋の壁面に、十一番と書かれた札の下がった古い扉がある。

「ここを入って、右手側の手すりを摑んでそのまま進んでって。そしたら着くから」

右手じゃなと繰り返すと、サイは軋んで抵抗する引込み戸を慎重に開き、蛸壺屋の中へと足を踏み入れた。

室内は、薄ぼんやりとした灯りに照らされていた。どこかに照明用の仔凮がいるのだろうが、巧みに隠されているようで姿は見えない。どういう仕組みになっているのか、サイが引き手から手を離すとあれだけ軋んでいた引込み戸はたちまちするすると閉じてしまった。

朱炉に言われたとおり右手側の壁についた手すりを摑み、狭い通路を先に進む。通路は途中で右に折れ、更に先に進むと階段に突き当たった。足元に気を配りつつ階段を上った先は、行き止まりだった。

どこかで間違えたかと思ったが、闇を透かしてよく見ると、床に近いあたりに持ち手がついている。どうやら目の前の壁はただの壁ではなく、跳ね上げ式の扉になっているらしい。なんと面倒なと半ば呆れながら、サイは力任せに扉を開けて中に入った。

天井こそ低いが、室内は思っていたのよりは広かった。正八角形の部屋には窓ひとつないものの、全ての壁に布のように薄長い仔風が張り付いて白い光を放っているため、室内は昼間のように明るい。中央には木製の重厚そうな円卓が置かれ、風合いのよく似た高い背もたれのある椅子が周囲をぐるりと囲んでいる。

奥に立ってサイを迎えたのは、濃い灰色の長袴の上に前後だけが長く垂れた薄灰色の上衣を纏った少女と、二門の町で朱炉と共に会ったもうひとり、亦駈《またく》だった。亦駈は少女のすぐ背後に、まるで少女の生きた盾か鎧でもあるかのように立っている。全身から発せられる圧力はサイの膚すらひりつかせるほどだったが、少女は慣れているのか感じていないのか、寛《くつろ》いでいるとさえ言えそうな表情を浮かべていた。

それにしてもずいぶんと幼い、とサイは思った。亦駈が巨体であるために実際以上に小柄に見えてはいるだろうが、それを差し引いてもこの場には到底不釣り合いな年格好だった。下手をすればようやく十を越えたというくらいのものだろう。

サイが扉をくぐるのに黙礼すると、少女が澄んだ、やはりどこか幼いところが残る声で、お好きな椅子におかけください、と言った。

では失礼して、とサイは無造作に入ってすぐの椅子を選び、どっかと腰を下ろした。少女も一礼し、サイと向かい合った椅子に座る。こちらは腰から上が円卓の上に出ているというのに、相手はようやっと胸から上が見える程度だ。端から見れば恐ろしく珍妙な絵面に違いない、とサイは思った。

背丈は倍、体重なら五倍か六倍は違うだろう。サイは決して強面《こわもて》ではないが、大概の者は初見《しょけん》ではその巨体、筋肉の塊が放つ熱量に圧倒される。だが目の前の少女は、見た目の若さ――いや幼さには不釣り合いなほどの落ち着きをみせ、唇に軽く笑みさえ浮かべてサイの視線を平然と受け止めていた。

「三ノ宮灰衣《かいい》第七席、護峰《ごほう》と申します。三ノ塔から参りました。こちらはもうご存じと思いますが」

ちらと背後の巨体に視線をやって、護峰と名乗った娘は続けた。

「亦駈と申します。黒錆――三ノ宮の黒衣です。本日はわたくしのお目付役と警護役を兼ねて同席しておりますが、どうぞお気になさらず」

「一ノ宮黒零《こくれい》、サイ」

サイは護峰に向かい、背筋を伸ばして頭を下げた。

「ご足労頂き、恐れ入る」

こちらこそ、と護峰も頭を下げた。

「お待たせして申し訳ありません。手配に時間を要してしまいまして」

「大変失礼とは思うが、初めにひとつ、お尋ねしたい」

やや口調を和らげてサイが問うと、護峰も口元を緩め、なんでしょう？　と小首を傾げた。

「先ほど灰衣第七席、と名乗られたが——見たところずいぶんとお若いのに、なにゆえそのような重責に？」

亦駈の体から一瞬発せられた殺気を、サイは気づきもしないというふうに平然と受け止めた。護峰もまた朗らかな表情のまま、そうですね、と微笑んで答える。

「ご懸念も当然と思いますのでお話し致します。——ご存じかどうかはわかりませんが、三ノ宮には錆衣《せいい》、という者がおります」

「錆衣？」

はい、と護峰は応えて続ける。

「三ノ塔にて異能——特別な力を与えられた者のことです。異能の供与は必ず上手くいくとは限りませんが、成功した者は得られた異能に適した務めを果たすことになります」

護峰がちらと視線を背後の亦駈へと向ける。

「こちらの亦駈は剛力、サイさまをご案内した朱炉は駿足《しゅんそく》の異能を得て黒衣となりました。錆衣より成った黒衣、黒錆と呼ばれています。そしてわたくしも同様に——」

体格差などまるで感じていないかのように平然とサイを見上げ、護峰が続ける。

「知恵という異能を授かり、灰衣に任ぜられました。わたくしのような者は灰錆《かいせい》、と呼ばれております」

なるほど、とサイは深く頷いた。

「ご説明感謝する。護峰どのがあまりにお若いのには驚いたが、ご明晰《めいせき》であることは今のお話を伺っただけでも充分に腹に落ちた」

「そうであれば幸いです」

護峰が微笑んだ。見た目は少女であるのに、表情はもっと成熟した大人のそれだ。

「念のため申し添えておきますが、灰衣第七席として、わたくしは一門の町から三門の町までの管理を任されております。それを越える場合は、都度筆頭の判断を仰がねばなりませんが――」

「四門の町、五門の町のことについてはいかがですかな」

護峰の言葉を遮ってすぐ、サイは睨みつけるような視線を送ってくる亦駈をちらと見上げ、失礼はどうぞ許されたい、と軽く頭を下げた。

「何せ猶予がどれだけあるのかわからんので、いささか焦っておってな。儂ら一ノ宮にとってだけではなく、三ノ宮にとっても」

護峰の口元から笑みが消え、細められた目がサイを射るように見た。

「どういうことでしょうか」

「結論から言うが」

サイもまた真顔になって答える。

「冥凪に対する警戒体制をとっていただきたい。わけても四門の町と五門の町、この二つについてはできるだけ早く」

「――冥凬?」

そうじゃ、とサイが真顔で言った。

「冥凬が防衛線を突破し、三ノ宮に入り込んだ」

「――ほんとうですか」

一瞬で笑みを消した護峰に、うむ、とサイは頷く。

「詳しいことは一ノ塔が調べておるが、まだわかってはおらん。だが、悠長に調べ終わるのを待っておったのでは、先に門町が強襲される可能性がある。じゃから――」

「警戒体制をとれと」

ああ、と応えたサイの顔を射るような目で護峰は見上げた。

「ではなぜ、一ノ塔はすぐさま黒衣の衛団を派遣し、廃滅を試みないのですか。調査などするよりも先に」

「できんのじゃ」

責めるような護峰の言葉に、顔をしかめてサイは言った。

「なぜ?」

護峰が短く問う。

「入り込んだ冥凬は十中八九、行動変容を起こしておる。それがどのようなものかを見極めねば、虎の子の衛団や蒼衣《そうい》の末裔を失いかねん。もしそうなれば、ひとの領域への冥凬の侵入は一気に進むじゃろう。一ノ塔が慎重になっているのはそれが理由じゃ」

「――なるほど」

護峰の視線から怖いものが消え、考え込むように言った。

「一ノ宮の公使さまより三ノ塔に対し、冥凪を警戒するようにとの報せがあったということは聞いております。しかしながら内容はどうにも茫漠《ぼうばく》として、そうせねばならない理由も背景も今ひとつはっきりしない。直接対面したのちに結論を出そう、と三ノ塔は考えているようでしたが――」

そういうことだったのですね、と護峰は得心がいったような表情を浮かべた。

「では、頼めるかな」

サイの問いに護峰は即答せず、そうですね、と大人びた口調で語尾を濁した。

「もう少し尋ねたいことがあるのですが、構いませんか」

無論、とサイは胸を張って応えた。

「知っている限りなんでも答えよう。自分で言うのもなんじゃが、儂は知謀策略を巡らす頭は持っておらんからな、それは安心してくれ」

「とてもそうは思えませんけれど」

ふふっと笑って、護峰は言葉を続ける。

「三ノ宮に侵入したという、冥凪についてです。行動変容の詳細が不明であるのに、通常の――つまりこれまで知られた冥凪に対するのと同じ警戒態勢をとればよい、とお考えですか」

「正直言えば、それで必ず大丈夫という保証はできぬ」

率直にサイは言った。

「じゃが、入り込んだのが〈蜈蚣《むかで》〉という冥凪であることはわかっておる。動きが変わったとしても、一体一体の〈蜈蚣〉の強さや能力自体が変わるわけではなかろう。儂はここまで三つの門町を訪れてきたが、この宮壁と水路であれば中型の〈蜈蚣〉はまず問題なく防げるじゃろうし、大型であっても気を抜かねば入り込まれることはないと思う。無論滅ぼすことはできんじゃろうが、ひとを斃されぬことが何より肝要じゃからな」

なるほど、と護峰は呟くように言って、問いを重ねる。

「四門の町と五門の町、と言われたのはなぜですか。これらの町よりも防衛線に近い一門や二門の町のほうがより危険、と普通であれば考えると思いますが」

「〈蜈蚣〉が凪川を越えた場所から考えると」

サイは即答する。

「やつらの目的地は、南北に走る凪川の東側にあるだろうと考えられる。一門の町や三門の町に向かうためには、〈蜈蚣〉はもう一度凪川を越えねばならん。無論この読みが間違っている可能性もあるが、その場合は凪川を二度越えた〈蜈蚣〉ならば歩みも遅く体も脆く、西岸にある門町に対する脅威にはまずならん」

「二門の町については？」

一瞬、サイは迷った。どこまで話していいものか——だが、知っている限りはなんでも話すと言ったばかりだ。ここで下手に隠し事をしても協力は得られまい。どのみち不得手な腹芸などしたところで、この娘にはすぐさまばれてしまうだろう。

「——冥凪が三ノ宮に入り込んだのは、差し違えてでもあるお方を斃すためだと儂は考えておる」

やや低めた声で言ったサイの言葉に、護峰は無言のまま、目を僅かに細めて先を促した。

「儂らが三ノ宮にやってきたのは、そのお方を探すためじゃ。残念なことに、儂らは一門の町と二門の町ではそのお方を見つけることはできんかった。——その辺りのことは、知っておるんじゃろ？」

「ある程度は。ですが、詳細はお尋ねしないほうがよさそうですね」

考え深げな表情を浮かべ、護峰が言った。

「とはいえ、それならば確かに——」

呟くように言ってから、ふっ、とひどく大人びた微笑を口元に浮かべた。

「サイさまは、ほんとうに裏表のない、率直な方なのですね」

「それは褒められておるのかな」

苦笑し、太い指で後ろ頭を掻きながらサイが言うのに、もちろんです、と護峰は真顔で言った。

「その率直なサイさまに、最後にもうひとつだけ、お聞きしたいことがあります」

「なんでも聞いてくれ」

両腕を大きく広げて言ったサイの目を射貫くように見つめ、それでは、と護峰が問う。

「サイさまは、この件の全てが一ノ塔の謀略である、という見解をどのように思われますか」

全く予想していなかった質問にさすがのサイも即応できず、数瞬口を噤んだ。なるほどそれでかと様々なことが腑に落ちつつ、同時にどう答えるべきか考えを巡らせ――だがどうせ考えたところで碌な知恵は出まい、思った通りに話すと決めて口を開いた。

「少なくとも儂はそんな話は聞かされてはおらん――が、ま、そうだな。儂が一ノ塔で策謀を巡らしておるのなら、送り込む者に何かを教えたりはせんな」

ええ、と護峰も真顔で頷いた。

「わたくしも、サイさまが何かを企んでおられるとは思っておりません。ですがサイさまごと、我々が謀《たばか》られている可能性を考えないわけにはいきません」

「で、あろうな」

灰衣というのはつくづく面倒な仕事じゃのう、とサイは内心考える。

「じゃが率直に言うて、その可能性はほとんどあるまい。皆無とは言わぬし、この機に乗じて一ノ塔の灰衣がなんぞ企んでおるのやもしれぬ。とはいえあったとして些細なことであろうし、大筋は儂が話した通りであろうよ」

「なぜそう言い切れるのですか？」

どこか不思議そうな顔で、護峰が聞いた。

「黒零のサイさま――ご高名は幾度か聞いたことがあります。今の御身が一ノ宮において、お力に相応しい厚遇を受けているようにはわたくしにはとても思えません。それもこれも、一ノ塔の魑魅魍魎の謀《はかりごと》のため――そのような者たちが、今回に限ってはなんの企みもしないと、なぜおっしゃれるのです？」

「確かに塔内の連中が面倒なことは認めよう」

三ノ宮もたいして違わんようじゃが、とはさすがに口にしなかった。

「じゃがな、こと冥凪とひとの命が懸かっている場合だけは別よ。おんしが魑魅魍魎と言うたあの連中も、冥凪を廃滅しひとの世界を救うということについてだけはけっして違わぬ。やり口の派閥ごとに面倒な策略をこね回して争ってはおるが、目的だけは共通しておる。

――おんし」

ふっと表情を緩め、子どもに問いかけるような口調でサイが問うた。

「一ノ宮の者すべてが、最も重視するもののはなんじゃと思う」

「重視するもの、ですか？」

唐突にも思える質問に僅かに眉根に皺を寄せつつ、護峰が小首を傾げた。

「……強さ、でしょうか。冥凪を滅ぼすための」

確かに、とサイは言った。

「強くなければ冥凪は滅ぼせん。じゃが黒衣の強さもピンキリじゃし、一ノ宮とて数は少なくとも黒衣以外もおる。直接冥凪と対峙せん者も含め、一ノ宮の皆が最も大事と考えておるのはな、心のありようさ」

「心、ですか」

訝しげな護峰に、ああ、とサイは応えた。

「冥凪を滅ぼしひとを護るためであれば何をしても、何を使っても構わぬ。考え得る限りのありとあらゆる手練手管を用い、最後に滅ぼせさえすれば一時撤退しようが護りに徹しようがなにも問われぬ。なにせ相手は正邪の概念など持たぬ怪物よ。策略を弄しようが数で押そうが、廃滅さえ叶えばそれでよい、たとえそれが一体でも二体でも、滅ぼしたぶんひとの未来に繋がる道は僅かであっても広がるんじゃからな」

ふっ、とサイは口元を緩めた。

「ひとの未来を広げるためであれば、手段は問わぬ。万が一己がどうやっても勝てぬ、逃げようもないという状況に陥いろうとしてもあがける限りはあがく。じゃがいよいよとなれば――」

サイの表情から笑みが消え、射るような視線が護峰に向けられた。

「己の命と引き換えにたとえ僅かでも外殻を削り、一本でも二本でも冥凪の脚を捥《も》ぐ。次の者に繋ぐために、続く誰かがひとの未来を広げることを信じて。この信条こそが我ら一ノ宮にとって最も大事なものであり、心身に刻み込まれているものでもあり、たとえ内では様々な思惑が渦巻いていようともなお我らをひとつに纏《まと》め上げているものよ。こればかりは決して失われぬと、儂は信じておる」

でなければ、とサイは続けた。

「儂とて素直にここまでは来たりはせんし、おんしらの力を借りようとしたりはせぬさ」

言い終えて口を噤んだサイの顔を、護峰はしばらくのあいだ無言で見上げていた。じっと視線を受け止めていたサイの口元に苦笑が浮かぶ頃になってようやく、わかりました、と護峰は言った。

「仰るように、手配致しましょう。サイさまのお言葉を信じます」

「それはありがたい。とはいえ、おんしらには冥凮と向き合った経験はない。どうか無理はせんでくれ。極力儂らだけでなんとかする」

サイの視線が、護峰の背後に立つ亦駈へと向けられた。

「おんしらの力が尋常ではない、たいしたものだということは、二門の町で会うたときからわかっておる。経験さえ積めば、儂らの力などなくても〈蜈蚣〉を滅ぼすこともできるじゃろう。じゃがな、どれだけ力を持っていても素養があっても、初見の者だけで冥凮と対峙するのは危険に過ぎる。おんしらの力を軽んじているわけではけしてなく、ただ虚《むな》しく散ってきた者たちを多く目にしてきたからこその言葉じゃ。どうかわかってくれ」

「わかっているさ」

それまで黙っていた亦駈が、良く通る声で言った。

「俺たちも、そこまで自分たちを過信してはいない。言われなくとも、勝手に冥凪に立ち向かうような愚は犯さん」

ありがたい、とサイが頭を下げた。

「もし間近に〈蜈蚣〉が現れることがあったら、まずは護りを固めることを考えてくれ。やむを得ず廃滅を試みるときは、できるならば儂か、儂でなくても一ノ宮の者が一緒にいるときにして欲しい」

ああ、と亦駈が応じ、護峰も頷いた。

「わたくしの配下にも、そのように申し伝えます」

協力に感謝する、とサイが再び、深く頭を下げた。

「ひとつ聞きたい」

ぼそり、と亦駈がサイに向かって言った。

「いま三ノ宮にいる一ノ宮の黒衣は僅か三人。一ノ宮の者であれば、その人数で冥凪に対抗できるのか？」

痛いところを突かれたと言わんばかりに、サイの顔がしかめられる。

「まあほんとうのところを言うと、まるきり足らんな。おんしらを見ておると正直助力を願いたいところなんじゃが——さすがに、そういうわけにもいかんじゃろう」

「なぜだ。冥凪廃滅は一ノ宮の役割、ということか？」

亦駈が発した言葉に、サイはそうではないさ、と口元を緩めた。

「冥凪に斃され、ひとの礎となるのは儂らだけでよい――簡単に言うなら、つまりはそういうことよ」

一ノ宮の黒衣はほとんどが、黒一から黒十八までの衛団のいずれかに属し、冥凪の廃滅や防衛線の堅持を担っている。だがそれ以外にも、黒衣が属する組織が三つあった。

ひとつがノエが属する墨だ。墨は原則として廃滅に携わることはなく、ひたすら敵味方及び戦況の状況観察にのみ没頭する。そうした振る舞いと、黒衣でありながらヨムの配下ではなく灰衣筆頭のジゼによって差配されているという事実とが、墨が他から疎まれる大きな理由となっていた。

二つめが御子衆で、鈺珠による廃滅の際に冥凪から蒼衣の末裔を護るために作られた特別な衛団だ。所属している黒衣は黒一や黒二などで実績を積んだものばかりで、広く名を知られた者も少なくない。

そして、最後のひとつが黒零だった。サイとトーはここに属している――というより、二人の他には誰もいない。加えて黒零は黒衣筆頭のヨムではなく、蒼衣筆頭のナギトの配下に置かれ、役割すらも明らかにされていなかった。ただナギトの威光と、かつて黒一で見せたサイの鬼神のような戦いぶりが伝説になっていることもあり、多くの者が訝しみつつも、なんとはなしに触れないことが約束のようになっている。

ま、実態は座敷牢のようなものじゃがな、とサイは蛸壺屋をあとにしながら思った。目立たれても困る、勝手に死なれても困る——まったく、好きで蒼衣の遠戚などに生まれたわけではないぞ。

サイの母親は、蒼衣の始祖である凪家傍流の血を引いていた。当然サイにもその血は流れている。サイは覚えていないが、幼い頃、力の有無を見分けるために鈺珠を持たされたこともあるらしい。

鈺珠による廃滅が効果を上げれば上げるほど、蒼衣の末裔の重要性は増していった。そのため一ノ宮の紫衣《しい》と灰衣は、サイのような遠戚であっても、血さえ引いていれば全ての能力を調べ上げたのだ。

鈺珠を扱う力のなかったサイは、一ノ宮の多くがそうであるように黒衣となった。前線に出て以降のサイの活躍は華々しいのひと言で、積み上げ続けた実績により黒十八から黒一までを僅か半年間で駆け上った。

だが、このあまりに飛び抜けた戦果によって、紫衣と灰衣の目が再びサイに向けられることとなってしまったのだった。彼らはこう考えた。この極端に高い戦闘能力もまた、凪家の血が発現させたものではないか、と。

そんな訳があるかとサイは今でも思っているが、蒼衣の末裔のみが鈺珠を使えるという現実を目の当たりにしている一ノ宮の紫衣や灰衣にとって、それは笑い事ではなかった。この恐ろしいほどに高い戦闘能力も、子孫に受け渡されていくものかもしれない——そう考えられた結果作られたのが黒零であり、サイは最前線から引きはがされてお目付役のトーと共にそこに放り込まれたのだった。

爾来《じらい》サイは、それほど命の危険がない任務ばかり割り当てられ、早く嫁を取って子をなせとせっつかれ続ける日々を送ってきた。

今回もどうせまた、と思っておったがな——

これは果たしてたまさかなのか、それとも護峰が懸念していたように何者かの策略の結果なのか。まあ構わん、どちらであっても。

待っていろ。久方ぶりに思うさま力を奮わせて貰うぞ、冥凪ども。

三門の町の宮壁門を抜けたサイの口元に獰猛な笑みが浮いたとき、背後から再びその名を呼ぶ声がした。

13

その夜の五門の町からの帰り道、生はいつになく上機嫌で、いつも以上に饒舌《じょうぜつ》だった。

「とにかくよかったよ、夜市《よいち》で紅餅《あかもち》食べられたしお土産も買えたし、タイクーンも間近で見せられたし、キサも途中で休まなくてもずっと歩き通せるようになったし」

「まだ梁塁には着いてないよ」

笑いながら答えるキサの胸元には、忘れずに身につけている鈺珠が揺れていた。手には、屋台で買った紅餅の包みがある。帰り際、梁塁で待っている三人の棄錆たちのお土産にと買い求めたものだ。恙《うれい》の分も入れて全部で四つあるため、生とキサはひとつひとつ藁紙《わらがみ》で包まれた餅を手分けして持っていた。まだ温かく柔らかな感触と、ほのかに漂ってくる香りとが、ほんの四半刻ほど前に口にした焼きたての味をキサの舌の上に蘇らせてくれる。甘塩っぱいたれのついた餅を頬張ると、包まれたタネから溢れ出す旨《うま》みたっぷりの甘味噌。深く記憶に刻まれたその味は、頭の中でいくらでも反芻できそうだった。

土手の上を真っ直ぐに続く道は平坦で見通しも良く、凪川の流れが生み出す風が涼やかだった。目に入る限り他には誰もいない道を歩く二人を、前に歩いた時よりも三日ぶん大きくなった月の光が照らしている。

「それに、タイクーンだって見たのは初めてじゃないもの」

「でも、近くで見たら梁塁のとは大きさが丸きり違うってよくわかったでしょ。高さだって全然違うし」

その通りだった。前回キサは五門の町まで歩くのだけで精一杯だったため、夜市の屋台もタイクーンの巨大さも目の当《ま》たりにすることなく、遠目でちらと見ただけで梁塁に戻らざるを得なかった。

今夜、初めて訪れた夜市の賑やかさと華やかさはキサの心を浮き立たせたが、それ以上に印象に残ったのは間近から見上げた五門の町のタイクーン、その巨大さだった。

ほとんど風がなかったため、タイクーンは舫《もや》い綱を結わえた森のほぼ真上に、実体を持った雲のように漂っていた。そもそも高度が梁塁のタイクーンとはまるで違って、もっとずっと高い。であるにもかかわらず、目にした白っぽい紡錘体はどれも、梁塁で見上げたそれより遙かに巨大であると理屈抜きで納得させられるだけの存在感を放っていた。

最大級の冥凪である大型の〈腕つき〉よりも更に巨大なものが、大勢のひとびとで賑わう町の上空に幾つも浮遊している。その光景は、キサの心に三ノ宮の平穏と繁栄を、理屈ではなく実感として強く印象づけた。

「大きいのはうちのタイクーンの十倍はあるんだ。一番若くて小さいのだって、五倍はある」

そうだね、と巨体を思い返してキサは応えた。

「思ってたのよりずっと大きかった……それに、五門の町も広くてびっくりしたよ。だけど建物があんまりなくて、宮壁門の中にいくつも森があって、不思議な感じだった」

「それは、五門の町がちょっと特別だからだよ」

生が説明する。

「五門の町は、初めからタイクーンを育てるために造られたんだ。もちろん、冥凪が三ノ塔に行かないように防ぐための門町でもあるんだけど——ただ、五門の町ができた時にはもう、この辺まで冥凪が入ってくるようなことはなかったんだって」

三ノ宮の門町はもともと、冥凪の三ノ塔までの侵入を阻むために造られたものだ。従ってどの門町も三ノ塔より北方に位置し、周囲に宮壁と水路を巡らせ、宮壁上に投石器と放水器を多く並べて冥凪の足止めに備えた造りとなっているし、それらはかつて実際に稼動してもいた。

だが、五門の町は違う。そもそも五門の町は、確かに三ノ塔より上流に位置してはいるが、それまで南下していた凪川が直前で大きく湾曲して北西へと流れを変えているため、地理的には三ノ塔よりも南に位置している。つまり三ノ塔への侵入を阻むための町としては、その立地は適切とは言い難いのだ。

冥凪に対する防衛拠点としての形は整えられているが、実際にそう使われることは想定されていない——それが五門の町だった。一門から四門の町までが防衛線の構築と三ノ宮の発展と併せ、少しずつ拡張されまた役割を変えていったのとは、そもそもの始まりから違う。

「タイクーンを育てる、っていうのは？」

キサの問いに生は、僕も昔のことは婆ちゃんから聞いただけなんだけど、と前置きしてから続ける。

「タイクーンは体のほとんどが気嚢だから、体の大きさの割りにものすごく軽いんだ。凪と太陽の光を浴びさせるために空に浮かべるんだけど、ちょっと強い風が吹くとすぐに流されちゃう。

そのせいで、昔は凪でタイクーンの舫い綱がほどけたり、空でタイクーン同士がぶつかったり、お互い絡み合って落っこちちゃったりってこともあったみたい」

へええ、とその光景を想像してキサは声を漏らした。あの巨大なタイクーンが落下したら、真下にあった町はどれほどの惨事に見舞われてしまったことだろう。

「町の中には住んでるひとの家とか商店とか食堂とかがあるから、その度に家や店が壊れたり、怪我人が出たりして大騒ぎになったんだって。それで、タイクーンはまとめて別の場所で育てようってことになって、五門の町が造られたんだ。だからここはやたらと広いんだけど、他の門町に比べると住んでるひとは少ないし、家も店もあんまりない。一番大事なのは、森だからね。綱留めの森」

タイクーンを繋ぎ止めるのに足る、幹が太く頑丈で深く根を張った樹木の森がまず探され、それを囲うようにして宮壁が、その後門町として最低限必要なものが順々に揃えられ、五門の町は今の姿になった。建ち並ぶ建物は他の門町に比べると少なくまた小さく、一方で通りはどれも驚くほど幅広だ。そして夜市のように、移動が容易な屋台を中心とした店舗形態が定着している。

町の拡張は今も続き、タイクーンの数が増えるのに併せて少しずつ宮壁の内側は充実し、住むひとの数も増えてきていた。

「逓信所《ていしんしょ》ができたのも去年なんだって。よかったよ、ちゃんと手紙が出せて」

生は楽しげな様子のまま、いやいっそう機嫌良く話し続けていた。キサは一瞬言葉に詰まったが、なんとかそれまで通りの口調で返事をする。

「手紙のこと——ありがとう、生」

「お礼言われるようなことじゃないよ。手紙だって婆ちゃんに書いて貰ったしさ。——書いて貰ったっていうか、婆ちゃんにお前の字じゃ誰も読めないだろって言われちゃったんだけど」

へへへ、と生はわざとらしいくらいに明るく続けた。

「仔凪のことならよく知ってるんだけど――逓信所のこともそうだし、もっと色んなことも覚えなきゃだめだって、婆ちゃんに叱られちゃったよ」

五門の町に着いたあと生が最初にキサを連れて行ったのは、宮壁門を入ったすぐ脇にある、石造りの小さな建物だった。三ノ宮の各門町にひとつずつある逓信所は、手紙や荷物の受付と受け渡しを行うための拠点だ。そこで生は、恙に書いて貰ったという手紙を一門の町の公使館宛に出したのだった。

そのとき初めてキサは、生が自分のために、一ノ宮に連絡を取ろうとしていたことを知った。

自分の生存を報せ、できれば末姫衆の安否を確かめるために一ノ宮への連絡を取りたいとは思っていたが、キサはそのための連絡手段を持たず、また方法も知らなかった。体を治し、一ノ宮まで歩いて帰る――それ以外の方法があるなど、キサはちらと考えることすらなかったのだ。

「わたしのほうが、ずっとずっと何も知らないよ」

キサが、半歩だけ前を歩く生に向けて言った。

「歩いて帰るしかないって、思ってたんだもの。連絡が取れるなんて考えてもみなかった」

「僕だって、婆ちゃんから教えて貰うまで知らなかったよ。婆ちゃんだって、偉そうなこと言ってたけど調べるまで知らなかったらしいし、全然大したことないよ。でもキサはさ」

生がちらとキサを振り返って言った。

「手紙の出し方なんか知らなくても、冥凪を滅ぼしてひとを護ってきたんだもの。そっちのほうがずっとすごいと思うよ」

すごくなんてない——少し前までだったら反射的にそう思ってしまっていただろう。蒼衣の末裔なのに鉦珠をまともに使えず、ただひとつ与えられた囮という役割に縋りついている自分を恥じながら。そしてそう思っても口に出すことはできなかっただろう。一ノ宮の蒼衣の血を引く者として。

でも、今は違う。

「何もすごくないよ」

自分でも驚くくらい、穏やかな声でキサは言った。

「そんなこと——」

謙遜していると思ったのか、笑いながら言おうとした生の言葉をキサは遮った。

「あのね、生」

胸が軽い。こんな気持ちになったのは、きっと生まれて初めてだ。

「——どうしたの？」

キサの穏やかで静かな声に、生が足を止めて振り向く。

「わたしね――」

自分より少し背の低い、紅条の灯りに照らされている生の顔を見つめる。そんな必要なんてどこにもなかったのに、何も聞かず、自分をずっと助けてくれた少年の顔を。

落胆させてしまうだろうか。するかもしれない。だとしても、黙ったまま去ることはできない、と思った。

「一ノ宮の蒼衣の血を引いてはいるけど、冥凪を滅ぼすことができないの」

生は何も言わず、黙ってキサの顔を見つめていた。キサは胸に下げていた鈺珠を両手に取ると、生が見えるように差し出す。

「これは鈺珠《ぎょくじゅ》っていってね、中に屍針蟲《ししんちゅう》っていう蟲がたくさん棲んでるの。蒼衣だけが屍針蟲を操って冥凪を滅ぼせるんだけど、わたしが操れる屍針蟲はとても少なくて、一度だって冥凪を滅ぼせたことはなくて。わたしは――」

少しだけ深く長く息を吐いてから、これまでずっと胸の内に抱えていた、でも決して認めることができなかった言葉を、するりと口にする。

「役立たずだったの。能なしの、蒼衣」

「でも」

生の顔に浮かんでいたのは落胆ではなく、わからないことをなんとか理解しようとしている、そんな表情だった。

「キサは、末姫衆のひとたちと、冥凪の廃滅に行ってたって」

「廃滅には行ってた。でもそれは、囮になるため」

「囮？」

生の表情が困惑に近くなる。

「冥凪は蒼衣の血を引いている者を最初に狙うの。他にどんなにひとがたくさんいても。隠れている冥凪も巣の中に潜んでる冥凪も這い出して襲ってくる。蒼衣の末裔を。わたしを」

「キサを狙って――？」

生の問いに、そう、とキサは答えた。

「囮のわたしに集まってきた冥凪を、わたしのきょうだいの、もっときちんと鈺珠を扱える蒼衣が滅ぼすの。それが、わたしにとっての、冥凪の廃滅」

しばらくのあいだ、生はじっとキサの顔を見つめて立ち竦んでいた。

生の沈黙が長引くにつれ、キサの心臓の鼓動が速くなってくる。話したことに後悔はない。でも。

キサが生の名を呼ぼうとしたとき、生が沈黙を破った。

「――じゃあ、じゃあさ」

懸命に何かを考えているらしく、ゆっくりひと言ずつ確かめるようにして話す。

「キサは、自分では冥凪を滅ぼせないのに――きょうだいのために囮になって、冥凪をいっぱい集めてたっていうこと？」

思っていたのとまるで違う生の言葉に、キサは戸惑った。

「そう――だね。うん」

答を聞いた次の瞬間、生は駆け寄ってくるなりキサの両手を取って握り締めた。

「すごい、キサはやっぱりすごいよ」

目を丸く、顔を紅潮させて生が言う。

「生⁉」

「自分じゃ滅ぼせないのに、きょうだいのために冥凮を集める囮になるなんて。自分で滅ぼすのよりずっとずっと怖くて難しい役目だし、それにキサが囮をやってるからまとめて冥凮を滅ぼせるんじゃないか。すごいよ、キサはほんとうにすごい」

喋っている内に興奮してきたのか、生が繋いだままの両手を上下に振った。その勢いがあんまり激しくて、痛いよ生、とキサが言うと生は大慌てで手を離した。

「ごめん、あんまりキサがすごいからびっくりしちゃって」

「――すごい？」

そんな風に言われたことはもちろん、思ったことだって一度もない。

「わたしが？」

生の言葉にキサが戸惑いを隠せずにいると、生はもう一度、すごいに決まってるよ、と力強く言った。

「ほんとにすごいよ、冥凮を廃滅するのだってもちろんすごいけど、そのために囮になるのなんてもっと勇気がいるすごいことで――って、僕さっきから、すごいってしか言ってない急に我に返ったように、生が自分を落ち着かせようとしたのだろう、一度大きくふう、と息を吐いてから、満面の笑みを浮かべた。

「でも——うん。やっぱりキサはすごいよ。そんな危ない役割をしてまで、僕らを護ってくれてたなんて。

良かったよ僕、キサが一ノ宮に帰る手伝いができて。ほんとうに、良かった」

熱を込めて話す生の言葉に、キサの胸に熱いものが満ちていく。ずっと空虚だったキサの胸の奥、それが当たり前だと思っていた場所にいつの間にか、生や梁塁のみんなが少しずつ、少しずつ分けてくれたものが積み重なっていた。その大事な場所に今、生の言葉が届くのと同時に光が灯る。仄かな、けれどとても暖かな光が。

「——ありがとう」

精一杯の思いを込めて、震えそうになる声でキサは言った。

「わたしこそ——生にいっぱい助けて貰って。今だって」

「いいんだ、そんなの」

照れたように、生が言った。

「全部僕がやりたくてやっただけなんだから。それに——それにさ」

ふっと言葉を途切れさせた生の視線が、一瞬だけ地面に落ちた。

「僕は——色々考えてみたんだけどさ、やっぱりこんなことくらいしかできないから」

顔を上げた生はいつも通りの笑顔だったが、キサを見つめる目にはいつになく真摯な、どこか思いつめたようにさえ見える光が宿っていた。

「婆ちゃんに叱られちゃったんだ、キサも僕も仔凪じゃないんだからもっとちゃんと考えろ、お前はほんとうは何がしたいんだって。でも考えなくてもさ、ほんとうはわかってるんだ。ほんとうは、こんなことじゃなくて、もっとちゃんとキサの力になりたいんだ。

――あのさ」

少しのあいだ躊躇ったあと、生は思いきったように言葉を発した。

「キサは、一ノ宮に帰ったらまた、囮になって冥凪をおびき出すんでしょう。それってきっと、僕には想像もできないくらいすごくむつかしくて大変で――怖いことだよね」

尋ねたのが生でなかったら、生の目を見ていなければ、きっと本心を答えることはなかったろう。蒼衣の末裔として、鈺珠を与えられたものとして、そんな答が許されないのはわかっていたから。

けれどそのとき、キサの口からは本音が、一ノ宮では決して口にできない言葉が、まるで背中を優しく押されたかのようにするりと発せられていた。

「――うん。怖いよ。怖かった。いつも、とても」

一ノ宮であれば軽侮されたかもしれない言葉を、生はそうだよね、と当然のように受け入れてくれる。

「それなのにさ。そんな怖いことをしなくちゃいけないってわかってるのに、それなのにキサは一ノ宮に帰ろうとしてるでしょ。僕らのために。僕らを冥凪から護るために。僕はほんとうは、ほんとうはそんなキサをずっと——」

そこから先を、生は言わなかった。言えなかった、のかもしれない。

少しの沈黙のあと、生は静かな声で再び話し始めた。

「僕は、棄錆だからさ。力が強かったり、足が速かったり、もしそんな力があったらキサの役に——ほんとうの助けに、なれたけどさ。でもそうじゃないから。前に小宰領にも言われたんだ。分を弁えろって。そうじゃないとひとつで済む死体が二つになるって。だから——」

生はキサが初めて見る、泣き笑いのような、ひどく大人びた表情を浮かべていた。

「僕は、今は、こんなことしかできないけど。だけど、ちょっとでも、キサの役に立てたならよかったって思うよ」

すぐには、何も言えなかった。

生はずっと、何も聞かず、何かを求めることもなく、ただ自分を助けてくれた。自分が一ノ宮の者だからとか、蒼衣の末裔だからとかには関係なく。生はキサを、ただ助けたいと思ったから助けてくれていたのだ。初めから、ずっと。

そうして生は——

そのとき、キサは初めて気がついた。

生は、ただ助けてくれていただけではなかった。

与えてくれていたのだ。何も持っていなかった自分に、流されるままだった自分に、生きる意味を。

「——ちょっとじゃない」

気づいたときにはもう、言葉が口からこぼれだしていた。

「ちょっとじゃないよう」

それ以上何かを言ったら、泣いてしまいそうだった。

唇をへの字にしたままキサは生に歩み寄り、その肩に——自分より少し低い、けれど保子の仕事で鍛え上げられたしっかりした肩に、自分の額を押しつけた。

「ありがとう。ほんとうに、ありがとう」

鼻声で言ったキサに、うん、と生は静かに応えた。


たっぷり四半刻が過ぎてからようやく歩くのを再開した二人は、しばらくのあいだ少し気まずくて無言で、お互い相手のほうをちらちらと覗き見ばかりしていた。でも何度か目が合ううちに段々おかしくなってきてしまい、とうとう最後には生が吹き出して、そこからはもういつも通りだった。

「いつかさ」

吹っ切れたような声で、生が言った。

「いつかきっと、一ノ宮までキサに会いに行くから。そのときまでには、まだどうしたらいいのかわかんないけど、一所懸命考えて、もっともっとキサの役に立てるようになってるから。約束する」

キサも笑顔で頷く。

「きっと。待ってる」

うん、と答えたあと、急に照れくさくなったのか生はへへっと笑って、それにさ、と付け足した。

「手紙は出したけど、すぐに迎えが来るわけじゃないと思うからさ。手紙が届くのに何日かかかるって言ってたし、公使館のひとが手紙を読んですぐに来てくれたとしても、門町のあいだは歩くと大体一日か二日くらいだから、迎えが梁塁まで来るには三日か四日か、そのくらいはかかると思うんだ。だからまだ、キサが帰るまでに時間はあると思うからさ、一ノ宮に帰る前に、また五門の町に行こうよ。塔周りの町に行ってもいいな、五門の町よりずっと大きいんだよ。屋台じゃなくて、ちゃんとしたお店もいっぱいあるし」

照れ隠しのように、生は殊更早口で、まくし立てるように話し続ける。

「そうだ、仔凪。梁塁にはいない種類も町にはたくさんいるからさ、良かったら紹介してあげるよ。こんなにいっぱい種類がいるのは三ノ宮だけだって、小宰領も言ってたし。もし登ってみたかったら、タイクーンまで登らせてあげるのもできると思うし」

「それはさすがに、ちょっと怖いかな」

笑いながらキサが言うと、生もタイクーンに登るのより冥凪と戦うほうがずっと怖いと思うけどなあ、と言って笑ったが、すぐに何かを思い出した表情になった。

「そうだ、タイクーンで思い出した。今日、タイクーンの包み網の補修をやったんだけどね、途中で変なものを見たんだ」

「変なもの？」

そうだよ、と内緒の打ち明け話をするような、どこか楽しげな顔で生が言う。

「だいぶ遠かったんだけど、変な形の鳥がいたんだよ。いや、はっきり見たわけじゃないから鳥かどうかもわかんないんだけど」

「変な形って――」

ひどく嫌な予感がした。キサの中から、それまで満ちていた温かさが潮が引くように消えていく。

「どんな？」

鳥の話だ、生がしているのはちょっと変わった鳥を見たということでしかない。だってそんなはずがない、あり得ないものと思いながらも、キサは確かめずにはいられなかった。

「なんだか頭がやたら大きくて――大きいって言うか、すごく長い鶏冠《とさか》か角みたいなのが生えてるみたいだったんだ。でも、角が生えた鳥なんて見たことないし、鶏冠のある鳥であんな高く飛ぶのなんて知らないし」

「高く、飛んでたの？」

我知らず、キサの声は張り詰めたものになっていた。その言葉の響きと真剣な表情に引き込まれるように、うん、と応えた生の顔からも笑みと余裕が消えている。

「タイクーンよりずっと高いところを飛んでたから。そのあたりを飛ぶ鳥は大体知ってるつもりだったんだけど――」

「どんな色だった？」

「ごめん、それはちょっとわからない」

言葉を遮るように尋ねたキサに戸惑いを見せつつ、生が答えた。

「夕方近くで、今日は陽の光がかなり赤かったから。でも、茶色っぽかった気がする。茶色か、赤っぽい灰色か」

生の説明を聞くほどに、キサの顔は険しくなっていった。それは梁塁で目覚めて以来、キサが一度もしたことがない、する必要がなかった表情だった。

「翼がとても大きくて、広げられたままほとんど羽ばたかない――」

「うん、そうだよ」

キサの言葉に、生は目を丸くして答えた。

「なんか凧《たこ》みたいだなって思ったんだ。――あの鳥を知ってるの、キサ？」

だがキサは生の問いには答えず、何かを確かめるように五門の町の方向へ振り返った。

「――キサ？」

「遠かったって言ったけど」

もうずいぶんと歩いてきていた上、夜がすっかり更けたこともあって五門の町も、宙に浮くタイクーンの姿も見えなくなっていた。だがキサはじっとそちらの方向を見つめたまま、生に尋ねる。

「どっちの方角に飛んでいたか、わかる？」

「ああ――うん、たぶん」

困惑を隠せないまま、生はええと、と記憶を思い返すように眉根に皺を寄せた。

「今日は七番のタイクーンで、南風で、担当が右上二番だったから……五門の町から見て北寄りの東、かな。そうだ、うん、遠くに四門の町の宮壁がちょっと見えてたから、やっぱりそれで合ってる」

はっきりとそのときの光景を思い出したのだろう、生の声が明るくなる。

「結構離れてはいたけど、四門の町よりは手前だったよ。ちょうど四門の町と五門の町の真ん中くらいかな」

「あっちのほう？」

「いや、もっと北の――」

言いかけた生の言葉が止まった。振り向いたキサの目の先で、生は細めた目で高空を睨むように見ている。

「――あれ、もしかして同じのかな」

「見えるの⁉」

視線を外さないまま、うん、と生は頷いた。

「目と耳はいいんだ、僕。暗いからはっきりしないけど、夕方に見たのと同じのが飛んでる気がする」

眉根に皺を寄せ、生は暗く塗りつぶされた空をじっと見つめていた。視線の先を追ったキサが同じ辺りを懸命に探してみても、動くものの姿は見えない。

「やっぱりそうだ、鶏冠がちらっと見えた。輪を描くみたいに飛んでる。ねえキサ――」

キサは生が言い終わるのを待たなかった。まだ温かい紅餅を上着のかくしに入れると生の手をとり、いきなり走り出した。五門の町を背にし、梁塁へと向かって。

「キサ⁉」

「走って生、お願い」

かなり動けるようになったとは言え、まだ万全と言えるような状態ではない。全力で走ろうとした途端、キサの四肢や関節には痛みが走った。全身の筋が固くなってしまっていたのか、引き攣るようになって思うように動かすことができない。だがキサは歯を食いしばって痛みに耐え、懸命に、必死になって走り続けた。

「もしかしてあれって」

余力を残して併走する生が、キサの厳しい表情から察したのか、張り詰めた声で尋ねてくる。そう、と噛みしめた唇の隙間から、キサは声を出して答えた。

「あれは鳥じゃない、冥凪」

「こんなところに⁉」

「間違いない」

　油断していた。この百年間、三ノ宮まで冥凪が入り込んだことがないという事実が、この場所が一ノ宮の防衛線と凪川の流れとで護られているのだということが、そして何より梁塁での静かな暮らしが、キサが身につけていた警戒心を解いてしまっていた。たとえ可能性は小さくても想定はしておくべきだったのだ、〈翅つき〉ならば防衛線も凪川も関係ないのだから。

　ひとに対する〈翅つき〉の殺傷能力も防御力も、他の冥凪に比べればごく小さなものでしかない。飛行という唯一無二の力を手に入れるため、〈翅つき〉は他の冥凪と異なり触手や外殻を持たないからだ。唯一残っている甲殻部分は、生が鶏冠だと思った前後に細く長く伸び、繊月のような形をした頭部で、それが〈翅つき〉のただひとつの攻撃手段でもあった。〈翅つき〉は攻撃対象を見つけると、頭部を真っ直ぐに突き出して高空から一気に滑り降りてくる。まるで天から放たれた槍のように。直撃すれば殻短甲《かくたんこう》であれば辛うじて防ぐことはできるが、それ以外の鎧は全て貫かれてしまう。ましてや生身のひとなど易々と貫かれ、切り裂かれてしまうだろう。

　反面、〈翅つき〉は一ノ宮の黒衣にとっては与《くみ》し易い相手ではあった。攻撃が単調であり、胴体には外殻がないことから、初撃を避けるなり囮の的に当てさせて動きを止めるなりさえしてしまえば、容易に一撃で滅ぼすことができるからだ。経験を積んだ黒衣であれば、降下してくる〈翅つき〉を直接槍で貫くことも難なくこなしてみせる。動きが単純で予想がしやすいことから、唯一警戒すべきは闇夜に乗じた急襲など、発見が遅れることだけだと言われていた。

しかしそれはもちろん、一ノ宮の黒衣にとっての話だ。

ここではそうではない。冥凪を見ることすら初めてで武器など手にしたこともない棄錆の少年と、ごく僅かな屍針蟲しか操れない蒼衣の少女にとって、〈翅つき〉は単なる脅威以上の存在だった。いったん見つかってしまったら、それはかなりの確率でそのまま死に直結する。

「だから、とにかく見つからないようにしないと――」

「でもあいつ、昼間は襲ってこなかったよ？　だからもしかしたら、あれは冥凪によく似てるだけで――」

生の素朴な疑問が、キサの全身を雷のように貫いた。

そうだ。

そうだった。

手痛い実体験によって身についた知識とは違う、繰り返し教え込まれた冥凪についての知識が蘇る。

勝手に思い込んでしまっていた、すっかり忘れてしまっていた。だって。

だって、わたしにとって、〈翅つき〉はいつだってこちらを見つけたら襲ってくるものだったから。

キサにとって、それは真実だった。だがそれは、〈翅つき〉が必ずひとを、それがどんな相手でも無分別に滅ぼそうとして襲ってくるということではない。〈翅つき〉の行動には常に明確な意図があった。

それを思い出した時、キサの足は自然と止まっていた。無理矢理動かした全身の関節と筋とが早くもずきずきと痛み始めていたが、そんなことは気にならなかった。どうするべきかと考えた時には、もう答えは出ていた。

当たり前だ。だってわたしは、一ノ宮の蒼衣なんだから。

「キサ⁉」

数歩行き過ぎてから止まり、生が慌てた様子で振り向いた。

「どうしたの、やっぱりあれ、冥凪じゃなかったの」

「違うの。——あれはやっぱり冥凪。〈翅つき〉。だから、生は梁塁までそのまま走って。きっと大丈夫」

「じゃあキサも一緒に」

驚きと焦りを面に表して言う生の言葉を、キサはううん、と首を横に振って遮った。

「わたしは歩いていく。速く走れないし、それに——」

キサの表情に、隠しようのない苦悩の色が浮いた。

「わたしと一緒にいたら、わたしのせいで生も襲われてしまう」

「そんなわけにいかないよ、走れないなら僕が背負うから——」

手を取ろうと伸ばしてきた生の腕を、キサは体を竦めて避けた。それはほんの僅かな動きに過ぎなかったが、生の顔と体を凍りつかせるのには充分だった。

「キサ――」

「違うの」

張り詰めた顔で、キサが言った。

「〈翅つき〉は、蒼衣の血を引く者を狙ってくる。わたしを。だから」

「そんな――だからって」

生の顔がさっと紅潮した。

「だからって、キサをひとりになんてできないよ！」

そのときだった。

生が言葉を言い終えた瞬間、二人の耳にはっきりと届いたのだ。

翼が風を切る、痛みさえ感じるほどに鋭い音が。

「生お願い、早くにげ――」

その言葉を、キサは最後まで言い終えることはできなかった。

14

五門の町の宮壁門は、他の門町よりも遙かに巨大な観音開きの扉だった。

ひとが通るためだけならば、これほどの大きさはどう考えても必要ない。恐らくはよほど大きな荷か、あるいは巨体を有する仔凮《つあいふ》を通すためのものなのだろう、とノエは推測した。ずいぶん遠くから夜空に何体も浮かぶのが見えていた、横倒しの巨大な紡錘形――タイクーンとかいう仔凮に、ノエの視線がちらと向けられる。

門の高さは宮壁の八割ほどにまで達しているように見えるから、少なく見積もっても四廣はあるだろう。幅に至っては左右二つの扉を合わせてその三倍ほどもある。既に夜も遅く、僅かな星明かりと門の内側から漏れ出している赤い光だけしかないため、細部まではノエの視力をもってしても見て取ることはできなかった。しかし、扉がぶ厚い板と鋼の組み合わせで造り上げられた、極めて頑丈なものであることはわかる。〈蜈蚣《むかで》〉はもちろん、中型の〈腕つき〉による体当たりであっても充分耐えうるだろう――それまでのあいだに閉めきることができれば、の話だが。

夜だというのに、巨大な宮壁門は開放されたままになっていた。それだけ開け閉めに手間が掛かるということなのか、冥凮《みょうふ》が現れることなどないと高をくくっているのか。

宮壁の外側には、五門の町をぐるりと取り囲むように深く幅の広い水路が設けられている。凮川《ふうちゆあん》の流れを直接取り込んでいるものらしく、水の流れる音がノエの耳に届いた。ここを渡るには、宮壁門に向けて架けられているただひとつの橋を渡る他に方法はなさそうだ。冥凮の襲来の際は宮壁門を閉じるより橋を落としたほうが早いかもしれない――そんなことを考えていたノエだったが、実際に橋を渡る段になって考えを改めた。姿を現したのは、一ノ宮の、落とすことが前提で作られている橋とはまるで違う頑丈すぎる代物だった。〈蜈蚣〉はもちろん大型の〈腕つき〉にさえ、易々と渡られてしまうだろう。

　これまで見てきたどの門町も同じようなものだったが、わけてもこの五門の町は酷い。あまりの警戒心のなさ、脳天気さにノエは反吐が出そうになった。既にヌキは、三ノ塔に対して冥凪の侵入を伝えている。にもかかわらずのこの状況、この体たらく。なぜこいつらはこれほどまでに、己の身を護るというただそのことに対してさえ愚鈍を晒しているのか。一ノ宮は、黒衣の命を消耗品のように扱ってまで、必死でお前たちの元への冥凪の侵入を阻んでいるというのに。ましてや――

　ノエの心の奥底から、普段は圧《お》し殺している、考えないようにしている不満が、けっして治りきらない瘡蓋が剝がれ血が溢れ出すようにあとからあとから湧き出してくる。それでも黒衣はまだいい、とノエは思う。たとえ消耗品のように扱われたとしても、冥凪と正面から戦い滅ぼし、稀少《きしよう》な蒼衣の末裔を護り、戦果を上げれば尊敬され称《たた》えられ、仮に命を落としても惜しまれ悲しんで貰うことができるのだから。

　墨はそうではなかった。同じようにひとのために戦っているというのに、墨は共に戦う一ノ宮の黒衣からでさえ――いや共に戦っているからこそ、軽侮され蛇蝎《だかつ》のごとく嫌われている。

　もちろん黒衣から、そうした感情があからさまに示されることはほとんどない。その程度の自制ができなければとても冥凪を滅ぼすことなどできないからだ。だが、自分たちの帯同が喜ばれていないことに気づかない墨はひとりもいなかった。

　墨の役割は情報の収集と報告、そして分析だ。御子衆《みこしゅう》と帯同する時こそ蒼衣《そうい》の護衛任務が追加になるが、それ以外の場合は決して自分から廃滅に関わることはなく、鍛え上げた技能と蓄えた知識は自分の身を護り、一ノ塔へ生還するためだけに使われる。攻撃も防御も二の次、何より尊ぶのは視野の広さ、そして動きと判断の迅速さ。墨が黒衣のように長槍を持つこともない上、短甲《たんこう》の類を全く身につけず常に陣闘衣姿であるのもそれが理由だった。

　生還こそが最優先だった。たとえ帯同している衛団が壊滅しようとも。

　だから、末姫衆が壊滅し、ノエひとりが生き残ってもそれを責める者は墨の中にはいなかった。むしろ労《いたわ》られ、選択した行動の正しさ、特に己の生還を優先しつつ同時にキサが生存している可能性も残したことを手放しで賞賛された。

　だが自分の行動が、姫衆頭のヤガによって強いられたも同然であることをノエは自覚していた。そして賞賛された判断と行為とを思い出すたび、ノエの胸の内はひどく重苦しくなった。

　帯同する衛団に対しては常に一本線を引け。墨はそう教えられる。仲間意識や連帯感、同情心などを持ってしまうと肝心な時の判断が鈍るからだ。この原則を徹底できず、命を落とした墨もいる。黒衣はもちろん蒼衣であっても、墨にとっては何よりまず観察対象であり、任務の終了と共に終わる、それだけの関係にせねばならない。もちろん任務のあいだに得た知識は消えない、それこそが墨の役目だからだ。

だがノエは、キサと共に過ごした時間を、自分でも理由がわからないまま、何度も何度も繰り返し思い返していた。

末姫衆につけられ初めて会った時から、ノエはキサから目が離せなくなった。多くの者から陰で蔑まれ、命を危険に晒す囮役を強いられてもなお、逃げることなく己の役割を全うしようとする姿に。希少な蒼衣の血を引きながら、誰にも、墨であるノエに対してさえも等しく丁寧に接してくるような、自分の弱さを自覚した卑屈とも思える態度に。

自分が墨としての本分を越え、あの末姫に執着といっていいほどの関心を持っていることを、ノエは認めざるを得なかった。

三門の町から五門の町への移動は、少しでも時間を短縮するために整備された凪川沿いの街道ではなく、草木が生い茂る山中を突っ切る経路を選んだ。抜群の記憶力と方向感覚、そして運動能力を持つノエにとって、道行き自体はさほど困難を伴うものではない。移動のあいだノエは思索に耽るだけの余裕があり、一日半の時間のほとんどを費やして、自分の執着がどこから生まれたものなのかを考えた。だがそれだけの時間をかけても、何も答は出なかった。

はっきりしたのはただ、自分があの夜のことを悔いているらしい、ということだけだった。

墨であれ黒衣であれ、一ノ宮の者であれば任務の選り好みはできない。だが命じられる前にキサの捜索に自ら手を挙げたのは、最も状況をよくわかっている自分が担うべきという如何にも墨らしい合理的な理由とは別に、あの夜からずっと消せずにいる後悔を、もしかしたら取り戻すことができるかもしれないという密かな思いがあったからに違いない。考えれば考えるほど、ノヱはそうした結論に辿り着く他なかった。同時にそれが、危険な徴候であることも理解した。強い思い込みは、咄嗟の判断を誤らせてしまう可能性に繋がりかねないからだ。

であれば、とノヱは考える。この執着を消滅させ元の自分に戻るためには、この任務を果たす以外に方法はない。心の内を誰からも隠し通したまま、キサを探し出し無事に一ノ宮に連れて帰る。そうすれば全ては元の通りになるはずだ。

決意を新たにし、堀にかかる大橋を渡ったノヱの元に、小柄で痩せ型の女性が小走りでやってきた。ノヱよりはかなり上、中年といっていい年格好と見えたが、表情からはひどく張り詰めたものが見て取れる。

「一ノ宮の方ですか」

はい、と短く応えると、相手の女性は一瞬ノヱの表情を窺う様子を見せたあと、重ねて問うた。

「お名前をお聞かせ戴けますか」

「ノヱ。墨の、ノヱ」

答を聞いた女性は一瞬安堵の表情を浮かべたあと、堰を切ったように話し出した。

「お待ちしておりました、ノヱさま。私はヌヰさまの下で務めております紺衣《こんい》のサクワと申します。恐らく本日の内に五門の町に墨のノエさまという方が来られるから、必ずお迎えしてご本人にお伝えせよとの指示を、飛信《ふえいしん》にて受けておりました。ノエさまの年格好は書かれておりましたがそれ以外に確かめる術がなかったため、失礼な問答をさせて頂いたことをお許しください」

それは構いません、とノエは首を横に振った。失礼ということであれば、自分の無愛想な応答のほうがよほどそうだろうというくらいの自覚はノエにもあった。

「それより、伝えよというのはどんなことでしょうか」

ノエに促されたサクワの表情が、一瞬で引き締まった。

「〈翅つき〉が三ノ宮に入り込んでいることがわかりました」

ノエの背中が一斉に粟立つ。それが凶報を聞いた緊張によるものか、吉報を――蒼衣の末裔が三ノ宮にいる可能性が極めて高いという報せを喜んでいるからなのかは、自分でもわからなかった。

「どこに、いつ」

「この町の北東で、今日」

短い問いに短く応え、サクワはひとまずこちらへ、詳しくお話しいたしますと言ってノエを宮壁門の内側へと誘った。

巨大な宮壁門を支えるためか、五門の町の宮壁は他の門町のそれよりもかなりぶ厚いようだった。大型の〈腕つき〉に匹敵するほどの重量感を頭上に感じつつ開口部をくぐったノエが案内されたのは、入ってすぐ脇にある警護の立番《たちばん》小屋だった。小屋とはいうが、宮壁と同じ石造りの立派なものだ。顔見知りなのか予《あらかじ》め話を通してあるのか、サクワは入り口に立っていた小綺麗な陣闘衣を纏った黒衣と目礼を交わし、そのまま中へと入っていく。

入ってすぐは簡素な机と椅子、それに書類棚がぎっしりと立てられた部屋で、四人の黒衣がやけにぴりぴりした空気を纏いつつも、椅子に腰を下ろしたり手持ち無沙汰といったふうに壁により掛かったりしていた。誰ひとりこちらを直接見ようとはせず無関心を装ってはいるが、二人の一挙手一投足を観察していることは嫌になるほどはっきりと伝わってくる。気配を殺すことなど思ってもいないのか、そもそもそんな技量すら持たないのか。

サクワは彼らを無視して部屋の中を進み、書類棚の隙間にあった小さな扉を押し開けた。休憩室らしく、初めの部屋よりもずっと狭い空間に寝台が二台、左右の壁に張りついて置かれている他には何もない。こちらへ、とノエを誘ったサクワは、上衣の隠しから折りたたまれた紙を出すと右の寝台の上で丁寧に広げた。

広げられたのは地図だった。一門の町でヌキが見せたものよりも大きいが、描かれている範囲はむしろ狭い。五門の町を中心に、三ノ塔と塔周りの町、四門の町、三門の町——つまり、三ノ宮の中心部分だけを詳細に描いたものだった。

「私たちがいるのがここです」

サクワの白く、心持ち短い指が五門の町を囲む宮壁の北側の一辺を指した。地図上には各門町の内側までは描かれてはいないが、宮壁の形状や宮壁門の位置、それに周囲を囲む水路とそこに掛かった橋の位置までは見て取れるようになっている。ほぼ正方形に近い形で五門の町を囲っている宮壁が示す面積は、さすがに塔周りの町には劣るとはいえ三門の町や四門の町の倍近くには達していた。

恐ろしく大きな町で、一ノ塔の塔周りの町にも匹敵するかもしれない。ノエは宮壁の厚さ、宮壁門の大きさには相応の意味があったことを認めた。

「ご存じかもしれませんが、五門の町には数多くのタイクーンという仔凮《つぁいふ》がいます。門町の外からでもご覧になれたと思いますが、空中を浮遊している巨大な紡錘体がそれです」

はい、とノエは短く応え、先を促した。タイクーンの話が〈翅つき〉の話とどう繋がるのかはわからない。だが、紺衣であっても一ノ宮の者が無駄な話をしないことは承知している。

「空中に浮いているタイクーンには、その巨体や巨体を包んでいる網縄の整備を行うために毎日のように保子《ほす》と呼ばれる者たちが上っています。多くは少年少女といっていい年齢の者ですが、みな身が軽く、目もいい」

「――見たのですね」

はい、とサクワが答えた。

「本日の夕方、主に網縄の補修をしていた保子の三人が〝初めて見る奇妙な鳥〟を目にしていたことがわかりました。彼ら彼女らが話す形状は一致していて、特徴的な頭部の様子から〈翅つき〉であることは間違いないと考えます」

「北東、ということでしたが」

問われたサクワは、地図の上で五門の町の内側を指した。

「〈翅つき〉を目撃した保子は、皆タイクーンの同じ側面で作業していた者です。全員から、〈翅つき〉が見えた方角とおおよその距離、大きさを聞き取りました。それが北東方向、位置は――」

サクワの指が、地図の上で北東――四門の町がある方角に向けて伸びていき、この辺り、という言葉とともに中間地点よりやや手前というところで止まった。

「問題の〈翅つき〉が標準的な大きさのものであったとすれば、保子が見たという〈翅つき〉の見た目上の大きさと五門の町からの位置は妥当なものでした。三人別々に聞き取りを行い、内容が一致していることから見ても、〈翅つき〉の存在は間違いないと考えてよいかと」

「どちらに向かっていたかは」

「円を描いていた、と言っています」

ノエの言葉に対し、サクワは短く答えた。

「ですが、実際的に考えれば答はひとつに絞られると思われます」

その通りだ、とノエは思った。〈翅つき〉は一ノ宮の北、骸の森から蒼衣の末裔を探し求めてやってくる。仮に途中で蒼衣の血を引く者を――キサを見つけたのだとしたら、既に他の冥凪に報せるためにキサを強襲しているはずだ。つまり、〈翅つき〉が目撃された場所から北にはキサはいない。そして、想定される目撃地点より南にある町はただひとつ。ここだ。

では。

だが、色めき立ちかけたノエの心は一瞬で冷静さを取り戻した。もしそうなら、サクワは結論から話していただろう。そうではなく、彼女が自分の推論を順を追って話したのには意味がある。そこに瑕疵、見落としがないかをノエに検《あらた》めて貰おうとしたのだ。つまり彼女はノエの到着よりも前に今と同じ結論に達し、それに応じた行動を取り、だが結果が得られなかったということになる。

「見つからなかったのですね」

はい、と応じたサクワの表情が曇った。

「この五門の町は、面積こそ他の門町よりも大きいですが、住んでいる者の数はずっと少ないのです。警護役の手も借りて夕刻からずっと探し求めていますが、お姿は無論、手がかりになりそうな話さえ聞こえてきません」

だがノエにとって、サクワの答は失望に繋がるものではなかった。その種を蒔《ま》いていてくれたサイの言葉を思い起こしつつ、サクワに問う。

「梁塁というものがある、正確な場所を教えてください」

サクワの目が平手で打たれでもしたかのように大きく見開かれる。そうかっ、と小さく半ば叫ぶように言いながら、指先で五門の町の西、凪川のただ中を指した。四門の町と五門の町の距離感からすると、至近と言ってもいい場所にそれはあった。走れば半刻足らず、とノエは即座に見て取る。一日半かけた山中の強行軍によって多少体力は落ちているだろうが、それを入れても一刻はかかるまい。

「すぐに向かいます」

言うなりノエは立ち上がった。

「〈翅つき〉がここを襲うことはないと思いますが、念のため警戒を呼びかけてください。それと、私と一緒に三ノ宮に来た——」

「サイさまとトーさまにもお知らせします」

ノエの言葉を遮って、自分も立ち上がりながらサクワが言った。

「既にお二人にも、五門の町にお出《い》で頂けるよう連絡はされています。到着され次第、ノエさまが梁塁に向かわれた由お伝えします」

お願いします、と短く言うと、ノエはそれ以上何も言わず、真っ直ぐに立番小屋を飛び出した。

闇に包まれた凪川沿いの街道を、ノエは一心に駆けた。すれ違う者は誰もいない。ただ、不意に強くなった風がひゅうひゅうと耳元で鳴るばかりだった。

〈翅つき〉がここまで入り込んでいるのならば、と走りながらノエは考える。蒼衣の血を引く末姫さまは、この先にきっといるはずだ。

そうとは言い切れないことは、無論わかっていた。〈翅つき〉がここまできたということは、これまでの地点で蒼衣の末裔が見つからなかったことを示しているのに過ぎない。凪川はこの先も、遙か南方の海に注ぎ込むまで延々と流れ続けている。もっとずっと下流まで流されてしまっている可能性はもちろん、既に凪川の流れに呑まれて沈み、〈翅つき〉だけでなく自分たちもこの先永遠に見つけることができないという可能性すらあった。

だが、そんなことはあり得ない、とノエは自分に言い聞かせる。

蒼衣の血が失われているのなら、そもそも〈翅つき〉が姿を現すことなどなかったはずだ。つまり、たとえ梁塁という場所で見つからなかったとしても、それは更に南方に流されたということを示しているのに過ぎない。ならば、とノエは自分の胸がいつになく沸き立つのを感じながら決意する。たとえ海まで行くことになろうとも、たとえすべての支流の河岸を舐めるように探して歩くことになろうとも、きっと探し出してみせる。

休むことなく体を動かしながら思考を続け、同時に周囲への警戒を怠らないのは墨にとっては基本技能のひとつだ。考え事をしながらでも目と耳と鼻、五感の全てが自然と捉え届けてくれる無数の情報を、ノエは意識せずとも漏れることなく全て確認し続けていた。

最初は音だった。

自分の足が石畳の道を規則正しく蹴る音、体の動きに伴って陣闘衣が奏で続ける衣擦れの音、僅かに鼻と唇から漏れる自分の呼吸音。行き過ぎる風が耳朶を震わせ、心臓の鼓動が体の内から肉と骨を通って内耳を揺らす。そうしたすべての規則正しい聞き慣れた音の中に、微かに、だがはっきりとした雑音が混じったことをノエはまず違和感として感じ取った。

内心の思考を直ちに打ち切り、ノエの意識の全てが聴覚に集中する。

風切り音。近い。進行方向上方、高さは――一瞬の内にそこまで把握するのと同時に、ノエの耳はその音が僅かずつ、だがはっきりと大きくなっていることも捉えていた。

降下している。

ノエの面が跳ね上がる。闇夜に飛ぶ鳥は決して少なくはない。だが今耳にした風切り音は、ノエが墨として決して聞き落とすな忘れるなと叩き込まれ続けてきた、鳥ではないものが奏でる音だった。

〈翅つき〉。

濃紺で塗りつぶしたような空の中、ちらちらと動くものの影をノエの目が捉えた。僅かな星明かりの下であっても、特徴的な頭部は見間違えようがなかった。思った以上に近く、そして緩やかに、だが急速に速度を上げて降下しようとしている。

〈翅つき〉の降下。

それが意味することは、ひとつしかない。

ノエの胸の奥、いや腹の底から押し込められ続けている感情が爆発するように一斉に噴き出した。喜怒哀楽種々雑多が混じり合い溶け合ったそれが一体どういうものなのか、何を意味しているのかをノエは理解できない。心臓が激しく高鳴り、全身に血液が回って一息に体温が上がる。訳もなく叫び出したくなるのを必死に堪え、ノエは〈翅つき〉の予測される動線の先へと視線を向ける。街道の上、すぐ近く――

いた。

間違いない。

見たことのない服を着、廃滅のときのように美しい灰色の長い髪をまとめることもなく、自然に垂らしている。それでも瞳の中、脳裏の奥深くまで焼きついている姿、あの日から毎日毎刻のように思い出し、探し求めてきたあの姿がわからないはずがない。ノエの全身に歓喜のあまり鳥肌が立った。

だが歓喜は一瞬のあと、頭から冷水を浴びせられたかのように消失した。

キサはひとりではなかった。すぐ傍に同じような服、同じような年格好の知らない誰か、恐らくは少年がひとりいる。だがそれ自体は問題ではない。問題は、二人ともが〈翅つき〉が今まさにキサを狙って降下してくるというのに、身を隠すこともなく無防備に立ち竦んでいることだ。

気づいていないのか。まさか。

どう考えても間に合わない距離だった。叫べば辛うじて聞こえるかもしれない、だがなんと言えばいいのか。キサは殻短甲を纏ってはおらず、〈翅つき〉の攻撃に耐えられない。隣にいるのはどうみても子どもで到底黒衣には見えず、武器や防具どころか陣闘衣すら身につけていない。〈翅つき〉を撃退するどころか、回避できるかすらわからない。

どうすればいい。どう考えればいい。

ここまで探し求め続けてきてようやく、ようやく見つけられたというのに。目の前で、あとほんのもう少しで手が届くというところで、こんな、まさか。

「末姫さま！」

ノエは絶叫していた。

15

真っ直ぐにこちらに向かって突っ込んでくるその姿を、生まれて初めて目にする冥凪の姿を、生《いくる》の目ははっきりと捉えていた。

それは明らかに鳥ではなかった。左右に大きく広げられた翼は蝙蝠《こうもり》のそれに近く、羽毛のないのっぺりとした膚に覆われている。胴体らしい部分はごく小さく、後ろにちらちらと見えるのは恐らく脚なのだろう。やけに長く、細く節くれだった脚の先には、遠目にも鋭いとわかるかぎ爪がついている。

だがその冥凪を特徴付けているのは、何より頭部の形状だった。生が遠目に鶏冠か角のようだと思った部分は、前後に細長く伸びた鶴嘴《つるはし》のような頭、それ自体だ。前に長く突き出した部分は鳥ならば嘴《くちばし》に当たるのだろうが、それは恐ろしく長くまるで槍のようで、しかも頭の後ろ側にも同じように鋭い刃を突き出している。その奇妙な形状の頭部には目らしいものも口らしいものも見当たらず、体とは異なり細かな凹凸のある硬そうな外殻で覆われていた。

その外殻に似たものを、生は知っていた。凪川《ふうちゅあん》の河岸で初めて見つけたとき、キサが身につけていた薄く軽く、しかし恐ろしく固かった鎧。あの表面と似ている——そう思うと同時に生はあの鎧、殻短甲が冥凪の外殻から作り出されたものであることを察していた。

これらの認識と思考は、ほぼ一瞬の内に行われた。それは回りくどい言葉による思考ではなく、雷に打たれて蒙《もう》が啓《ひら》かれでもしたかのように、瞬時にして得られたものだった。そして理解と結論とは、この冥凪、〈翅つき〉がまっすぐにキサに向かって降下してくるという光景と併せて、このままではこのあとすぐに当然起きるはずの惨事を予想させた。

考える余裕はなかった。

命の危機——このままでは一瞬あとにキサも、自分もあの頭部に貫かれて死ぬことになる——を本能的に把握した生の脳は五感の全ての能力を限界まで引き出し、生がそれを言語で意識するよりも早く、己の体を強引に動かしていた。

「生、早く——」

キサが叫ぶのが、恐ろしく遠くから聞こえる。言葉の意味を理解するよりも先に、弾き飛ばされたかのように飛び出した生はたったの一歩で二人のあいだの距離を詰め終えていた。キサの腕を掴んで手前に引き倒し、同時に右足先を地面に叩きつけて軸足として跳躍の勢いをそのまま生かし方向を変え、回転するように大きくキサの背後に回り込む。真後ろに回ったところで左足に全力を込めて地面を蹴った。自分の体でキサを覆うように、回した両手で少しでもキサの顔や体を護れるようにしながら、街道の上に倒れ込む。

無意識に、一瞬のうちに、恐ろしく微妙な均衡を維持し機を失することなく、生の体は完璧に動いていた。風で揺れるタイクーンの上で作業し続けてきた経験、一瞬の判断で命を失いかねない仕事の積み重ねが、生の動きを可能にした。

キサと共に地面に倒れ込みながら、生の思考がようやく自分の行為に追いつき始める。自分が一瞬でしてのけたことを理解すると同時に、この後にやって来るだろう将来を予想する。急に姿勢を低くすれば、それも路面に這うほどに低くなれば最初の一撃は避けられるだろう。寸前まで目にしていた、急降下してくる〈翅つき〉の軌跡が脳裏に浮かぶ。無論確信はできない、生は〈翅つき〉の飛行能力、どこまで急激に方向を変えられるのかを知らないのだから。だがこの近距離で、あの速度で突っ込んでくる〈翅つき〉が進入角度を変えられる可能性は高くないと思えた。

避けられるはずだ。だがそう実感した途端、生は更にそれに続く未来を予感した。目標に回避されてしまった〈翅つき〉はどうなる？　通り過ぎてそのまま地面に激突でもしてくれれば一番いいが、その可能性はほぼない。あの進入角度ではそうはならない、恐らく——恐らく。

再度上昇して旋回し、きっとまた突っ込んでくる。

結論に至ったときには、生の体はキサと一緒に路面に激突していた。倒れ込むまでの僅かなあいだ、可能な限りキサの体を反転させ、その体と地面のあいだに自分の両腕を差し込み、両膝を曲げてキサより先に地面に当たるようにし、少しでもキサが受ける衝撃を和らげようと試みる。

うまくいった。無論無傷とはいかないが、ほとんどの痛みは生が引き受けることになった。両腕と両膝、それに強引に動かしたことで四肢の関節が悲鳴を上げる。だがそれだけだ。それ以上の痛みはない。痛みも、衝撃も。

そう認識するのと、寸前まで自分たちが立っていた位置をものすごい勢いで何かが通り過ぎていくのが同時だった。全身の膚が、頭皮から足の先までの全てがいっせいに粟立つ。

危なかった――

だが直後、生は今の自分たちの状態が未だ危機的であることを理解した。無理な姿勢を取り過ぎたせいで、すぐに体を起こせない。キサを護るために回した腕が、キサの体が重石《おもし》になってしまってすぐに抜き出せない。ただ無防備に地べたに横たわり、空からこちらを狙っている相手に全身を晒してしまっている。

まずい。

〈翅つき〉が戻ってくるまでどれだけかかる？ 体を起こす余裕はあるか？ だが起こせたとしてどうする、あの速さで飛び込んでくる相手に対し、全力で走ることさえできないキサを連れて逃げられるのか。一体どうすれば、キサを護れるのか。

間に合わない。

そう認識したときにはもう、生の体は動いていた。

思うように動かせない中でも精一杯、少しでも自分の四肢を伸ばし体を大きく広げようとする。できるだけ、可能な限りキサの体を覆ってしまえるように。とにかく頭と胴体、特に上半身を護らなければならない、ほとんどの急所はそこにあるから。これまで何度も、文字通り自分の体に刻み込んだ知識が生を動かした。

　顔を上げる余裕はなかった。だがたとえ見えずとも、遠ざかっていった風切り音が再び大きくなってくるのはわかる。反転したのだ。来る。

　生は全身を固くし、その瞬間に備えた。


ノエの声が聞こえたのかどうかはわからない。だが二人に〈翅つき〉が襲いかかろうとするまさに直前、少年はキサに飛びついて抱き寄せると同時に倒れ込むように地面に伏せた。残された僅かな時間からすればそれは考え得る限り最上の選択で、だが同時に最悪の未来に続いていることをノエは瞬時に察する。これではどうやっても次で詰む。

　避けられたと知った〈翅つき〉は、確実に急反転して再び無防備な二人を襲うだろう。それに要する時間は、ノエがそこに到達するまでに必要とする時間より、ほんの僅かだが確実に短い。

　少年が少しでもキサを護ろうと、華奢な体に覆い被さる。冥凪を初めて見ただろう三ノ宮の少年の行為自体は、無条件で勇気を賞賛されるに値するものだ。だがノエは、冥凪についての豊富な知識を持つが故に、彼の行動がなんの意味もないことを痛いほど理解していた。

　頭部は〈翅つき〉にとって唯一の攻撃手段だ。冥凪の外殻を削り出して作った殻短甲のみが辛うじてそれを阻むことができる。それ以外の防具は意味を成さず、ましてや生身の子どもなど二人でも三人でも一撃で貫通してしまう。

地面に伏せている相手にそんなことをすれば、当然〈翅つき〉自身も地面に激突し、滅びることになる。だが〈翅つき〉は毛ほども気にしない。蒼衣を斃すことが〈翅つき〉の最大の目的であり、仮にそれにしくじったとしても、飛散する肉と体液は他の冥凪を呼び寄せるための刻印となるからだ。

二十――いや十五歩足りない。

全身の血が煮立つのを感じながらもなお、ノエの頭の一部分は冷静に状況を把握し、理解していた。

間に合わない。どうやっても。

散々に探し回りようやく見つけたというのに、ほんの数拍の後にその命が失われてしまう。なのに手が届かない。見ていることしかできない。

そこまでわかってもなお、ノエは目をそらさなかった。

そして、そのノエの眼前で、それは起こった。

反転してきた〈翅つき〉は狙いを違えることなく、一直線に二人の上半身に向かって突き進んだ。いったん上昇しなおしたことによって速度こそ落ちてはいるが、勢いは生身の子どもも二人を貫くには充分すぎた。

だがそれだけでは飽き足らないのか、〈翅つき〉は最後の勢いを得るためにもう一度大きく羽ばたき、いっそう速度を上げる。長く細い楔のような頭部が、吸い込まれるように二人の上半身に突き刺さり――

　そして、弾かれた。

　ノエの眼球が信じがたい光景を捉えた次の瞬間、鼓膜がまるで金属同士がぶつかり合いでもしたかのような甲高い、悲鳴に似た音を捉える。その音が、あまりの想定外に瞬間止まっていたノエの思考を再起動させた。これは機会だ。唯一無二の。

　一瞬のあいだに、ノエの体は残りの十五歩を詰め切っていた。路面には体を丸めて横たわったままの二人、そしてそうしているあいだも離れながら、だが数度羽ばたいて大きく崩れた体勢を立て直しつつある〈翅つき〉の姿。またすぐに旋回して襲ってくるだろう。何が起きたか、なぜ斃せなかったのかなどと考えて時間を無駄にすることなく、相手を斃すか自分が滅ぼされるかするまでは何度も何度でも。

　だがもうそれはできない。〈翅つき〉がキサに触れることは決してない。ほとんど表情を浮かべることのないノエの薄い唇が、繊月のように釣り上がって凶暴な笑みを形作った。

　それを今から教えてやる、〈翅つき〉。

大きく旋回して反転し、再び降下の態勢に入るや速度を上げるために大きく羽ばたいた〈翅つき〉とキサとのあいだに、ノエは自分の体を滑り込ませた。冥凪の攻撃の前ではなんの役にも立たない陣闘衣姿、両手にはなんの武器もない。だがノエは一切臆することなく暗闇の中を疾走してくる灰茶の楔の前に身を晒した。

ひゅうっと短く呼気を吐くと同時に左足を軸に、利き足である右足を大きく下げる。拳は握らず四本の指を揃えたまま、左腕を胸の高さで前に、右腕を顎の高さに構えた。腹の底に深く速く空気を取り込みながら腰を落とし、〈翅つき〉に半身で向き合ったまま右足だけをぎりぎりと自分の真後ろへと回す。自分の全身を撓《たわ》め、力を蓄えるために。

準備できたのは二拍にも満たない時間だけだった。だがノエにとってそれは充分に過ぎた。間合いの広さでノエは〈翅つき〉に僅かに劣る。だがそれは問題にはならない。なぜなら〈翅つき〉の狙いはノエではないからだ。だがそれこそが、〈翅つき〉がキサにのみ執着したことこそが、〈翅つき〉の敗因だった。

狙いは変えず真っ直ぐにキサに向けて突っ込んでくる〈翅つき〉が間合いに入る寸前、ノエの唇からしゅっ、と刃のように鋭く圧縮した呼気が発せられ、直後に細身の体が大きく跳ねた。撓めた全身が溜め込んだすべての力を解放し全身を独楽《こま》のように回転させながら、鞭の如くしなった右足が吸い込まれるように〈翅つき〉へと向かっていく。狙いは過《あやま》たず、ノエのつま先は磨き抜かれた短刀となって〈翅つき〉の体側を貫いた。

肉と肉とがぶつかる、鈍い音が響く。

降下と回転の運動量がお互いを巻き込もうとする激突は相互に激しい反動を返したが、ノエの左足は全てに耐えた。耐えてその上、全身の筋肉を総動員し振り絞って相手に追撃を加えさえする。それは僅かな力だったが、支えるもののない空中で必死で体勢を維持しようとしていた〈翅つき〉の努力をぶち壊すのには充分だった。力任せに軌道を変更させられた

〈翅つき〉の行く先は、キサではなく数廣先の路面に向かっていた。自分の失敗を感知した〈翅つき〉は、三度羽ばたいて上昇を試み——だがそれは、成されなかった。

まるで、軽やかな踊りのようだった。

右足の蹴りで〈翅つき〉の軌道を変更させたノエは、右足が着地すると同時にそれまで軸足にしていた左で地を蹴った。蹴りの勢いを殺すことなくむしろ加速させ、そのまま恐れることなく相手に背を見せてぐるりと回転してみせるや、そのときには既に自分の脇を通り過ぎつつあった〈翅つき〉の背に向けて左足を走らせる。頭部以外に攻撃手段を持たない〈翅つき〉にとって、背後からの攻撃を防ぐ方法はない。ノエの足は剣となって、諦めることなく三度上昇しようとしていた〈翅つき〉の、最後の挙動にとどめを刺した。

肉が潰れる音が響く。

路面に激突した〈翅つき〉が、肉片と体液とを撒き散らしながら潰れていくのが目の端に映った。それらが他の冥凪を呼び寄せてしまうことを、ノエは無論承知している。だが今、そんなことはどうでもよかった。目の前の危機を排除できた、それを理解するのと同時に〈翅つき〉のことはノエの頭から消し飛んだ。

ほとんど四つん這いのような体勢で着地したノエは、最適な瞬間に四肢の関節を発条《ばね》のように柔らかに収縮させ、自分の体に残っていた勢いの全てを殺した。強引な挙動に関節と筋肉に鈍い痛みが走ったが、そんなことは気にならなかった。視線の先にあるのは重なり合った二人の子どもの体。ぴくりとも動いていない。だが体は〈翅つき〉の頭に貫かれることはなく、血が流れ出しているようにも見えなかった。あのとき一体何が起きたのか、それをいぶかる冷静さも甦りはしたが、ノエの心の大部分は歓喜によって支配されていた。

遂に。

「末姫さま!」

跳ね起きたノエは勢いのまま二人の体に駆け寄ると、キサに覆い被さったままの子どもの体を除《よ》けようと肩に手を掛け——そして手のひらに感じた固い感触に目を見開き、それまで視界には入っていても無視していたその体へ、初めて目を向けた。

一瞬遠ざかっていた意識が戻ってきたときには、全てはもう、終わっていた。

背中と腰に鈍い痛みを感じるのと、涙が溢れ出した瞳が焦点を結ぶのがほぼ同時だった。最初に目に入ったのは星空だった。なぜ自分が夜空を仰ぎ見ているのかわからず、キサは一瞬混乱する。意識を収斂させてくれたのは、繰り返し自分に呼びかけているらしい声と、自分を覗き込んでいるらしいひとの影だった。

記憶が一気に戻ってくる。五門の町からの帰路、迫ってくる〈翅つき〉の風切り音、生がいきなり自分を抱き寄せ、そして一緒に地面に倒れ込み——

「生!」

名を呼ぶのと同時にキサは跳ね起きようとしたが、その動きは柔らかな力で抱きとめられていた。

「末姫さま、ご無事で――」

生じゃない。なぜ。

混乱して見上げたキサの瞳が捉えたのは、よく知っている、だがここにいるはずのない女性の姿だった。

「――ノエ」

キサの肩に手を回して支えている陣闘衣姿の若い女性が、はい、と深く頷いた。感情を露わにしたところをほとんど見た記憶がないひとだったが、今の彼女の瞳にははっきりとした喜びの色が溢れている。

「ご無事で何よりでした、末姫さま。お迎えに参りました。ここからはこの私が、どんなことがあっても必ず一ノ宮までお連れ致します」

ノエだった。一ノ宮の、末姫衆に帯同してくれていた、墨のノエ。その無事を喜ぶ感情と共に、キサの中に強烈な違和感が湧き起こる。どうしてノエがここにいるのか。ここにいたのはノエではなかったはずだ。ここにいたのは、ここまで一緒に来てくれたのは。

「生、生はどこ⁉」

半狂乱になって叫び、立ち上がろうとしたキサの体はノエによって抱きとめられた。

「無理をなさってはいけません、どこかお怪我をなさっているかもしれません、確かめない内には――」

「生はどこなの、ここにいたはずなのに！」

身を捩《ねじ》ってノエの腕から逃れようとしつつ、キサは叫んだ。

「わたしを〈翅つき〉から護ろうとして、そして、ああ――」

「落ち着いてください、末姫さま」

ノエの両腕が、力強くキサの体を揺さぶった。

「生というのはキサさまを護った少年の名なのですね。彼は無事です、ただ――」

「無事⁉」

はい、と短く答えたノエの真顔を、キサは真っ直ぐに見据えた。

「生は、どこ」

「あちらに」

静かな声で告げると、ノエはキサの背に腕を添えたまま、滑らかな動きで脇へと下がった。

開かれた視界の中に、生はいた。石畳の街道の上に横たわったまま、じっと身動きせずにいる。その顔が恐ろしくゆっくりと動いて、視線がキサへと向けられた。

「キサ――大丈夫、だったんだね、よかった」

ひどく弱々しかったが、それはいつもの生の声だった。その声が、驚きのあまり凍りついてしまっていたキサの口を開かせてくれた。

「生、それは」

胸の底から、抑えきれない感情が湧き出してくる。

どうして、なぜ？　わたしを護ろうとしたから？　だから、わたしのせいで――

立ち上がろうとしたキサを、ノエはもう止めなかった。ふらつきながら駆け寄ったキサは、横たわったままの生の傍に座り込み、その体に縋った。

「ごめんなさい、ごめんなさい生、わたしのせいで、わたしなんかを護ろうとしたから」

「違う、違うよキサ。そうじゃ、ないんだ。僕は、大丈夫だから」

囁くような声で言うと、生は未だ思うように動かすことができない、鈍く銀色に光る膚に覆われた腕を上げて、そっとキサの頬に触れた。

16

すぐにこの場を離れなければならないことは、キサもわかっていた。

広範囲に飛び散った〈翅つき〉の血と肉と体液は、間違いなく他の冥凪を呼び寄せるだろう。それは消すことが極めて困難な刻印なのだ、この場に蒼衣の血を引く者がいるということの。

ここが一ノ宮の防衛線と凪川の流れを越えた遙か南、三ノ宮の南端近くであることは気休めにしかならない。その事実は既に、ノエによって告げられていた。

「三ノ宮に、〈蜈蚣〉が入り込んだ——」

半ば茫然《ぼうぜん》としつつ繰り返したキサの言葉に、はい、とノエは感情を見せない冷静な表情と声とで応えた。

「どれだけの数が、どこにいるかは不明です。三ノ宮に入った複数の墨と、私と一緒にこちらに来られた黒零のサイさまが探ってはおられますが」

「どうしてそんなことに」

わかりません、とキサの問いにノエは短く応えた。〈翅つき〉を滅ぼしたばかりだというのに、その顔は何事もなかったかのように、キサのよく知る、どんなときも冷静で広い視野を持つ墨としてのものだった。

「ただ、冥凪どものすべてがこれまでとは違い、自らを犠牲にしてでも末姫さまを斃そうとしているのは確かだと思われます。この行動変容、即ち冥凪が相打ち覚悟で蒼衣の末裔のみなさまを狙う危険があるため、御子衆は身動きが取れない状況です」

そんな、と呟くように漏らしたキサの顔から血の気が引いた。

「では――三ノ宮に入り込んだ冥凪は」

本来であれば、防衛線を越えた冥凪の廃滅は一ノ宮の役割であり、義務だった。だが現状、一ノ宮が有する最大戦力であるナギトら蒼衣と御子衆が虎の子であるが故に危険を冒せない以上、防衛線の維持や冥凪の廃滅は他の衛団によって行わざるを得ない。

現時点で一ノ宮が最も恐れているのは、これ以上防衛線を突破されることだった。頭数では遙かに劣る一ノ宮が骸《むくろ》の森から這い出し続ける冥凪を抑え込み、それどころか後退さえさせられていたのは偏《ひとえ》に蒼衣と御子衆による大規模な廃滅が可能だったからだ。その手を封じざるを得ない今、再び冥凪が防衛線を抜けるようなことがあれば一ノ宮の限られた戦力はじりじりと削られ続け、破綻を迎えるのは時間の問題となってしまう。

「墨による調査が終わり、〈蜈蚣〉の数と居場所の見極めがつけば必要な数の黒衣が送り込まれてくることと思います。ですが」

「それには時間がかかる」

キサの言葉に、ノエは頷いた。

「ですから我々は、それまでのあいだをなんとしても凌《しの》がねばなりません。容易ではありませんが、絶対に不可能ではないと考えます」

ノエはちらと背後の、路面に激突して滅んだ〈翅つき〉の残骸へと視線をやった。死骸の内大きな塊は既にノエが凪川の中に投げ捨てていたが、その程度では他の冥凪に嗅ぎつけられるのを防ぐのは不可能だ。三ノ宮に入り込んだ〈蜈蚣〉どもが、飛び散り、路面や土手の表面に張りつき染み込んだ血と肉の臭いを見落とすことは決してないだろう。

ですがそれこそが逆に好機なのです、とノエは言った。

「居場所のわからなかった〈蜈蚣〉どもは必ずここにやってきます。数や大きさを把握し、一ノ塔に伝えることができれば、すぐに黒衣が送り出されてくるでしょう。一ノ宮からここまでは最短で七日、掛かっても十日。それまでのあいだだけ、我々は耐え凌げば良いのです」

「そんなに――」

それまでのあいだだけ、とノエは言ったが、七日から十日という期間はキサには絶望的に響いた。今この場にいるのは鉦珠をまともに使えず、陣闘衣すら身につけていない自分と、本来であれば直接冥凪廃滅を行うことのない墨のノエだけなのだ。

だがノエは、キサの顔を正面から見据え、大丈夫です、と言った。

「私はここに来るまで、三ノ宮の門町を幾つも見てきました。今の冥凪は凪川の流れさえ恐れないため水路の効果は小さくなってはいますが、あの宮壁であればほとんどの冥凪を防ぐことができるでしょう。一ノ宮から冥凪を廃滅できる黒衣が到着するまで、我々は門町の中に冥凪が入り込むのさえ防げば良いのです」

ですから、とノエは続けて言った。

「まずは退きます。ここから一番近い門町まで」

末姫さま、とノエが伸ばした手を、しかしキサは取らなかった。

「生は、生はどうするの」

地面に座り込んだままの生に、キサはしがみついた。

「今の生は歩けない、こんなところに置いていけない」

「僕は、大丈夫だから、キサ――」

「大丈夫じゃない！」

思うように声を出せないらしく、生の声は苦しげで嗄れていた。その言葉を遮って叫ぶように発せられたキサの言葉は、震えてほとんど悲鳴のようだった。

「わたしのせいで、こんなになってしまって――」

「キサのせいじゃ、ないよ」

そう言った生の体は、ほぼ全身が未だ鈍く光る銀色の固い膚で覆われていた。キサの目に見えるのは衣服から出ている手足だけだが、背中側は全て、前面も胸の半ばまでが硬質化してしまっていることをノエが確かめている。鎖骨より上の部分や顔は元々の膚のままではあったが、腹部と胸の大部分が硬質化してしまったことで呼吸がしにくいらしく、生の顔は苦しげだった。

「さっき、言ったとおり、これは僕が、三ノ塔で、貰った、異能なんだ。危険な状態に、なると、膚が固く、銀色になって、身を、護ろうと、するんだ。だからこれは、キサのせいじゃ、ない。僕の、能力なんだ」

生は歯を食いしばって、うまく動かない腕を回して自分の体を支えようとした。

「無理しないで」

「大丈夫」

支えようとするキサに無理に作ったことがひと目でわかる笑顔を向けて、生は言った。

「もうだいぶ、動くように、なってきた。起こして貰うのは、ノエさんに、やって貰わなくちゃ、駄目だったけど――」

胴体よりは四肢のほうが硬質化の度合いが低いのか、それとも元に戻りつつあるのか。生は表面が棒のように固くなった右手を杖のように路面に突き、慎重に少しずつそこに体重を掛けるのと同時に、前に伸ばしたままだった左足を自分の胴体に引き寄せた。その動きは、まるで悪夢の中のようにゆっくりだった。

「こうして、少しずつ動かせば、立ち上がれるし、そうすれば、歩くのも、できる。あとから、追いかけられる、から」

ぎしぎしと鳴る関節の音は、到底ひとの体からするとは思えないものだった。痛覚は残っているのか、それとも強引に動かすことに苦痛が伴うのか、生の顔色は青ざめ、額には汗が浮いていた。

「それにたぶん、半刻か、一刻経てば、元に戻る。そしたら、きっと、追いつける」

だが生の必死の言葉にも、駄目、とキサは首を横に振った。

「置いていけない。絶対置いていかない」

「キサ、僕は、大丈夫だよ。〈翅つき〉にだって、耐えられたし、他の冥凪が、来たって」

「大丈夫じゃない。聞いて生、〈蜈蚣〉は〈翅つき〉とは全然違うんだよ」

立ち上がろうとする生を抱きとめて、キサは言った。

「〈翅つき〉はわたしみたいな蒼衣だけを狙うけど、〈蜈蚣〉はそうじゃない。途中にひとがいたら、先に進むよりまず目につく限りの全てを斃そうとする。〈蜈蚣〉は触手だって〈翅つき〉よりずっと強くて、今の生だって耐えられるかわからない」

だから、とキサは傍らで立ったまま、二人を見守っていたノエに言った。

「生は絶対置いていけない。わたしは――」

ノエはキサに最後まで言わせることなく、わかりました、と静かな声で言った。

「私が少年を背負います。キササまには、ご自身の足で歩いて頂かねばなりませんが」

息を呑み、キサは目を見開いた。

「――歩きます」

きっぱりと言い切られたキサの言葉に、わかりました、とノエは言った。

「必ず三人で、なんとしても五門の町まで戻りましょう」

細身のさして大柄とも言えない体の、どこにそんな力があるのか。ノエは背負った生に腕を自分の首に回すように言うと、まるで重さを感じていない様子で立ち上がって歩き始めた。立ち上がるときも顔色ひとつ変えず、その気になればそのまま走り出すこともできそうにさえ見えたが、すぐ隣を歩くキサの歩調に合わせてむしろゆっくりと言っていいほどの速さで進んでいる。

「すみません、重くないですか」

「どうということはない」

恐れ入りながら言う生に、ノエは平然と答えた。

「金属に変質したように見えるが、そうではないな。見た目から想像したのよりもずっと軽い」

手で触れたときの触感もまた、鈍く光る銀色という外見から想像されるのとは大きく異なっていた。冷たく固いのは事実だが、金属とは全く異なる手触りだ。外見を無視すれば、とノエは内心で思った。むしろこの感触は、冥凪の外殻に似ている。幾つもの層を重ね、見た目以上に軽く、しかし恐ろしく頑丈なあの冥凪の外殻に。

「もう少ししたら、自分で歩けるようになると思うので――」

「気にするな」

生の言葉を遮ったノエは、声を潜め、生だけに聞こえるようにして続けた。

「私が君を背負っているのは、そうしなければ末姫さまが五門の町まで来てくださらないからだ。私自身の目的のためにそうしているのに過ぎない。君が後ろめたく思う必要はない。それに」

更にもう一段、声を潜める。

「もし万が一、こうしているあいだに〈蜈蚣〉の姿が目に入れば、私は躊躇なく君を放り出して末姫さまを抱きかかえて走る。私はそういう者だ。だから、ほんとうに気にする必要はない」

酷い言葉かもしれないとは思ったが、妙に誤解されて恐縮されるのはごめんだった。それに、お為《ため》ごかしを言うのは性に合わない。平穏な三ノ宮で生きてきた少年がこんなことを言われたら動揺するかもしれないが、それで口を閉じてくれるならそれはそれでありがたい、とノエは思った。

だが、わかりました、と言った生の言葉には、むしろ安堵の響きがあった。

「足手纏いにはなりたくないので」

ほんの僅かにノエは眉を上げたが、何も言わなかった。ただあのとき、〈翅つき〉が最初にキサに向かっていったとき、生がキサを抱きしめて倒れ込み、自分の身を盾にしたときのことを思いだす。

見た目通りの子どもではないらしいな。

「――ノエ」

不意に、キサが声を発した。張り詰めた声の調子に生との話を聞かれたのかと思ったが、そうではないのはすぐにわかった。教えて欲しいことがあるんです、とキサが続けたからだ。

「なんでしょうか」

自分から尋ねたのにもかかわらず、キサはすぐには答えなかった。そうして生まれた沈黙に、ノエはキサの問いを察する。沈黙が、気まずくなるほどの長さになる寸前、思い切ったようにキサは言った。

「末姫衆のみなは、無事ですか」

予想できた質問だったが、ノエはすぐには答えられなかった。せめて五門の町に入ってからであってくれればと思ったが、今さらそれを言っても詮無いことだ。

なんと答えるべきか。少しでも早く宮壁の内側にキサを連れて行きたい今、キサの足を止めさせてしまうようなことは決して言えない。それはわかっていても、キサに嘘をつくことには抵抗があった。心情的なこともあるが、それ以上に口先だけではぐらかそうとしたところで、キサにはすぐ見破られてしまうだろうからだ。

であれば、とノエは腹を決めた。可能な限り誠実に話すしかない。

「――わかりません」

数瞬の黙考ののち、ノエは口を開いて静かに答えた。

「私はヤガさまのご指示に従い、先行して丹際砦に助力を乞うためにあの場を離れましたので――末姫さまが、お休みになられているあいだのことです」

嘘ではない、とノエは思った。先行して末姫衆から離脱したのは事実だ。ただそのとき、末姫衆が冥凪の捨て身の襲撃を受けて壊滅しつつあったということを伏せているだけで。

「丹際砦から砦衆と共に戻ったときには、末姫さまも含め、河岸には誰の姿もありませんでした。ただ滅せられた冥凪の死骸の一部だけが」

「では――」

暗く沈む声で言うキサに向けて、敢えて淡々とノエは続けた。

「私はその後すぐ、サイさまたちと共に末姫さまをお探しするために三ノ宮に入りましたため、それ以降のことは承知しておりません。しかし聞くところによると、多くの墨が駆り出され、周辺や凪川の下流域を探索中とのこと。――末姫さま」

そこで初めて、ノエは隣を歩くキサを見下ろした。視線を感じたのか、俯いていたキサの顔が上がる。

「長槍を持たせれば無双と呼ばれた、あのヤガさまが率いる末姫衆です。行動変容があろう

「いくらなんでも、たった一人の男が捨て身で襲いかかってこようが、冥凪なぞにむざむざとやられるわけはありませんでしょう？　と重ねて問うと、キサの唇にようやく笑みが浮いた。それは明らかに無理のある表情だったが、ノエは何も言わずに頷いて見せた。

「一ノ宮に戻られれば、末姫さまがご自身の目でお確かめになれます。もちろんそれより先に、彼らのほうから末姫さまをお迎えに来るかもしれませんが」

そうですね――そう言いかけたキサの言葉にノエがほっとしたとき、生の短く鋭い声が二人の耳に届いた。

「音がする」

その言葉だけで二人は口を噤み、ただちに耳を澄ませた。ノエの顔からは表情が消え失せ、キサは緊張のためか唇を固く噛む。

規則正しく街道の石畳を踏む二種類の靴音、土手の下、すぐ隣を流れる凪川が奏でる涼しげな水のざわめき、そして川面から吹く風が土手を越えて生い茂る木々の枝を揺らす葉ずれの音。圧し殺した呼吸音と、自分の体の内側から聞こえてくる、鼓動と血流が生み出す雑音がひどく喧しい。それ以外には何も――いや。

この少年が、何もないのにただ注意を惹くようなことをするはずがない。必ず何かがある。墨としての鍛錬を積み重ねてきた自分の五感が、少年に劣るはずがない。聞こえていて、気づいていないだけだ。

少年と自分の違いは、この地を知っているかどうか。つまり、自然のままだと自分が認識してしまっていたものの中にこそ、異物が混ざっているはずだ。

ノエが異物をより分け見つけ出したのと、生がもう一度口を開いたのが同時だった。

「前から――」

わからなかったのは、それを木々の葉が揺れる音として認識してしまっていたからだった。だがこれはただの葉ずれの音ではない、あまりに連続しすぎている。即ち音の主は風ではないのだ。

てんでに生えている草や低木が一定の調子で踏み潰され、なぎ倒され続けている。それが前方、つまり今まさに進みつつある、五門の町のある方角から聞こえているのだ。それはごく小さく、よほど注意していなければすぐにわからなくなってしまうほどの音で、つまりそれだけまだ距離があると言っていい。

だが、こうしているあいだもその音は、少しずつ、だが着実に大きくなりつつあった。

今すぐ背負った少年を振り落としてキサを抱えて走りだしたいという衝動を、ノエは意志の力で抑え込む。

〈蜈蚣《むかで》〉。その名の通り、多脚多関節の蜈蚣に似た、だが遙かに巨大な体を持つ冥凪。分厚い甲殻は五層から九層にまで及ぶ多層構造を持つ、軽量でありながら極めて硬度の高い鎧であり、経験の浅い黒衣では関節の隙間か柔らかな腹側を狙わなければ傷ひとつつけることもできない。成体は小さなものでもひとの大人と同じ程度の全長を有し、最大のものはその二十倍を超える。腹部に生えた無数の腹脚は主に移動用だが、生身のひとの肉体を切り刻むのには充分な力を持ち、主要な攻撃手段である第三節から長く伸びる一対の主脚は五つの関節によって自在に動き、殻短甲《かくたんこう》ですら貫くほどの威力を有していた。

移動速度はひとの全力を遙かに超えかつ丸一昼夜それを維持でき、さらに厄介なことに成体は風切り翅の展開によって高所からの滑空さえ可能とする。〈翅つき〉のように飛行や上昇こそできないが、充分な太さのある樹木があればそこに這い上り、彼我の距離を一気に詰め、あるいは頭上の死角から急襲してくることも珍しくはない。

一ノ宮では〈蜈蚣〉の滑空を防ぐため、防衛線や凪川の付近では高さのある木々を全て伐採していた。だがここは三ノ宮だ。凪川の流れている側はともかく、土手上の街道を挟んだ反対側には広葉樹林が広がっている。ひとの視線を遮り、上下の移動も可能とする——〈蜈蚣〉にとっては極めて有利な、都合のいい環境だった。

ノエの眉根に、ほんの僅かに皺が刻まれる。

「降ろしてください、降ります」

背中で思うように動けない身を捩っている生に、ノエは静かに、と低く鋭く言って足を止めた。すぐにキサもそれに倣うと、ノエの意図を察して体の動きを止め、可能な限り息を潜める。それを見た生もはっとした表情を浮かべると、すぐに口を噤んだ。

目を閉じて集中する。進行方向の遙か先から響いてくる、草を踏み低木を潰して進む多脚が立てる、規則正しく硬質的な音に。木に登ろうとはしていない、這っている。そしてこの音の大きさ、揃い具合は。

一体、とノエは判断した。少なくとも自分に聞き分けられるほど近くにいるのは一体だけだ。だが小さくはない。恐らく中型、少なくとも私の三倍から五倍はあるだろう。方角は、ここから五門の町までほぼ直線で続いている街道の行く先よりもやや南——空を自在に飛べるわけではない〈蜈蚣〉は凪川を避けて大回りをし、西方から南方へと広がっている森林地帯の中を進んできているようだった。距離はまだかなりあるが、〈蜈蚣〉の進行速度を考えると先に五門の町にたどり着けるかどうかは微妙なところだった。

元より〈蜈蚣〉は〈翅つき〉とは違う。ひとりで、ましてや素手でなんとかできる相手ではなかった。他の黒衣の支援が期待できない以上、門町に逃げ込む以外に対抗する現実的な術はない。

生の代わりにキサを背負い、全力で走れば〈蜈蚣〉よりも早く五門の町に到着できる可能性はまだ残っていた。だがそれではこちらの負けだ、とノエは見てきたばかりの五門の町の宮壁門を思い返した。あれは数瞬の内に閉じられるような扉ではない。どんなに少なく見積もっても半刻はかかるだろう。それでは必死になって五門の町に入ったところで意味はない——それどころかむしろ、五門の町の中に〈蜈蚣〉を呼び込んで惨事を引き起こすことになってしまいかねない。それに、と背中でじっと小さくなっている少年を意識する。そもそも彼を置いていくことにキサは納得するまい。

どうする。

せめて自分に、サイのようなとまでは言わないが、並の黒衣と同程度の膂力《りょりょく》と長槍なり大太刀なりの技能があれば――いや、ないものはないのだ。使えるもの、手に入るものだけで切り抜けるしかない。たとえどんなに苦しい道であったとしても、何もしなければ蹂躙され斃されることになるのは明らかなのだから。

ノエは腹を括った。

「末姫さま――」

わかっています、とキサは力強い声で言った。

「やってみます。できるだけのことを」

その両手は、革紐で胸に下げられた小さく歪な灰色の球――鈺珠をそっと握り締めていた。

17

屍針蟲は目に見えないほど細微でありながら、すべての冥凪の中で最高の強度を持つ〈瘤つき〉の外殻すら喰い破り、身の内を自在に侵襲しこれを滅ぼすことさえできる。事実上唯一と言っていい冥凪の天敵だったが、だからといって無敵の存在では無論なかった。

まず何よりも体の小ささ故に、冥凪を滅ぼすには相応の時間を必要とする。屍針蟲が放たれてから冥凪が動きを止めるまでにかかる時間は、平均でおよそ四半刻。これは充分な数の屍針蟲が、蒼衣によって適切に冥凪の弱点部位へと導かれた場合のことだ。日常であれば四半刻はさして長い時間ではないが、冥凬と対峙している場面においてはまったく違う。それは絶望的なほどの長い時間だった。

だからこそ蒼衣と鉦珠による廃滅は、冥凬が巣の中に戻るのを待ってのち仕掛ける、という形態を基本としてきた。だがその際であっても、蒼衣は可能な限り冥凬の巣に近づく必要がある。体の小ささ故に、些細な風でも屍針蟲の飛行に大きな影響が出てしまうからだ。

そしてもちろん、どれほどの距離まで近寄らなければならないかは、鉦珠を使う蒼衣の力によって決まった。膨大な量の屍針蟲を随意に操るナギトは、強風や雨さえなければ辛うじて目に映るほど遠くの冥凬でさえ滅ぼすことができる。逆に近距離であれば、四半刻よりも遙かに短い時間で外殻を海綿のように脆く崩し、冥凬を滅ぼしてしまうことが可能だった。

無論、キサにそんな芸当は不可能だ。キサが操ることができる屍針蟲は僅かで、遠距離からの攻撃で致命傷を与えることは到底できない。かと言って近距離では、屍針蟲が冥凬の動きを止める前にこちらが斃されてしまう。

蒼衣の血を引きながら、冥凬を滅ぼすことができない——それゆえにキサは捨姫と呼ばれ、囮を務めるほか、ひとの役に立てる術を見出せなかったのだ。

しかも今は、身を挺《てい》して囮のキサを護る末姫衆もいない。キサの傍にいるのは、優れた体術と観察力、豊富な知識は有していても冥凬廃滅の技は持たない墨のノエと、選別の儀で役に立たないと判ぜられた異能しか持たない、仔凬《つぁいふ》の保子《ほす》である生の二人だけだった。到底末姫衆の代わりが務まるものではないことは、ノエにも、キサにもよくわかっていた。

だとしても、やらねばならない。

周りからどのように思われていようともなお、キサもノエも一ノ宮の者だ。冥凪を前にして諦めることだけは決して許されない。勝てない相手を前に逃走が叶わないのなら、死ぬ瞬間まで僅かでも冥凪の身を削ることを試み、そうしてあとに続く者に託す。そのために使えるものがあるのならば、なんであっても躊躇わずに利用するのだ。墨であろうが他宮の棄錆であろうが、たとえ出来損ないの蒼衣であろうが。

近距離になってからでは、キサの操れる屍針蟲は〈蜈蚣〉に一矢報いることすらできないだろう。不幸中の幸い、今夜は風がほとんどない。微かでも僅かでも〈蜈蚣〉の外皮を削れるよう、キサはこの場ですぐに鉦珠を使い始めることになった。

頭部の第二節です、とノエは言った。

「正中線上の一点に、〈蜈蚣〉の急所があります。槍も刀もない私の力では、そこを突く以外に方法はありません」

「わかりました」

血の気の失せた顔で、キサは応えた。

「できうるなら、腹側の侵蝕《しんしょく》を試みてください。外殻に包まれてはいても、背面よりは密度が粗く脆く、攻撃も通りやすい。地を這って進んできているはずですから、入り込むのは難しいとは思いますが」

「やってみます」

きっぱりと言い切ったキサは、ノエの隣に立って心配そうに自分を見ている生に向かって、ごめんね、と言った。

「生まで、巻き込んでしまって」

「そんなことない」

生の膚からは、銀色に鈍く光る部分はかなり減っていた。まだ十全とは言えないまでも、〈翅つき〉の襲撃直後よりも動かせる部分は増えているようだった。多分にぎこちない部分は残っているにせよ、ひとりで立ち歩き、話すこと自体にさほどの不自由はもう見られない。

「大丈夫だよ。大丈夫っていうか――嬉しいんだ」

「嬉しい？」

戸惑いを浮かべるキサに、生は少し強ばってはいたものの、笑顔を見せた。

「だって初めて――生まれて初めて、この異能があってよかったって思えたから。この力があったから、キサを護れたんだって。もちろん僕ひとりじゃだめで、ノエさんがいなかったらすぐやられちゃってたのはわかってる。だけど、僕は力になれたんだ。キサの」

だからほんとうに大丈夫、と生はもう一度、力強く言った。

「ノエさんと一緒に、キサのことをきっと護るから。だからキサは必ず、冥凪のことを滅ぼして」

しばらくは何も言わず、キサはただ唇を噛んで、生の顔を正面からじっと見つめていた。

それからようやく、わかった、と絞り出すような声で言った。

「――終わったら、また、五門の町に連れて行って」

うん、と力強く応えた生にキサは固く、けれど懸命に作った笑顔を返した。

「末姫さま」

ノエが声をかけると、キサは目を瞑って大きく息を吸い、腹の奥底にしばし溜めたのちゆっくりと吐き出した。

「始めます」

お願いします、とノエがキサに、深々と頭を下げる。キサは路上に腰を下ろすと、背を伸ばし、足を前に組んで首から提げていた鈺珠を外した。

その手順を静かに見届けたノエが、生へと向き直る。

「君には二つ、頼みたいことがある」

「はい」

真剣な表情で、生はノエを見上げた。

「まず何より、末姫さまをお護りしてくれ。屍針蟲を操るため、末姫さまは巣の主《あるじ》を操ることに集中せねばならない。そのあいだ、お体は完全に無防備になる。本来ならば私がお護りせねばならないのだが――」

不本意であっても、その役割は譲るしかない。今この場で、多少なりとも〈蜈蚣〉に対して直接の攻撃力を振るうことができるのはノエしかいないのだ。

ノエの内心は表情には表れてはいない。だが生はまるでそれをくみ取ったかのように、わかりました、と力を込めて大きく頷いた。

「ノエさんみたいにはできなくても、ノエさんの代わりに、きっとキサを護ります」

頼む、と短く言って、ノエはちらとキサに視線をやった。キサは既に鈺珠を使い始めており、両手でそっと包み込んだ鈺珠の左右対称に空けられた二つの穴に、白く細い人差し指を半ばまで差し込んでいた。両目は半眼で、瞳の焦点はどこにも合っていない。既に瞑想状態に入っているようだった。

「もうひとつは」

キサの邪魔をしないためか、それとも聞かせたくないからか、声を潜めてノエは続けた。

「もし私が初撃で〈蜈蚣〉を滅ぼし損ねたら、そのときは躊躇わずに末姫さまを連れ、五門の町まで逃げてくれ。今の君ならば走ることもできるだろうし――」

ノエの顔が、一瞬僅かに歪む。

「――君が一緒であれば、末姫さまも厭いはすまい」

「でも、それじゃノエさんが」

「私のことは気にするな」

生の言葉を遮って、きっぱりとノエが言った。

「〈蜈蚣〉は元々私ひとりでなんとかできるような相手ではない。末姫さまのお力を借りたとしても、可能性があるのは不意を突ける初撃のみだ。即ち、それで滅ぼせなければ私にはどうやっても勝ち目はない」

何か言おうとした生に言葉を発する間を与えず、ノエは続ける。

「君の力を借りたとしても、それは変わらない。それに君が私を助けようとすれば、そのあいだ末姫さまを護る者がいなくなる。いいか、優先順位を見誤るな。今この場で最も重んじるべきは末姫さま、最も軽く見て良いのは私だ。忘れるな」

一片の迷いもない表情で、ノエは言い切った。

「命の価値には歴然とした差がある。その者が生き残ることで、これからあとどれだけ多くのひとを護り、救うことができるのか。それが唯一にして絶対の尺度だ」

言い終えたノエは、圧倒されている様子の生に向かいふっと表情を緩めてみせた。

「それに、初撃で滅ぼせなかったとしても、この私がむざむざ斃されるなどと思うなよ。末姫さまが五門の町まで辿り着くあいだの時間を稼いだあと、逃げおおせてみせる」

いいか、と再び張り詰めた声に戻ってノエは尋ねた。生は無言のままゆっくりと、しかし深く確かに頷いた。

「よし。ではあとは任せる」

そう言い切ると、ノエは二人を護るように大きく足を踏み出した。もはや間違いようがないほどはっきりと聞こえるようになった、〈蜈蚣〉の無数の腹脚が地面を這い進む音が聞こえる方向に向かって。

そのときの感覚は、蒼衣の血を引くもの以外には想像すらできないだろう。

鈺珠の中心まで差し込まれたキサの二本の指は、すぐに硬く歪な塊《かたまり》の表面に触れる。目で見えるわけではないから、それが実際にはどんな色、どんな大きさのどんな形をしたものかはわからない。だがキサにははっきりとわかる。この塊こそが、鈺珠の主、屍針蟲の女王であることが。

女王に目はない。音を聞く耳も匂いを感じる鼻もなく、直接外界を認識するためのありとあらゆる感覚器を有していない。かつて――この珠を造り中心に収まる前は持っていた六本の手足も透き通るように薄い翅も、既に全てが失われている。今の女王はただの塊だった。身動きも何かを見聞きするのもできない、ほとんどの時間を何もせずただ微睡《まどろ》みの中で過ごしている、ただの歪な塊だ。

だがこの塊は、自身の知覚と移動手段の全てと引き替えに、自らが産みだした無数の屍針蟲のすべてに対する支配と、子らが見聞きし感じ取ったすべてを吸い上げる能力を有していた。ただひとつの目と鼻と耳を手放した代わりに、女王は数万数百万数億の自在に動く微細な目と鼻と耳とを手にしたのだ。

それらすべての感覚が、キサに連結する。

キサと女王はまるで母親の内で眠る、胎盤を共有する双子のようだった。別々の個体でありながら、お互いのあいだを行き来する流れをはっきりと感じることができる。体の造りがまるで異なることをキサは忘れた。キサは全身で、粒のような微細な蟲たちの五感が捉えた感覚、無数と言っていいほどの数のそれを、女王の体を通じて受け取っていた。

よし。

ここまではうまくできた。

自分の内側の奥深いところに創った隠れ家に籠もって自己を維持しつつ、キサは思った。

女王と感覚を共有しながら、なお相互に矛盾する膨大な量の感覚に圧倒されることなくあり続けるためには、この隠れ家を生み出すことが絶対に必要な条件だった。なぜ自分がそんなことを行えるのかは、キサ本人にもまるでわからない。他の蒼衣の末裔と同様、初めて鉦珠に触れたときから、ここまでは自然にできてしまったからだ。彼ら彼女らにとってそれは、胎内から出た瞬間に教えられることなく呼吸を開始するように自然に身についたことで、だからこそ他の誰にも手順を教えることができず、だからこそ他の誰もがこれまで習得できずにいるものなのだった。

問題はここからだ。

次に行うことをノズク——ナギトやキサらの亡き父は、陣取り合戦のようなものだ、と言った。指先を通じて連結した女王を通じて、配下である屍針蟲に自分の意志を流し込む。微睡みの中にある女王にとって、それは見ている夢を強引に変容させられるようなものだ。半睡状態にある女王は目覚めないまでも、支配権を失うまいと本能的に抵抗する。

それを打ち破るだけの強い意志の力を持て。強圧的に、女王ごと鉦珠のすべてを己の支配下に置け。そうして迷うことなく、絶対の確信を持って屍針蟲に命令を下すのだ。仲間と女王の食料とするために生き物の表皮を削り取ってくるのではなく、巣を補修しあるいは拡張するために枯れ木や岩を掘るのでもなく、ただそこに存在する冥凪の外殻を喰らい貫き、そうして滅ぼせと。

これまでに一体何度、それを試みてきたことだろう。亡き父の助言に従ってキサが冥凪の廃滅をどれほど真摯に命じても、一度に従えることができた屍針蟲は毎回せいぜいがほんの数百と言った程度にしかならなかった。残る数百万数億の屍針蟲は女王の制御の下におかれたまま、ついぞ眠りから覚めることすらなかったのだ。

だが今日は。今だけは。

キサは一心に屍針蟲のことを思う。目に見えないほど小さな体で、あの巨大な恐ろしい怪物に立ち向かって欲しいと。

それは、支配の試みではなかった。

敢えて名をつけるのならば、それは願いだった。

あるいは祈りと呼ぶことができるかもしれないその意志は、キサが生を、僅かなあいだだけではあっても共に暮らした梁塁の住人たちを思ったとき、そして彼ら彼女らの生きる場所を護らなければと思ったとき、自然と胸の奥底から溢れだしてきたものだった。

指先を通して注ぎ込まれるキサの意志に、微睡みの中にある女王が戸惑ったように反応する。それは女王が初めて受け取った感情だった。ゆるゆると女王の意識が目覚め、ひとのものとはまるで違うそれが指先を通してキサに触れてくるのがわかる。

お願いです。

今だけでいい。

この一度だけでもいいから、どうか。

どうか、助けて。

間近に迫るあの怪物を。

わたしたちのすべてを屠ってしまうあの化け物を。

打ち倒すために、どうか力を貸してください。

言葉が通じるわけはなかった。願いが理解されるはずがなかった。なぜなら屍針蟲の女王はひとではないのだから。

それでも——キサの意志に込められた何か、恐らくは切実な危機の意識に、自分よりも大切なものを護らなければならないという強い決意に、女王は反応した。

とはいえそれは、夢うつつの中で身をよじるような、曖昧な反応でしかなかった。

なぜならその危機は、女王や彼女の巣に直接迫るものではなかったからだ。それは女王の防衛本能を目覚めさせ、自分たちを護るという反射行動を励起させるにはあまりに遠すぎた。

だが、そうであるにも関わらず、キサの祈り、強い支配ではなく縋るような願いは、女王の一部を確かに動かした。キサの意志に共感した女王の意志が、屍針蟲を目覚めさせる。無論全てではない、ごく限られたものだけだ。だがその数は、数万匹を越えた。

それは、ナギトが一度に操る屍針蟲の千分の一、あるいは万分の一の数にしか過ぎない。にも関わらず、初めて経験する数にキサは圧倒された。目覚めた屍針蟲は一瞬も躊躇うことなく、打ち出されたかのように鉦珠を飛び出し飛行を開始する。それら屍針蟲のひとの目には捉えられないほど小さな体、それらが備えるひとのものとは異なる目と耳と鼻が捉えた世界の全てが、女王の意識を通じて一斉にキサに流れ込んでくる。

数万の視覚と聴覚と嗅覚が捉えた異なる点からの光景が、大瀑布《だいばくふ》を落ちる水塊のようにキサの意識を圧倒する。自己を保つことすら難しいと思えるほどの膨大な情報量に晒され、だが不思議なことにキサの自我は破砕されることも崩壊することもなく、それらの一斉かつ一方的に送り届けられ続けている光景と音と匂い、ひととは異なる感覚器が捉えたひととは違う見え方をする世界を、なんの矛盾もなく把握できていた。

屍針蟲の一団が群れを成して飛んでいく。あまりの小ささ故にひとの目では姿を捉えることはできず、超高速で震えるように羽ばたく透明で微細な四枚の翅が奏でる音は、あまりに甲高いがためにひとの耳では捉えることができない。だが今、キサの五感はまるで自分自身のものであるかのようにそれらのすべてを感じ取っていた。

屍針蟲たちの目が、迫ってくる〈蜈蚣〉の姿を捉える。ひとの目で見るのとは違った色、異なる形、遙かに巨大と見える体軀。数万の屍針蟲の視覚が結びついているためだろう、キサは〈蜈蚣〉の姿を、その正面と背面と側面と腹面とを、様々な角度と高さから同時に認識した。ひとの精神では本来とても対応できない彼らの空間認識を、キサはまるで初めから自分の五感であるかのように理解できた。

〈蜈蚣〉の硬い、複数の層を成す甲殻の詳細な模様までが見える。羽音が跳ね返って戻ってくる反響によって、ごく僅かな、だが確かな硬度の差がわかる。どこなら容易に掘れるか、どこに喰らいつくべきなのかがまるで太陽と月とを見分けるのと同じくらいにはっきりと区別がつく。

腹の側だ。

ノエに聞かされた言葉がキサの脳裏に蘇るのと、屍針蟲たちの視野が大きく展開するのが同時だった。左右に分かれ、体側から無数に生えた腹脚が一瞬も留まることなく動き続けている中を、まるで二本の柱のあいだを通り抜けでもするかのようにするすると抜けて腹の側へと入り込んでいく。〈蜈蚣〉の平たい体と地面とのあいだにできた空間は、ひとの子どもですら入り込めないほど僅かなものだが、点よりも小さい屍針蟲にとっては広大で開かれ自由自在に動き回れる場所となる。〈蜈蚣〉の体軀によって僅かな星明かりすら遮られてしまうが、屍針蟲は既に記憶した路面と〈蜈蚣〉の腹の匂い、そして自らと他の蟲が起こす羽音の反響によって、つまり視覚ではなく嗅覚と聴覚によって、空間を正確に把握していた。

見えないのにわかる。

見えなくても進むことができる。

ひとにはあり得ない恐ろしく奇妙な感覚だったが、キサは違和感を感じなかった。ただ感嘆し、そうして屍針蟲たちが女王を通じて送り届けてくれる情報を、蟲たちと同じように把握した。

頭部第二節、正中線上。

ノエの声がキサの脳裏で蘇るのと同時に、屍針蟲が一斉に移動する。わかる。ここだ。この一点を。

正確な一点に向けて、屍針蟲が次々に突進していく。頭部のほとんどを占める巨大な、だが同時に極小でもある口を全開にして〈蜈蚣〉の体表に張りつき、喰らう。屍針蟲の微細な牙は、並大抵の一撃であれば弾き返してしまう〈蜈蚣〉の外殻を、なんの抵抗もなく嚙《かじ》りとった。

嚙り取れるのはひとくちだけだ。嚙り終えた屍針蟲の意志はその時点で女王の命令を果たしたものとして、そこから先は本能に従って行動する。極小の体内精一杯に詰め込んだ食料なり巣材なりを、自分の住処《すみか》へと持ち帰るのだ。

そうして数万匹の屍針蟲が次々に〈蜈蚣〉の急所を正確に喰らい、そして戻っていく。攻撃はただの一度も過たず途切れることもなく、だが〈蜈蚣〉の体軀に大きな損傷を与えるまでに至らなかった。なぜなら彼らの攻撃は、巨岩を小石で削り続けているのに近しいものだったからだ。

硬度でも攻撃力でもない。体軀の大きさ、物量において彼我の差は絶望的だった。

数万ではとても足らない。せめてこの十倍、いや百倍はなければ。

時間の経過とともに明らかになっていく事実を前に、しかしキサは心折れなかった。

わたしにできないことなんて、最初からわかっていた。だけど。少しでいい。ほんの少しだけでもいい。可能性を、次に繫がる可能性を、ほんの僅かでも大きくできるのなら。

きっと受け取ってくれる。きっと繋いでくれる。

次々に屍針蟲は役割を終えていき、女王の制御から解き放たれた蟲たちの感覚はもうキサの元には届かなくなる。みるみるうちに狭く小さくなっていく把握可能な世界の中で、それでもキサは決して諦めることなく、最後の最後まで、ただ一点を見つめ続けていた。

〈蜈蚣〉頭部第二節の腹側、正中線上。

チリチリと甲殻が削られていく音が聞こえた気がしたが、それが幻聴であることはわかっていた。屍針蟲が立てる音はあまりに微細であるがゆえにひとの五感では捉えることができない。だがたとえ確かめる術はなくとも、とノエは向かってくる〈蜈蚣〉に対して緩やかに腰を落とし、右足を引いて中段に構えながら思った。末姫さまは必ずやり遂げられている。操れる屍針蟲の数が僅かであったとしても。それが万だろうが千だろうが百だろうが、〈蜈蚣〉の甲殻を突き破ることができないとわかっていたとしても。雨粒が巌《いわお》を削りいつか穴を穿つように、最後の一瞬まで必ず急所を貫こうとされるだろう。

であれば。

硬く握られていたノエの拳が解かれる。大きく開けた手のひらを、間もなく姿を現すだろう〈蜈蚣〉に対して真っ直ぐに向ける。

機会は一度。一瞬だけだ。けして逃すな。

〈蜈蚣〉の足音は——それはもはや足音とは呼べず、天の底が抜けるほどの豪雨が川面を叩くのに似た騒音となって、刻一刻と近づいてきていた。凮川沿いの土手上に造られた街路の上からこうして見下ろせば、張り出した木々の枝々の隙間から時折、くすんで茶色がかった灰色の外殻が覗く。見間違いようがなかった。中型の〈蜈蚣〉。ちらと見えた外殻、そして規則正しい進行音から判断するに、凮川を越えたことによる痛手はほとんど被っていない。鍛練を重ねた複数の黒衣が得物を持ってようやく滅ぼせるかどうかという相手を、末姫さまのご助力があるとは言え、墨ひとりでなんとかせねばならんとは。

絶望的な現状を正しく認識しながらも、ノエの顔には恐怖も、緊張さえも浮いていなかった。

私には、黒衣のような膂力はない。同じ墨の男にさえ劣るだろう。だがこの五感と柔軟性、そして敏捷《びんしょう》さについてだけは誰にも負けるつもりはない。

ないものを嘆いてもなんの役にも立たない。今この手の中にあるもの、それらのすべてを使い切る覚悟で立ち向かうのみ。

〈蜈蚣〉の進む速さは一向に衰える様子がなかった。それは即ち、キサの操る屍針蟲が〈蜈蚣〉の急所にまでは達していないことを意味している。だが必ず外殻は掘り進められている、とノエは信じた。自分はそれを打ち抜くための、最後の一撃を放つのだ。

来い。

更に腰を落としたノエの両足がぎりぎりと力を蓄える。

次の瞬間、無数の腹脚が奏でる秩序皆無の轟音とともに、土手下の森の切れ間に〈蜈蚣〉

が姿を現した。

　大きい。

　予想より二割は大きい。その誤差を、ノエは〈蜈蚣〉が土手を這い上ってくる一瞬のあいだに頭の内で修正する。

　時機を誤るな。ただ一点を穿つための瞬間を。

　勢いのままに一気に土手を這い上った〈蜈蚣〉は、ほんの一瞬、街道の上に姿を現す瞬間にだけ、僅かに腹側を晒すだろう。

　無論腹側の全てではないはずだ。主脚による攻撃を行うときを除いて、〈蜈蚣〉は背面に比べて脆い側を必要以上に長く、大きく晒すようなことはない。だが今、急傾斜を登ってきた今なら、攻撃態勢には入らないまま腹側が露わになるはずだ。全てとは言わない。二対の飛び出した眼が生えた頭部第一節と、それに続く第二節が姿を現してさえくれれば。

　二対の目が視界に入ったときにはもう、ノエの体は飛び出していた。第二節が姿を現さなかったらとは考えなかった。そうなったらどのみち三人とも一瞬で斃されて終わるだけだ。

　可能な限り体を低くした姿勢を取ったノエは、僅か二歩で距離を詰めた。未だ第二節は土手の下に隠れていたが構わず、左足を軸にして強引に体を回転させる。勢いと無理な姿勢を維持するため、開いた左手を石畳について支えにし、ぎりぎりで体の均衡を保った。

　しなやかな鞭のように、ノエの右足が宙を斬った。

　下半身に激痛が走る。〈翅つき〉を滅ぼしたときに傷つけた骨と筋とが悲鳴を上げた。だがノエは歯を硬く食いしばったまま、半ば倒れかかった姿勢でも目を大きく見開き、自分が打ち抜くべき場所が姿を現すのを睨むように見ていた。

第二節が姿を現した。既に斜めに傾いで、すぐに地に伏せてしまうのは明らかだった。だが、だとしても。

——充分。

不敵な笑みが、ノエの唇に浮いた。

そのつま先は、恐ろしいほど正確に、キサの万の屍針蟲が削り取った外殻の一点を打ち——

そして、怖気だちそうな鈍い音が響くのと同時に、軽々と弾き返された。

その音を、生はこれまで何度も聞いたことがあった。

骨が砕ける音だ。太い骨が限界を超えて折れるときの悲鳴だ。

それが生の耳に届いたときにはもう、ノエの体は暴風に煽られた小虫のように弾き飛ばされていた。〈蜈蚣〉に向けた力のすべてをそのまま返されたノエの体は、体勢を整えることもできず無様に飛んで石畳に叩きつけられ、受け身すら取れないまま何度も跳ねながら転がり滑った。不幸中の幸いというか、勢いのまま弾かれてしまったことで、ノエの体が土手の上、街道に巨体を這い上がらせた〈蜈蚣〉に押し潰されることはなかった。

すぐには、というだけのことだったが。

砕けた足ではもはや冥凪に立ち向かうどころか、立って避けることすらできない。激痛に襲われているだろうノエは、しかし表情を歪めながらも手を突いて上半身を起こし、這うような姿勢のままで生を見た。願いを込めているかのような、強い視線で。

その目が、凍りついていた生の体を突き動かした。

あの巨軀から、あの無数の脚から、キサとノエが一矢報いることすらできなかったこの化け物から、自分がキサを護れるとはとても思えない。なんとかできるかもしれないという希望は、ノエの初撃が散った瞬間、毒々しい外貌を実際に目にした途端に潰えていた。たとえ自分が全身の全てを硬質化したとしても、キサごと押し潰されてしまうだろう。それは確信だった。

でも。たとえそうであっても。

〈蜈蚣〉が頭部を持ち上げた。攻撃用の主脚を振り下ろすための予備動作であることを生は知らなかったが、そんな知識などなくても鎌首をもたげるような〈蜈蚣〉の挙動と、外殻が相互に擦れて鳴る断末魔の悲鳴のような甲高い耳障りな音は、それが逃げ場のない死の宣告であることを、否応なく伝えてくる。

——キサ。

背後で今もなお鉦珠に意識を集中しているキサに、今この時もノエと生とを信じているキサに、生は駆け寄ろうとした。何ができると思ったわけではない。だけどせめて、残された僅かな時間だけでも、たとえ少しだけでも近くにいようとして生は振り向き、駆け出し——

同時にいつあの巨軀に、あの触手に襲われてもおかしくないと覚悟を決めた生の耳は、そのとき、予想もしていなかった音——喊声《かんせい》を聞いた。

18

「ひょおおおおお！」

あまりにも状況にそぐわなさすぎて、生《いくる》は初め、自分の耳がおかしくなったのかと思った。だがそうではなかった。それは確かにひとの声、それも興奮のあまり思わず上がった喊声としかいえないものだった。

一瞬止まっていた生の思考が動き出す。女のひとの声だ、でもノエさんのじゃない。なんで、どうして。他には誰もいなかったのに。

振り向くのが得策でないのはわかっていた。無駄な努力だろうが悪あがきだろうが、そのままキサに覆い被さって自分の身を盾にするべきだった。たとえ生き延びられる可能性がほとんどないのが明らかだとしても。

だが、生は振り向いてしまった。あまりに場違いな声——驚くほど楽しげで前向きで、精力に満ちた響きをもつ声に引き寄せられるように。

ほとんど時間は経っていない。鎌首をもたげるように頭部第四節までを立てた〈蜈蚣〉は、まずは手前にいる邪魔者から排除しようと決めたのだろう、ノエに向けて主脚を振りかぶっていた。数瞬ののちにはそれは振り下ろされ、身動きできず横たわっているノエの体を容赦なく貫いただろう。もし——もし、その闖入者《ちんにゅう》がいなければ。

恐ろしく足の長い、若い女だった。

ノエと同じ、だが新しくて汚れのない陣闘衣を纏っている。しかし生は最初、それが陣闘衣だとはわからなかった。足が長すぎるせいで下が半袴《はんばかま》のように見えてしまったからだ。ノエがくるぶしの少し上で締めている下袴の裾を、彼女は膝のすぐ下で結わえている。とんでもない足の長さ——それを理解した途端、生は彼女が何者であるのかを理解した。

黒錆だ。生と同じように三ノ塔で異能を与えられ、生とは異なり身に付いた異能が有用であると判断され、黒衣へと取り立てられた者。

彼女は長い髪を、頭の後ろで団子に結っていた。そのためかやたらと子どもっぽく見える顔には、如何にも楽しげな笑いが浮いている。笑い——笑いだって？　目にしたものの中で何が一番信じられないかと言ったら、間違いなくその笑顔だった。それはこの場に全くそぐわなかった。今まさにノエの命が、そして数瞬後には自分たちの命が絶たれようとしているこの場には。

だが。

「なんだよ聞いてたよりよっぽどでかいじゃないか！」

楽しげに叫びながらその黒錆は、五門の町の方向からこちらに向かって一直線に走ってきた。軽々と走っているとしか見えないのに信じられないほどの速さだった。生の図抜けた視力でなければ、彼女の容貌を捉えることすらできなかっただろう。最初辛うじてひとであることがわかる程度の大きさだった姿は、一連の言葉を言い終わる頃にはもうほんの間近まで迫っていた。極端に長い足による歩幅はとてつもなく広いがそれだけでなく、柔軟性と筋力とを併せ持つ彼女の足はしなやかに曲がり撓み、一歩ずつ確実に路面を捉え、力強く蹴り出していた。

ひとという種の限界を遙かに超えた移動速度に、〈蜈蚣〉は全く反応できなかった。ひとの声が間近で聞こえ、それが接近中であることまでは把握したものの、振り上げた主脚の動きを一時停止してまで動かした二対の眼球は、ひとの動きを捉えることを目的としているが故に、彼女の動きを捉えることができなかった。

「でも思ったよりとろくさい――おっと」

〈蜈蚣〉が大きく体を、自分の後方を覗き込むようにねじ曲げた。確かにその方向に黒銹はいた――数瞬前までは。しかしそのときには彼女はもう、倒れ込んだままのノエのすぐ傍まで辿り着いている。

瞬間、黒銹の歩幅がよりいっそう大きくなり、全身が地面すれすれまで沈み込む。驚くほどの柔軟性を示した彼女の肉体は、次の瞬間にはほとんど速度を落とすことなくノエの体を抱き上げていた。この短い時間で黒銹がやってのけたことをようやく理解できたときにはもう、黒銹とその腕に抱えられたノエは土手を滑り降り、生の視界から消えてしまっている。

なんて速い――

駆け抜けていった姿に僅かに遅れて、風が生の頬を打った。その微かな、だが確かな衝撃に生は我に返る。

そうだ、こんなことしてる場合じゃない。

生はもう一度振り返るとキサに駆け寄った。生が呆《ほう》けていた僅かな合間に、キサの体からは一気に力が抜けてしまっていた。両手が鈓珠から離れ、仰け反るように上半身が倒れていく。辛うじて間に合った生はキサを抱きとめ、揺らし、その名を呼んだ。

「キサ、キサ！」

だがキサは目を閉じたまま、う、と小さく声を漏らすばかりで目を覚まさない。背後から、再び〈蜈蚣〉の外殻が軋む嫌な音が聞こえた。間近な獲物を見失った〈蜈蚣〉が、次の、そしてほんとうに斃すべき獲物へと狙いを定めたのだ。

時間がない。逃げなくては。

黒錆の女を探すために、〈蜈蚣〉はいったん大きく体をねじ曲げていた。きっとすぐに追っては来れない。この隙にキサを抱きかかえ、彼女と同じように土手を滑り降り、凬川の流れ近くまで逃げることができれば。

迷っている暇はなかった。生は一気にキサの体を抱き上げる。キサは生よりも背が高く体重も大差なかったが、保子の仕事で鍛えていたためか、それとも状況が限界を超えた力を出させているのか、少しも重いと思わなかった。膚の硬質化は完全には回復しておらず全力で走るのは無理だろうが、早足で逃げるくらいはきっとできる。生は自分の腕の中で意識を失っているキサをちらと見た。可能性があるのなら、せめてキサだけでも、少しでも遠くへ。

「なかなかやるね」

いきなり声をかけられ驚いて上げた顔の前に、あの黒錆がいた。一体いつの間にこんな距離まで接近されたのか。抱えていたノエはどこかで降ろしてきたのか、姿がない。

「でもそれじゃ間に合わない。その子を貸して、早く」

すぐには反応できずにいる生に、黒錆は早口で続けた。

「あたし力のほうはそんなにないから、いっぺんに二人は無理なんだ。さっきの子だってぎりぎりだったんだからね」

さあ、と生に向かって腕を伸ばす。

「助けるならそっちの子が先だろ、違うかい？」

その言葉に迷いは消えた。生からキサの体を受け取った黒錆は、よし、と長い足をぐるりと回して向きを変える。

「あんたもちょっとでも走りな、あたしが迎えに来るまでやられるんじゃないよ」

言うなり走り出した姿が、あっという間に土手を駆け下りて消える。あまりに見事な走りっぷりに見惚《みと》れ、生の体が一瞬止まった。キサを護らなければという緊張が、その姿が目の前から消えたことで途切れてしまったからかもしれない。

それはほんとうに僅かなあいだのことだった。だがそれは、〈蜈蚣〉が目の前を慌ただしく行き交う獲物の内、まずどれを狙うかを決めるのには充分過ぎる時間でもあった。

ぎちぎちぎちと激しく外殻が軋む音、そして無数の腹脚がお互いにぶつかり合って立てる川面を叩く豪雨のような音。それらがすぐ間近で聞こえた。ほんの一瞬、生の意識に空白が生まれた隙に、狙いを定めた〈蜈蚣〉は持てる限りの能力を発揮して一息で距離を詰めたのだった。

幾つもの節を持つ、長大で平たい巨軀がくねりながら反り返る。頭部から突き出した瞼もない歪な二対の眼球は左右に大きく展開し、どれもが自分を捉えていることを生は嫌というほど思い知らされた。

五つの関節を持って鞭のようにしなり、先端には殻短甲ですら易々と貫く爪の生えた一対の主脚が振り上げられる。その動きは驚くほどに迅速で、生には振り返って見上げる以外に何もできなかった。

体だけでなく頭までが凍りついてしまったかのように、生はただ、〈蜈蚣〉の主脚が振り下ろされる様子を茫然と見ていた。

不意に、場違いな感慨がわく。

キサはこんな化け物を相手にしてきたのか。こんな怪物を滅ぼしてきたのか。なんてすごいんだろう。初めて目前にした〈蜈蚣〉の巨軀とそれが有する攻撃力を前に、言葉だけでわかったつもりになっていたキサのことを、キサが経験してきたものの一端を、生は初めて実感した。

それが、生をひどく不敵な気分にさせた。そんな場面でないのはよくわかっていて、圧倒的な恐怖に身動きできない状態でありながらなお、生は胸の内が自然と高揚していくのを感じていた。お前なんか、と四つの眼球を睨みつけながら生は胸を張る。お前なんか、キサがきっと滅ぼしてくれる。

それが今ではないこと――その様子が見られないこと、それどころかもう二度とキサには会えないだろうことだけが、残念だった。だけど――やりたいことはやった。力はやっぱり全然足りなかったけど。そうだ、そうだよ婆ちゃん。これが、僕がほんとうにやりたかったことだったんだ。

〈蜈蚣〉の主脚が振り下ろされるのが、恐ろしくゆっくり見えた。風が鳴る、ひどく凶悪な音で。

生は体を固くした。衝撃を受ける瞬間、全身は再び硬質化するだろう。その程度であの爪が防げるとは到底思えなかったが、硬質化は自分の意志ではどうにもできないことだった。

キサ――

死なないで欲しい。どうか生き延びて、一ノ宮まで帰って欲しい。

最後にそう願った生の目前に、〈蜈蚣〉の主脚は深々と突き刺さった。

敷き詰められた石が砕ける音が響く。だがそれだけだった。飛び散った礫のいくつかが生の膚を打ったが、皮膚は硬質化の様子は見せない。

外した？　どうして？

何が起きたか理解できず、生はただ茫然と立ち竦むことしかできなかった。死なずに済んだという結果だけはなんとかわかり、だがこれはたまたまでこんな幸運は長くは続かないのだということ、この隙に少しでも逃げなければならないのだということまではぼんやりと思い浮かびはしたものの、薄まった意志は生の体を動かしてはくれなかった。まるで他人事のように、生は目の前で地面に深くめり込んだ主脚を引き抜こうとしている〈蜈蚣〉の姿を見上げていた。

逃げなければ、という思いが再びぼんやりと浮かぶ。だが焦点の合わない意志は、生の体を悪夢の中のようにゆっくりとしか動かしてくれなかった。

そのとき不意に、生の耳朶にそれまで聞いたことのない蛮声が響いた。

「でかした亦《また》斷。思った通りのたいした力じゃ」

低く錆びた、しかし恐ろしく良く通る大声だった。まるで平手で頰を叩かれたかのように、生の意識が一気に焦点を結ぶ。いったい誰、どこ——いや違う。まず逃げなくちゃ。

呪縛が解けたように足が動く。生は石畳が邪魔をしているのかそれとも深く穿ちすぎてしまったのか、主脚を引き抜くのに難渋している〈蜈蚣〉から少しでも遠ざかるために、その二対の歪な眼球の視界から逃れるために、振り向いて駆け出そうとした。

そのとき。

「いいぞ少年、よく頑張った」

不意に声がしたかと思うと、寸前まで自分がいた場所にするりと巨大な黒い影が滑り込んでくるのが目に入った。陽の落ちた薄暗い世界の中、黒一色を纏った姿はまさに影のようで、だがそうでないことは全身から発せられる圧倒的な熱量が証明していた。恐ろしくなるほどに膨大な熱と力を内に抱え込んだ巨軀が、そこにあった。

今起きていることの全てが一瞬頭から消え、生はその姿に目を奪われた。そうさせられるだけの魅力と存在感とを、目の前の肉体は有していた。

石畳が破砕される音とともに、〈蜈蚣〉が遂に主脚を引き抜いた。目の前に出現した新たな攻撃対象に向けて、左右一対の主脚がしなり、うねりながら振り下ろされる。

そのとき起きたことは、生の視力でさえ辛うじて捉えられたに過ぎなかった。

背負っていた大刀《たち》を一息に引き抜くと、その男は流れるような動作で両の拳で柄を握り締め、全身を大きく捻って地に這うような左下段に構えた。体の均衡を失いかねないほどの異様な構えだったが、二本の太い足が巨樹のように根を張って、体軀は些かも揺るぐ様子がない。そうして撓んだ全身に蓄えられた力と、肉体を支える筋肉とが生み出す力とが、次の瞬間一気に全て解放された。

何かが光ったようにしか、見えなかった。

〈蜈蚣〉の動きが、凍りついたかのように停止した。一瞬遅れて腹——キサが削り、ノエが穿ったまさにその場所、第二節の体央中心がぱくりと割け、強い刺激臭を伴う液体が噴出する。

かちん、と澄んだ金属音が生の耳に届いた。

いつの間にか息を呑んで見守っていた生は、我に返ると音のした方向に顔を向ける。そこにあったのは、巨大な黒い影の主——黒一色の薄汚れた陣闘衣を纏った男が、平然と大刀を鞘《さや》に収めている姿だった。

「どうじゃ」

腕組みをして尋ねるサイに、トーは眉根に皺を寄せた渋い表情を浮かべたまま、あんまり良かありませんね、と言った。

「足の骨が三箇所ほど折れちまってます。それと足の指。砕けちまってて、こっちのほうが厄介です。あとはまあ、あっちこっち筋やら関節やらも痛めてるようですが、そっちは冷やして休めりゃそのうち治るでしょう」

折れたというノエの足を固定しながら、トーが言った。

「足の指のほうはあたしじゃどうにもなりませんね。ちょっとでも早く丹衣《にい》に診せなきゃいかんでしょう」

「私など捨て置いてください」

眉間に深く皺を刻んだノエが、上半身を起こしながら言う。キサが慌てて背中を支えた。

「末姫さまをお助けできず、ましてや足手纏いになるなど——」

「呆けたことを言うな」

ノエの言葉を、サイがぴしゃりと遮った。

「おんしがおらねば、末姫さまはとうに亡くなっておられたわ。おんしだけではない」

ぐるりと、サイがノエを取り囲むように思い思いの距離を取って立っている者たちを見回した。

「そこにおる三ノ宮の少年や朱炉《しゅろ》や亦駈、もちろんトーや儂、末姫さまご自身もじゃ。皆がそれぞれに役目を十全に果たしたからこそ末姫さまをお護りし、〈蜈蚣〉を滅ぼすことができたんじゃろうが。なんでもかんでも自分の手柄じゃと思い上がるのも大概じゃが、逆に自分はなにもしとらんと卑下するのもつまらんことじゃぞ」

彼らが立っているのは、街道から土手を下った先の凪川沿いの河岸だった。亦駈とサイの二人がかりでも動かすのにはかなり時間を要しそうだったため、街道の上には〈蜈蚣〉の死骸が倒れたまま放置されている。サイが一撃で急所を切り裂いたときに噴出した〈蜈蚣〉の体液は流れ出すままになっており、周囲には生臭い、肉の腐ったような臭いが充満していた。

「全くだよ」

臭いに顔をしかめながら、トーが言う。

「話を聞いて魂消《たまげ》たよ。得物も持たない墨がひとりで〈蜈蚣〉に立ち向かったなんて、前代未聞もいいとこだ。でもそいつのお陰で足の長い姐《ねえ》さんが間に合って——って、いないね」

「朱炉は五門の町に戻った」

サイに勝るとも劣らない巨漢、丸太のように太く長い両腕を持つ亦駈が、外見から想像されるよりもずっと澄んだ、良く通る声で言った。

「冥凪を滅ぼしたことを報せ、痛み止めを取って戻ってくると言っていた」

ほう、とサイが感嘆の声を上げる。

「気が利くのう、あの娘。足が速いだけなどと自分では言うておったが、あれは速いの遅いのなどという話では済まんぞ。加えて機を見るに敏、迷わず火中に飛び込むなど度胸もたいしたものよ」

朱炉だけではないぞ、とサイは己の巨軀よりも更に肉の厚い上半身を誇る亦駈の肩を叩き、言った。

「おんしの力は無論、それ以上に胆力に驚かされたわ。〈蜈蚣〉を素手で摑んで引き戻すなぞ、一ノ宮の黒衣ですらやろうとする者はおらんじゃろ」

その通りですよ、とトーがしみじみと相づちを打つ。喋っているあいだもずっと、慣れた手つきでノエの骨折箇所の固定を続けていた。

「旦那と一緒に来たときには正直、三ノ宮の黒衣なんて冥凪を見たこともないだろうし、難しいんじゃないかって思ってたんですがねえ。いやたいしたもんだ。見直しましたよ」

ふん、と亦駈が鼻を鳴らしたが、トーは平気な顔で続けた。

「黒錆とか言ったっけ。異能ってのもすごいもんだが、それ以上に腹の据わりに感心したよ。みんなそうなのかい」

「そうでないのもいる。俺たちは変わり種のほうだ」

満更でもない様子で、亦駈が答える。

「そうか、じゃあこれ以上の加勢は期待できないかな」

トーが残念そうに言うのに、そうだな、と亦駈が答えた。

「護峰《ごほう》さまが望む者がいれば自由にしてよいと言われたとき、腰を上げたのは俺たちだけだった。他の連中は、行けと言われるまで動きはしないだろう」

命じられたわけではないのか、と意外そうにサイが言う。

「おんしら、なんだって自分らから来てくれたんじゃ。危険であるとは聞いておらんかったのか」

「無論聞いてはいた。護峰さまはそうしたことを隠しておかれるような方ではないからな。俺とて、そもそも朱炉が面白そうだなどと言い出さなければ、端から動くつもりなどなかった。だが最初に見物に行ったとき、朱炉がすっかりお前を気に入ってしまってな。悪い奴ではないがなんせ惚《ほ》れっぽくて、俺はいつも振り回されている」

なるほどのう、と感じ入ったらしいサイに、なるほどのうじゃありませんよ、とトーが言った。

「わかってるんですかい、旦那あの娘に惚れられたってことですよ」

「それの何が悪い。というかな、そもそも今はそんなこと言うとる場合ではなかろう」

サイが呆れた様子で言う。

「まずはこの窮地を脱するのが第一じゃ。なんとかあの〈蜈蚣〉は滅ぼしたとはいえ、このあとも続々と寄ってくるのはわかりきっとる。それらの全てが滅ぼされるまで、なんとか凌ぎきらねばならん」

ですな、と言って、応急手当を終えたトーが立ち上がった。

「取り敢えずあたしにできるのはここまでです。歩かせるのは無理ですが、抱えて動かすだけなら大丈夫だと思いますよ」

わかった、と言うなりサイは当たり前のように膝をつき、太い腕を差し出した。

「儂なんぞに抱えられるのはいやじゃろうが、門町に着くまでは辛抱してくれ。痛いかもしれんが、なるべく揺らさんようにするから——」

「ですが」

腰を引こうとして痛みに思わず顔をしかめたノエの体を、ずっと寄り添っていたキサが抱きとめる。

「無理しないで、お願いノエ」

「ほれ、末姫さまもこう言われておる」

そうして伸ばされた腕は、更に太い腕によって止められていた。ノエを挟む形でサイの真向かいに、亦駈の巨軀がのそり、と膝をつく。

「俺が運ぼう。意には染まんだろうが文句は言うな」

そのままノエに反駁する時間を与えず、亦駈はノエの体を軽々と抱きかかえていた。有無を言わさぬ亦駈の行動に目を丸くしたサイに、勘違いするなよ、と鼻に皺を寄せて言う。

「五門の町まで戻るあいだにも、冥凪の襲撃を受ける可能性はある。そのときもっとも適切に判断し、動き、かつ指示ができるのはお前だろう。その両手を無駄に塞ぐわけにはいかん」

なるほど、と素直に感心した様子でサイが言った。

「では、申し訳ないが頼む。ノエも承知してくれ」

はい、とノエが無念を隠しきれない様子で承諾した。そのノエを心配そうに見ているキサに、では末姫さま、とサイは言った。

「ともかくまずは、五門の町まで参りましょう。歩くのは大丈夫ですかな」

「平気です」

きっぱりと言い切ったキサは、五人から少し離れた所で所在なげに立っていた生に向けて、誘うように手を伸ばした。

「生も一緒に。ここにいたら危ないの」

「う――うん」

小さく頷いた生は、こわごわと言った態で半歩キサへと近づいた。サイと亦駈という火山のような熱量を有する肉体に見下ろされて、生の体はいっそう小さく、自信なさげに見えた。さあ、ともう一度差し出されて、ようやくキサの手を取り――そしてそのまま何かに気づいたように、土手の上へと目をやった。

「どうした、少年」

それまで無言のまま生を見守っていたサイが、穏やかな声で尋ねる。

「あの――誰か来ます。たぶん、黒錆の女のひと」

「朱炉か。やけに時間が掛かったな」

亦駈が言い終わるのと同時に、影だけでもひと目で判別できる、朱炉の特徴的な体が街路の上を駆けてくるのが見えた。朱炉からもこちらが確認できたのだろう、まるで足が四本あるかのようなしなやかな動きで方向を変えると、あっという間に土手を下って六人の元へと駆け寄った。

「亦駈、旦那」

「――どうした。何かあったか」

朱炉は息ひとつきらしていなかったが、彼女の顔が興奮からか怒りからか、火照っていることは夜の闇の中でもはっきりとわかった。

「まずいよ。五門の町が――」

六人の顔をぐるりと見回したあと、朱炉は言った。

「宮壁門を、閉めちまった」

「警護役の奴ら、あたしがどれだけ開けろと言ったって聞きやしないんだ」

憤然とした様子を隠そうともせず、朱炉が言った。

「直接見たわけでもないくせに、冥凪が来たってだけでビビり散らしてやがる。怪我人がいるんだっつっても頑として開けやしない。怒鳴って喚いて騒いでたらようやく宮壁の上から薬だけ投げ落としてきやがった。『それ持ってさっさと消えろ、錆鼠《さびねず》風情が』とか抜かしやがって」

「錆鼠？」

耳慣れない言葉をサイが繰り返すと、ああ、と亦駈が言った。

「俺たちのような、錆衣あがりの黒衣に対する陰口さ。異能が有用だからと黒衣に取り立てられはしたが、奴らにとって俺たちは所詮、仔凮《つぁいふ》と大差のないただの道具ということだ」

視線を感じた亦駈が生へと目をやり、意外か？　と聞いた。

「はい、あの――小宰領《こさいりょ》から、黒錆でもあるまいし分を弁えろって、よく言われてたから」

生の言葉に、亦駈の唇に皮肉な笑みが浮かんだ。

「俺たちとて同じさ。奴らにとって多少使い勝手がいいというだけのこと。この――」

と、亦駈は自分の丸太のように太い腕を叩いてみせた。

「力さえなければ、言いたいこともさぞあるだろうよ」

「馬鹿どもの悪口はこの際どうでもいいんだよ」

苛々してきたらしい朱炉が口を挟んだ。

「そんなことよりどうすんだよ。今から言って無理矢理開けさせるにしたって一刻か下手すりゃ二刻はかかるし、そもそもあいつら閉じこもってやがるから力ずくで開けさせるのもできないし」

「全くですよ」

ノエの足の様子を見ながらトーが言った。

「ひとまず姐さんが貰ってきた薬で手当はしましたけどね、砕けた指先のほうはもう腫れ上がってきてますぜ。薬のお陰で痛みは幾らか凌げるでしょうし、腫れも抑えられはするでしょうけど、先延ばしにしてるだけで治るわけじゃありませんからね」

そうじゃな、とサイが難しい顔で言った。

「加えて〈翅つき〉の体液に他の〈蜈蚣〉が集まってくるのも時間の問題じゃろう。ノエの手当てのためにも、寄ってくる〈蜈蚣〉を凌ぐためにも、なんとしても門町に籠もりたいところじゃが」

五門の町、あの宮壁の内側に入ることができなければ、再びあの怪物と向き合わねばならない。こんな見通しのいい、体を隠すものなど何もない場所で。その事実が、この場の全員に重くのしかかった。

沈黙が降りる中、ノエが言葉にならない呻き声を漏らす。

「ノエ!」

寄り添っていたキサが、小さく声を上げた。この短時間でノエの様子は明らかに悪化しており、意識も既に朦朧としているようで目の焦点が合っていない。トーがすぐさま跪《ひざまず》き脈を取り手足の様子を見たが、表情は険しかった。

「脈が速いし手足に回る血が足りない。旦那、確かに〈蜈蚣〉も心配ですが、こっちもこっちで一刻を争うかもしれません」

「とはいえ五門の町には入れん――ええい、次に近い町はどこじゃ」

サイが上着の内隠しから折りたたんだ紙を取り出した。地図だ、と思った瞬間、考えるよりも早く生の口が開いていた。

「町じゃないですけど」

全員の視線が一斉に生に向けられ、その圧に生は一瞬たじろいだ。だが、キサが希望を見いだしたような表情になったことが、生の背中を後押ししてくれる。

「少年。何か考えがあるのか」

サイの言葉に、生はもう躊躇うことなくはい、と力強く答えた。

「梁塁に来てください。凪川の上にあるから冥凪も寄ってこれないし、婆ちゃんが――丹衣が、います」

「わたしもそこで手当てしてもらったんです」

生の言葉に続けて、訴えかけるようにキサが言った。

「だから、梁塁に行けばノエもきっと」

それ以上は何も聞かず、サイはわかった、と短く、力強く言った。

「案内を頼む、少年。亦駈、ノエを運んでくれ。トーは殿《しんがり》を頼む」

「末姫さまはノエと共に。申し訳ありませんがノエの様子を見ていてやってくだされ。

「あたしは?」

尋ねる朱炉に、亦駈とトーのあいだで頼む、とサイは言った。

「万が一のことがあれば、末姫さまだけでも抱えて逃げてくれ。おんしの足ならば、〈蜈蚣〉でも追いつけはしまい」

わかった、と朱炉は真顔で応じた。

「でもね、あたしらだけ生き残るなんてのはごめんだからね。せっかくの縁だ、ちゃんと最後までみんなで生き延びなくっちゃ。まだまだしたい話もあるんだからね」

その通りじゃな、とサイは不敵な笑みを浮かべた。

「ここまで来て、そう易々とくたばってたまるものか。得がたい助力もこれほどおることじゃしな」

亦駈が極力ノエを揺らさないように抱え、立ち上がった。心配そうにキサが隣に寄り添うのを見て、では、とサイが言った。

「行くか、梁塁とやらに。頼むぞ、少年」

はい、と力強く応えると、生は確かな足取りで全員の先頭へと進んだ。

19

「全くなんなんだい、こんな夜中にいきなり大勢で押しかけるわこんな怪我人運んでくるわ」

悪態をつきながらも、入り口近くの個室に運び込まれたノエを治療する恙《うれい》の手は、一瞬たりとも止まることがなかった。

「ああもう暗くていけない。こっちは年寄りで夜目が利かないんだよ。小僧、なんとかしな」

「わかった」

言うなり生が、暗い梁塁の中を納戸に向けてすっ飛んでいく。

「全く面倒な怪我だよ、押さえる手が足りないじゃないか。——ああちょっと、そこの丸いの」

「あたしですかい？」

いきなり呼ばれて驚くトーに、他にいないだろ、と恙が毒づく。

「この手当てしたのアンタなんだろ、手先も器用そうだしちょっと手伝いな。ほら早く、そこ押さえて」

迫力に押され気味になりつつもトーが指示されたとおりノエの太腿を押さえると、ちょっと痛むよと言うなり恙は折れたノエのつま先に触れて様子を探った。容赦なく恙の指が動くたび、朦朧としつつもノエの顔には苦悶の表情が浮いたが、唇は噛みしめられ、声が上がることはなかった。

「——よし、思ったほど酷くない。なんとかなりそうだ」

ほんとうですか！　と声を上げたキサにちらと目をやり、恙はにっと笑ってみせる。

「ほんとうさ。だからお姫さん、悪いんだけどそこで突っ立ってるでかぶつどもを追い出してくれないかね。暑苦しくて気が散っちまうよ。どの空き部屋でもいいから、適当に押し込んじまっておくれ。——それからもうひとつ」

早口に言いつつも、恙の視線はもうノエの足先に注がれていた。

「紗麦《さむぎ》たちが心配だ。手間かけるけど、様子を見るのを頼まれてくれるかい」

わかりました、とキサが答えたちょうどそのとき、両腕にありったけの紅条《ほんちゃお》を抱えた生が部屋の中に駆け込んできた。


朱炉はまだ我慢できなくはなかったものの、サイと亦駈にとって梁塁の個室は如何せん狭すぎた。ここで待つのは到底無理だとなった三人を、キサは露台の上へと連れて行った。

時刻は既に夜半をとうに過ぎて、暗い空には輝く月と満天の星々が煌めいている。そのため梁塁の中よりも、外のほうがよほど明るいくらいだった。

「あるのは知ってたけど、初めて来たよ。すごいとこだね。それに、家主もすごい婆《ばあ》さんだ」

すぐ足元を流れる凧川を眺めながら、朱炉が言った。まったくじゃ、とサイが苦笑する。

「でかぶつ扱いされるのは慣れっこじゃが、面と向かって追い出せと言われたのはさすがに初めてじゃ。——とはいえあの先生、確かに腕は良さそうじゃな」

サイに医術の心得はないが、廃滅の場で丹衣が負傷者を治療をする姿はこれまでいやというほど目にしてきた。そうした場に出向く丹衣はひとり残らず経験を積み腹の据わった者たちだったが、彼らと比べても恙の肝の据わり方や、迷わず治療を進めていく手つきは勝るとも劣ることはない。

「ひとまず、もっとも喫緊の課題はなんとかなった、と言うてよいかな」

だねえ、と朱炉が頷く。

「治るまでにはしばらくかかりそうだし、それまではここで世話にならなきゃいけないだろうけどね」

しかしまあ、と朱炉が梁塁の周りをぐるりと見回しながら言う。

「よくもこんなところにこんなでかいもん建てたもんだね。ずいぶん昔からあるって話だけど、その頃には凮だっていなかったろうし、一体どうやって造ったんだか」

まったくじゃ、とサイが同意する。

「こうしているだけでも下の凮川が目に入ってぞわぞわしてくるというのに。もはや蛮勇とか狂気の類じゃな」

ほんとにね、と朱炉が笑った。

「だけどそのお陰で、百年だか二百年だかあとのあたしらが、五門の町から追い出されてもなんとか凌げそうなわけだ。ありがたい話だね。さすがにここまでは、あの〈蜈蚣〉とかいうのも来れないでしょ」

梁塁の前後左右は全て、凮川の豊かな流れで満たされていた。河岸から梁塁までの距離は、最短でも街道の上で滅ぼしたのと同じくらいの〈蜈蚣〉が全身を真っ直ぐに伸ばしてぎりぎり届くか届かないか、というくらいはある。中継の中州にかけられている丸太橋を落とすか引き上げてしまえば足場はなくなるし、対岸は左右どちらも広く開けていて、〈蜈蚣〉が滑空のために上りそうな大樹も見当たらない。這い進むしかない〈蜈蚣〉には、梁塁に侵入する手段はないように思えた。

「そうであってくれれば良いのじゃがな」

唇を曲げて言ったサイの言葉に、なんでさ、と朱炉が眉を上げる。

「冥凬は凬川には近づかないんでしょ。あたしらひとより何倍も凬川の毒に弱いから」

「それはそうなんじゃが」

言いかけたサイの言葉を、それまで黙って流れを眺めていた亦駈の声が遮った。

「——何か飛んで来たぞ」

三人の全身が一瞬張り詰めたが、内に満ちた力はすぐにゆるゆると解かれた。暗い夜空を真っ直ぐに飛んでくるそれが〈翅つき〉でないのがひと目でわかったからだ。

「飛信《ふぇいしん》だね。あたしらはあんなの使わないから——てことは旦那のかい？」

飛信は予め教えられた地点か、匂いを記憶したひとに向かって飛ぶ。亦駈や朱炉が飛信を使ったことがない以上、目的地はサイか、あるいは梁塁かのどちらかに限られた。

三人が見守る中、飛信はたちまち梁塁の上空に到達すると、何度かくるくると旋回したのち、速度と高度を下げて巧みにサイの肩へと止まった。

飛信は、大きな翼と長い尻尾を持った仔凪だ。翼がなければその姿は、白く尾の長い鼠のように見えるだろう。翼と言っても鳥のように羽は生えておらず、どちらかと言えば蝙蝠に近いが姿はもっと愛嬌がある。そんな印象を受けるのは、恐らく仔凪に共通する黒い真円の目が小さな体に比して殊更に大きいためだろう。

もっとも目と呼ばれてはいるが、実際には目と鼻と耳を統合したような器官になっており、仔凪はほぼ全ての情報をそこから取得する。特にその機能が優れているとされる飛信は、自分が正しく目的地へと到達したことを確かめでもするかのように、しきりに頭をサイの頬へとこすりつけていた。

サイのごつい指先が、飛信の細い足に結わえられた小さな通信筒からきっちりと丸められた紙を引き抜いた。丁寧に開き、顔を近づけ目を細めながら通信文に目を通していたサイの顔が、徐々に険しいものへとなっていく。

「——旦那？」

いかんな、とサイは呻くように短く言った。

梁塁に二つある大部屋の内のひとつ、普段は使われていないその場所は埃っぽかったが、今はそれ以上にひといきれで息苦しいほどだった。主たる要因が二つの巨軀が発する熱量であることは間違いなかったが、加えていま梁塁にいるほぼ全ての者が一堂に会していることがそれに拍車を掛けている。欠席者は、治療を終えて今は深く眠っているノエと、何かあったらすぐにアタシを呼びなと恙に言いつけられ、ノエの傍にいる奈雪《なゆき》だけだった。

部屋の中には大きく円を描くようにして、様々な形の椅子が並べられていた。卓はなく、中央部分は広く空いている。元々は使っていない椅子がただ詰め込まれていただけだったのだが、サイから全員が集まれる場所はないかと問われた生が急遽《きゆうきよ》並べたものだ。

椅子には恙、節弥《せつや》、生、キサ、トー、それに朱炉が腰を下ろしていた。初めに出席を乞われたときには憮然とした表情を見せた恙だったが、呼びに来た生の表情から何かを察したのか、今は黙然と腕組みをしている。そうでなくても人見知りの節弥は知らないひと、それも見るからに普通ではない者たちに囲まれてひどく緊張した面持ちで、両隣の恙と生の上衣の裾をこっそり握り、上目遣いで様子を見ていた。一方の紗麦はキサの膝の上に乗せて貰い、眠そうに船を漕《こ》いでいる。

眉間に皺を寄せたトーの横では、長い足を持て余し気味の朱炉が、片足を胸に抱え込むようにしてなんとか姿勢を保っていた。試しに腰を下ろした途端に椅子に悲鳴を上げられた亦駈は、やむを得ず直接床に座っている。サイだけが、壁に張りつくようにして立っていた。頭が天井にすれすれで、見るからに窮屈そうだ。

「こんな夜中に突然の呼び出しをしてしまい、誠に申し訳ない」

よく響く声で言うと、サイが深々と頭を下げた。

「また、末姫さまを保護、加療頂いたに留まらず、突然押しかけた我々に対しても快く受け入れて頂いたうえ、連れの治療をも行ってくれたことに対し、深く感謝する。恙どの、そして鋳衣の子ら」

「〝どの〟はやめとくれ」

鼻白んで恙が言った。

「それに、一ノ宮の者が必要としてるんなら手を差し伸べるのは当たり前のこったよ。アタシらがこうして生きていられるのも、全てアンタたちが命を張ってくれてるお陰なんだからね」

「それはお互い様というもの」

真顔でサイは言った。

「他の宮の支えがなければ、我らは盾として、また矛として冥凪と向き合うことも叶わぬ。お互いの力があってこそ、ひとは辛うじて自分たちの居場所を保てているのに過ぎん。だがそうしたことを全て横に置いたとしても」

ふっ、とサイは表情を緩めた。

「同胞の命を救ってくれたこと、それを感謝しない者はおりますまいよ。儂は一ノ宮の者としてではなく、彼女らのともがらとして心底ありがたいと思っておるのです、ご老人」

「〝ご老人〟はもっとやめとくれ」

音が鳴りそうなほどの勢いで右手を左右に振りつつ、恙が言った。

「それと、その堅苦しいのもいい加減にしとくれ。アンタそんな柄じゃないだろ。それにわざわざ手間暇掛けて面倒な前置きするのもなしだ。話があんだろ、はっきり言いな」

はっは、と恙の言葉にサイが破顔した。

「さすが、全てお見通しですな、ご老――いや、先生」

まあそれなら、と恙が不承不承といった表情を浮かべる。

「ではお許しを頂いたことでもあるし、ここからは素で行くかの。その前に――」

言うなりサイは、胡座座で直接床に腰を下ろした。

「済まぬが座らせて頂こう。儂のような者が見下ろしておったのでは、子らが怖がるかもしれんしな」

にっ、と節弥に笑いかけた表情をすぐに真顔に戻し、サイは再び口を開く。

「結論から言うが、間もなくここに、冥凪が現れる」

あっさりと発せられたサイの言葉に、恙が目を剝いた。

「冥凪だ⁉」

声を上げたのは恙だけだった。黒錆二人はすでに聞かされていたし、トーはもちろん、キサと生ももしかしたらと覚悟はしていたからだ。紗麦はキサに抱かれてほとんど寝ているような状態で、節弥は意味がわからず、ただ急に張り詰めた部屋の空気に怯えるだけだった。

サイは恙に向かってそうじゃ、と応えると、落ち着いた声で言葉を続ける。

「経緯を話すと長うなるから簡単に言うが、冥凪に急襲され凪川に流されることになった末姫さまを追って、数体の冥凪が三ノ宮に入り込んだ、ということじゃ。防衛線を掻い潜られた一ノ宮は追っ手を送って侵入した冥凪について調べさせておったんじゃが、先ほど儂のところにその結果を送って寄越した。それがこれじゃ」

上衣の隠しから通信文を取り出し、サイは恙に手渡した。恙は開いてみたものの、こんな小さい字読めやしない、とそのままサイに突っ返す。

「わかったことは二つ」

恙から通信文を受け取って、サイは話を続けた。

「三ノ宮に入り込んだ冥凪は、〈蜈蚣〉と呼ばれる種類が全部で四体。うち一体は既に滅ぼしたゆえに、残るは三体ということじゃな」

あれがあと三体――生の顔から血の気が引く。状況の厳しさをより正確に理解できるキサは、張り詰めた表情で唇を噛み、紗麦の体をそっと抱きしめた。

「そしてもうひとつ。残りの三体は三日前、四門の町の東を抜けて南下したあと大きく進む先を曲げ、凪川の流れに沿う格好で進んでおる。〈蜈蚣〉を追っておった墨の見積もりでは、明日の明け方には五門の町、そのまま進めば明後日中には三ノ塔に到達するということじゃ」

「アンタさっきここに来るって言わなかったかい？」

言うた、とサイが応える。

「墨――まあ黒衣の衛団のひとつと思うて貰ってよいが、連中は〈蜈蚣〉がどこを目指しておるかまでは知らん。ただ進んだ方角の先に、五門の町と三ノ塔がある、というだけのこと。じゃがな先生、〈蜈蚣〉どもは適当に進んでおるわけではない。奴らははっきりとした目標に向かっておる。

――末姫さまじゃ」

全員の視線がキサに集まる。キサは思わず俯きそうになったが、噛んだままの唇に力を込め、耐えてそれらを受け止めた。

「奴らはまだ正確な位置は知らんから、最初は街道の〈翅つき〉と滅ぼされた〈蜈蚣〉の死骸の元へ行くじゃろう。そこを起点にして末姫さまを探し始められれば、ここが突き止められるのは時間の問題。まず間違いなく明日中には、対岸に三体の〈蜈蚣〉が雁首《がんくび》揃えることになろう」

「そいつは確かなことなのかい?」

口を挟んだのは朱炉だった。

「あたしゃ、旦那のおつきが丁寧に足跡やらなんやらを消してるのを見たよ。ここはあのでかい〈蜈蚣〉とか言うのとやりあった場所からもそれなりに離れてるし、そう易々とその子の居場所が突き止められるとも思えないんだけどねえ」

「そうであればいいんじゃがな」

顔をしかめて、サイが答えた。

「蒼衣の血を引く末裔は、冥凪にとっての天敵よ。奴らがどうやってその血の持ち主を見分け、見いだしているのかは未だわかっておらんが、いったんある程度の距離に近づかれてしもうたら、そのあと奴らは決して見逃さんし、諦めん。さんざ痛い目を見てきた一ノ宮の黒衣のいうことじゃ、信じてくれてよい」

内隠しから地図を取り出すと、サイは床の上にそれを広げた。

「ここは、ノエが〈翅つき〉を滅ぼした場所からは一里ほど。儂らにとってはそこそこ離れてはおっても、冥風にとってはそうではない。足跡を隠したことで多少の時間は稼げようが、まあ保って明日の夜まで、いいところ昼過ぎじゃな」

「近づいてきてるってんなら、今のうちに反対側に逃げ出しちまうってのはどうだい」

恙が言った。

「方角を考えると一ノ宮に戻るのは難しそうだけど、いったん距離を取ってしまえばいいってことだろ？　充分遠くまで離れちまえば――」

「距離を取れば良い、というのは全くその通り。ただな」

眉間に皺を寄せ、難しい顔でサイが言った。

「残念ながら、〈蜈蚣〉よりも速く進めるのはここにいる中では朱炉だけじゃ。それ以外の者では間違いなく追いつかれる。しかも奴らは〈翅つき〉が滅ぼされたことで、その場で末姫さまを見つけたことを理解する。仮に充分離れることができたとしても諦めることはなく、あの地点を中心としていつまでも探し続けることになろう」

ですから――とサイは、決意の表情で口を開こうとしていたキサに向かって言った。

「おひとりで出ていかれるのはなしですぞ、末姫さま。もしそのようなことをされれば、〈蜈蚣〉どもは末姫さまの痕跡を辿り、目につく三ノ宮の町やここを目につく端から襲いかねませぬ。そうなれば余計に対処が難しくなる。そもそものようなこと試みられれば、ノエが這ってでもついていこうとしますぞ」

サイの言葉に、キサは眉間に深い皺を刻み、口を閉じて俯いた。生もまた、そんなキサを心配げに見つめるものの、かける言葉を持たない様子だった。

キサが諦めたのを確かめたサイは全員の顔を見回し、本来であれば、と続ける。

「五門の町に末姫さまとともに入り、門を閉じて護りを固め、一ノ宮から〈蜈蚣〉どもを滅ぼすのに充分な数の黒衣が派遣されてくるのを待つ。それが正解じゃ。しかし既に五門の町の門は閉じられ、他の門町に行こうにも間に合わん。他の町が襲われるのを防ぐためにもここに集め、その上で迎え撃つ以外に手段がない」

「迎え撃たなきゃいけないのかい?」

物騒な話だけど、と恙が言った。

「ここには宮壁門はないけど、周りは凪川に囲まれてるんだよ。アンタが知ってるかどうかは知らないけどね、この梁塁ってのは元々冥凪から逃げるために作られた場所さ。ここに籠もってりゃ、凪川が阻んでくれるから冥凪も手が出せないんじゃないのかい」

飯の蓄えはそんなにないから、どれだけ籠もってられるかはわからないけどね、と付け足す。

「そうなってくれればよいとは思っておるし、その可能性も皆無ではない。実際普通の冥凪であればそうなるじゃろう。しかしながら」

淡々と、サイは言った。

「末姫さまを追ってくる冥凪には行動変容が見られる。——要するに、普通ではない動きをする、ということじゃ。実際奴らは、防衛線を抜けたあと〈腕つき〉と呼ばれる図体のでかい冥凪を足場にして、一ノ宮と三ノ宮のあいだに流れる凪川を越えた。〈腕つき〉は凪川に浸かったことで直ちに滅んだが、〈腕つき〉の死骸を足場にした〈蜈蚣〉が四体、ほぼ無傷で三ノ宮に入り込んだんじゃ」

ふう、と腹の底から大きく息を吐いてから、サイは続ける。

「儂らがここに籠もっておるとわかれば、奴らの一体が土台になってここまで入り込もうとする可能性が高い。そうなっても、〈蜈蚣〉一体であればなんとでもなる。じゃが後手に回った上に二体同時となると、足場の悪さもあってどうなるかは正直わからん」

「そりゃ困るよ、勘弁しとくれ」

恙が悲鳴に近い声を上げた。

「ここを潰されちまっちゃ——いやこの際、梁塁は百歩譲って目を瞑ってもいい。子どもたちだけでもなんとかならないのかい。節弥や紗麦はまだ十にもなってないんだよ。先に三ノ塔まで逃がすとか——」

「それは儂も考えた」

恙の言葉に、サイが言った。

「幼い子らであれば、朱炉に抱いて運んで貰うことも可能じゃろうと思う。三ノ塔の門が開いておるかはわからんし、全員を三ノ塔まで連れて行けるかも時間次第じゃが――」

「いやだ」

サイの言葉を、それまで大人たちの話を黙って聞いていた節弥の震える声が遮った。

「三ノ塔には行かない。みんなと一緒にここにいる」

恙が話しかけるのに、節弥は強く首を振ってもう一度いやだ、と言った。

「節弥――」

「三ノ塔になんか行きたくない。婆ちゃんと離れるのはいやだ」

「紗麦も」

いつの間にか目を覚ましていた紗麦が、キサの膝の上から声を上げた。

「紗麦ちゃん、でも」

宥めようとしたキサに、紗麦はぎゅっとしがみついた。

「紗麦はお姫さまと一緒にいる。三ノ塔には行かない」

「アンタたちねえ――」

恙の声は、長年一緒に暮らしてきた生も初めて聞くような、気弱げな途方に暮れたものだった。真っ当な大人としてどうするべきかは明らかでも、棄鋳の子らの気持ちもわかる――逃げることを無理強いされたとしたら、そして万が一自分たちだけが生き延びることになったら。その経験が子どもたちに残すだろうものは、恙と同じように生も容易に想像できた。

だが、恙が迷っていたのは僅かな時間だけだった。すぐに表情を引き締めた恙は、厳しすぎるほどの口調で二人に向かって口を開いた。

「いいかい、そんな我が儘《まま》言ったってね、死んじまったらそれで終わりなんだよ。アンタたちはアタシやこんなおんぼろ小屋なんかより――」

節弥と紗麦が顔をしかめる。だが、恙の言葉を遮ったのは二人のどちらでもなく、それまでずっと黙ったまま何かを考え込んでいた生だった。

「サイさん」

不意に上げられた声に、サイが目を見開く。

「どうした、少年」

「あの、僕――」

全員から一斉に向けられた視線を、生は精一杯胸を張って受け止めた。躊躇っている場合でも、迷っている場合でもない、と生は自分に言い聞かせる。できることを――自分がほんとうにやりたいことを、今こそやらなくてはならない。そうしなければ後悔する。必ず、一生後悔することになる。

初めて見た恙の弱気な表情が、この数刻で経験してきた出来事が、そしてキサと過ごしてきた時間が――言葉を交わし、キサのために行動し、そして自分のことやキサのこと、二人を取り巻く世界のことを考え続けてきたこと、それらの全てが、生の背中を押してくれていた。

それだけではない。これまで、キサと出会う前、お前は無用だと棄てられてからずっと、様々な思いを抱え、時に自分を押し殺して、なお逃げることだけはせずに歩いてきた道が、その過程で得た全てのものが、生を支えてくれていた。何も無駄ではなかったのだと。今この時のために、お前のこれまではあったのだと。

今こそ、それら全てと共に一歩踏み出すときなのだ。

「考えがあるんです。冥凪を滅ぼす方法について」

はっきりした声で発せられた生の言葉に、ほう、とサイが目を細めた。

「ただ――ほんとうにできるかはわからないし、危ないです。みんな――キサも」

ちらと送られた生の視線にキサは頷き、膝の上で固く握られている生の拳にそっと手を乗せた。その感触に勇気を与えられたように、生はでも、と続けた。

「きっとできると思います。みんななら。みんなで力を合わせたら」

じっと生の目を見つめていたサイの口元が、ふっと綻んだ。

「よかろう。聞かせてくれ、少年」

はい、と生はきっぱりと応えた。

20

三体の〈蜈蚣〉が姿を現したのは、予想よりもかなり早く、翌日のまだ朝と言ってもいい時間帯だった。

南方の森林地帯から示し合わせたように同時に姿を現した〈蜈蚣〉は、土手を這い上って街道を越え、凪川の河岸へと進んだ。三体分の腹脚が奏でる豪雨のような移動音、長大な体軀を捻り捩るたびに外殻が擦れて起きる軋み音は、豊かな凪川の流れを隔ててもなお生《いくる》の耳に届いた。

今のところは三体とも凪川の流れに踏み込むつもりはないようで、岩だらけの河岸で体を曲げ捻り、お互いを踏みつけにし合いながらひっきりなしに左右に移動している。頭部から突き出した合計六対の歪な眼球は、求めるものを見つけ出すためにだろう、始終細かく揺れては周囲の様子を探っていた。

大きい。

一時たりとも静止しないためにはっきりとした比較はできないものの、三体の内の一体が飛び抜けて大きいことだけはひと目でわかる。残る二体も間違いなく街道の上で滅ぼした〈蜈蚣〉よりも一回りか二回りは巨大だった。あの一体が先行してキサを襲撃したのは、たまさか〈翅つき〉の傍にいたためだと思われていたが、小型であったたぶん軽量で、移動が速かったためだったのかもしれない。

「他の町のひとたち、大丈夫かな」

体を小さく丸め、崩れかけた壁の後ろに身を隠しつつ、ささやき声でキサが言った。同じように体を小さく竦め、露台に穿った穴を覗き込んでいた生が、きっと大丈夫だよ、とこれも小声で答える。

「サイさんの話では、他の門町や三ノ塔にも昨日の夜には報せが届いてるってことだったし。きっとどこももう、宮壁門を閉じてると思う」

「それならいいけど……」

不安げに言って、キサは首から提げた鈺珠を両手でそっと包み込んだ。キサの、頭の後ろで結わえた灰色の長い髪の端を、川面を渡るしん、と冷えた風が揺らしていく。

二人がいるのは、半ば朽ちかけた露台の上だった。生たちが暮らしている梁塁はここからはかなり離れており、下流側に影が辛うじて小さく見えるだけだ。

少なく見積もっても数十年は手入れされていない露台には欠け落ち、あるいは柔らかく湿っているような部分が幾つもあった。少し強めの風が吹いて露台が悲鳴を上げるたび、キサは生の上衣の裾を掴む。

「大丈夫だよ、見た目以上にしっかりしてるから」

うん、とキサは応えたが、安心できるような状況では到底ない。ほぼ吹きさらしといっていい露台の上で二人きり、流れの向こうには三体の巨大な〈蜈蚣〉が蠢いているのだ。

この露台の上に、かつては――恙の話を信じるならば五十年ほど前までは、生たちが暮らしているのと同じような梁塁があったのだという。ただし規模はずっと小さかったらしい。

その証拠に基礎は全て隣接する四つの中州の上に構築されていて、これ以上広げようがない造りになっていた。

建物部分は現在、幾つか崩れかけの壁や柱を残すだけでほぼ残っていない。生とキサが身を隠しているのは、かつて壁の一部であったものの陰だった。直接の目視を遮るだけでは時間稼ぎにしかならないとわかっているが、今は何より時間こそが大切だった。

上物部分はほぼ崩壊していると言ってよかったが、露台を支える基礎部分は今でもしっかりと根を張っている。ひとつの中州の上にそれぞれ一本ずつ、石を積み固めて作られた土台の上から伸びる四本の柱には、今では失われた技術によって防腐処理が施されており、数百年を過ぎてもなお露台を支えていた。

その四本の柱を、生はこれまで異形態のタイクーンを繋ぎ止めるために利用してきた。梁塁とこの露台までのあいだには、他にも幾つかの元あった梁塁の痕跡が残っている。その中から生がここを選んだのは、充分に離れているため万一異形態のタイクーンに何かあっても梁塁への影響が避けられることに加え、柱と土台がタイクーンを支えうるだけの強度を有していたからだ。

実際これまで、四本の柱は梁塁のタイクーンをなんの問題もなく繋ぎ止めてきた。柱は頑丈だった。頑丈すぎるほどに。

夜を徹しての細工を、柱以外の部分に行わなければならなかったのはそのためだ。紅条のか弱い光だけが頼りの、危うい作業だった。果たして上手くできたのか、これでほんとうに狙い通りに行くのか、自信はなかった。

だけどそれ以上に、と生は心臓が鷲掴みにされたような息苦しさを感じつつ、思った。問題なのはここから先だ。これからやろうとしているのは、保子の仕事のように慣れ親しんだ、体が半ば自然に動くようなことではない。五感を研ぎ澄まし冷静さを維持し、時機を見極めた上で己の体を操り、それでようやく成し得るかどうかといったことなのだ。

それを、自分がやらねばならない。

サイのような黒衣でも亦駈のような黒錆でもない、棄錆の自分が。

消し去れない過去が不安に形を変え、生の体を這い上ってくる。かつてなんの役にも立たないと三ノ塔から棄てられたという事実が、今さら甦って生の心臓を鷲摑みにする。

早鐘のように心臓が鳴る。息が充分にできず、吐き気と眩暈で視界が暗くなる。

外殻が軋み腹脚が鳴る無秩序な噪音《そうおん》が、見えずとも色濃く伝わってくる異形の怪物の存在が、生を押し潰そうとしてくる。あんな巨大な化け物に対峙するのか。今から、自分が。ただ仔凪の世話しか能のない自分が。

怯えている場合じゃない、自分で言い出したことじゃないか。もちろんそれはわかっていた。それなのに今になって、ほんの少し時間ができ、ほんの少し考え事をしてしまっただけで、たちまち全ての気力が消え去ってしまいそうになる。

理由ははっきりしていた。確かだと思えるものが何もないからだ。サイやノエのように積み重ねた鍛錬もなければ、亦駈や朱炉のような優れた異能もない。だから、だから僕は――

「生」

キサの声が、生の耳朶を打った。

すぐに返事ができずに固まった生の、血の気が引いて冷たくなった手を、キサの両手がそっと包み込んだ。

「キサ――」

「ありがとう、生」

壁の陰から出てしまわないように体を小さく竦めたキサが、生に顔を寄せてそっと言った。

「ずっと一緒にいてくれて。ずっと――わたしのことを、助けてくれて」

「そんなこと」

キサは怯えてはいなかった。もちろん緊張はしていたが、唇には微かな微笑みさえ浮かべ、生の目を見つめていた。

「僕が、やりたくてやったことなんだ。全部――自分のために」

そうだね、とキサは言った。

「でも、生はしなくたって良かったんだよ。わたしのことを助けなくてもよかったし、色んな話をしたりたくさんのことを教えてくれたりしなくても、歩く練習を手伝ってくれなくても、五門の町にだって連れて行ってくれなくても良かった。〈翅つき〉に襲われた時だって、〈蜈蚣〉が来たときだって、わたしなんて放っておいて逃げたって構わなかった。ノエのことを助けなくたって、みんなを梁塁に受け入れてくれなくたって。今だって」

でも、とキサは続ける。キサの細い指に包まれた生の手のひらが、少しずつ温かさを取り戻していく。

「生はそうしてくれた。いつだってやめられたのに、絶対そうしなかった。だからわたしはここにいられる。知らなかったこと、したことがなかったこと、そんなものがあるなんて想像さえしなかったことを、教えて貰って。生はわたしを、囮の捨姫じゃない、わたしにしてくれたんだよ。

だから――」

「だめだよ」

生が静かに、キサの言葉を遮った。

心臓の鼓動は落ち着いていた。眩暈は遠くに去っていた。キサの声が、伝えてくれた思いが、寸前まで生の中に立ちこめていた暗雲を拭ってくれていた。

拭われた暗雲は消え去ってはいない。それが生の内からなくなることはけっしてないだろう。それは生が生きてきた過去であり、生の一部でもあるのだから。でも、と生は思う。キサはそんな僕に、思ってもみなかった光を与えてくれた。こんな僕でも、ほんとうにやりたかったことをやっていいんだと教えてくれた。

だから、大丈夫だ。

この光さえあれば。

「そんな、もう終わりみたいなこと言ったら。まだこれからなんだから。これから――」

生はキサの手を握り返し、まるで自分に言い聞かせるように、ひとつひとつゆっくりと言葉にしていく。

「あの〈蜈蚣〉をみんなで滅ぼすんだ。ノエさんもすぐ良くなって、キサはサイさんたちと一ノ宮に帰って——でもその前にみんなで五門の町に行って、紅餅を食べるんだ。もちろん紗麦たちも一緒に連れて行って」

うん、とキサが頷いた。その瞳が、少しだけ潤む。

「そして僕はいつか、きっと、一ノ宮に行く。キサを助けるために。キサと一緒に、みんなを護るために。だから」

生は壁へと振り向いた。その向こうにいる、今この時もキサの正確な居場所を探し出そうとしている、三体の〈蜈蚣〉がいる方向へ。

「あんなのどうってことない。どうってことないんだ。一緒にやっつけよう、キサ」

うん、ともう一度、力強くキサが応えた。

キサを背負った上から、生は小型のタイクーンを繋ぎ止めるために使う細めの編み縄をかけ、しっかりと自分とキサの体を結わえた。このあと二人を繋ぐのはこの縄だけだ。入念に、ほどけることがないように何重にもして結んでいく。

「——始めよう」

無言で頷いたキサが、生の胸の前に回した両手でそっと鈺珠を包み込むと、目を閉じた。

意識が鈺珠の中心に棲《す》まう女王に向かっていくのにつれてキサの体からは力が抜け、そのぶん生の体に感じられる重みが増す。それでも生は中腰のまま、保子の仕事で鍛え上げた足腰でキサのすべてを受け止めた。

壁の向こう側に意識を集中する。サイによれば、〈蜈蚣〉の蒼衣の末裔を見つけ出す能力は〈翅つき〉ほどには高くなく、確実な場所を知るためには二対の目で確認するか、こちらが鉦珠を使うのを感知する必要がある、ということだった。

その能力の制限と彼我の間を遮る凪川の存在によって、生は日が昇ってからも壁に隠れての準備作業を続けることができた。もし凪川の流れがなかったら、〈蜈蚣〉はおよその場所がわかった時点で、躊躇うことなく周辺全てを破壊しようとしていただろう。

手先の器用なトーの助言と力を借り、散々に悩んで決めた通りに細工は済ませた。あとはもう、上手くいくと信じるだけだ。

息を潜め五感を研ぎ澄まし、生は〈蜈蚣〉たちの様子を探る。屍針蟲が〈蜈蚣〉の外殻を穿つ音は聞こえない。だが、硬い外殻と腹脚が奏でる噪音は凪川の流れを越えて届き、そして隠しようもなく大きすぎる音であるがゆえに、変化があれば容易に把握できる。

〈蜈蚣〉が立てる音が弱まった。いや違う、と生は内心で訂正する。小さくなったわけではない。遅くなったのだ。それまでの、当てずっぽうと言ってもいい出鱈目な動きから、何かを探り出すための慎重な動きへと変化した。

勘づいたのだ。屍針蟲に。つまり、鉦珠が使われていることに。

間に合わないか——

たとえそれが失敗したとしても、全てが水泡に帰すわけではない。だが少しでも成功の可能性を上げるためには、できうることならば上手くいって欲しかった。

生が唇を噛む。

そのとき不意に、鳴り続けていた音が変わった。いや厳密に言えば、一部だけが変わった。ゆっくりになっていた外殻の鳴る音の一部が急激に激しくなり、恐らく同じ〈蜈蚣〉の腹脚が動く音が乱れて出鱈目なものになった。

わき上がった生の期待に応えるように、トーの叫び声が遠くから届く。

「片方落ちた！　旦那今だ、もう片方を――」

直後、ぎん、という甲高い金属音が響き、同時によし！　という力強いトーの声が響く。

「そっちも落ちた！　行きな少年！」

その言葉を聞くと同時に、生は壁の陰から飛び出した。ちらと見た対岸で、サイが〈蜈蚣〉の主脚を掻い潜って逃げるところが見えた。三体の〈蜈蚣〉はどれも地に這ったまま、弱点である腹を見せることなく攻撃用の主脚を振り回している。あれでは充分な攻撃力は得られないが、キサの――斃すべき蒼衣の末裔の位置を把握した今、ひとりの黒衣ごときのために危険を冒すつもりはないのだろう。

だが、キサの屍針蟲による攻撃と、それが生みだした僅かな隙をついたサイの斬撃は狙い通りの結果を生み出していた。三体の這いつくばった〈蜈蚣〉のうち、最大のものの第一節、即ち頭部からは、本来あるべき二対の目が失われていたのだ。

キサの屍針蟲では、〈蜈蚣〉の外殻を貫き通すことはできない。だが突き出した目なら。

無論そこも外殻で覆われてはいるが、体のように何層にもなっているわけではない。生にそうした知識があったわけではなかったが、体軀に比べて明らかに細い突出した目の、特に根元の外殻を充分に削ることができさえすれば、たとえ砕くまでいかなくても自ずと自重で折れてしまうのではないか。それが多くの仔風の保子を務めてきた生が直感的に感じたことであり、その予感はこうして現実になった。そして機を過たず、背後に潜んでいたサイが片側の目を失ってできた死角を見事に縫って一息に距離を詰め、残ったもう片方も斬り落としてみせたのだ。

這った体勢を維持し続ける〈蜈蚣〉に対して、僅かな屍針蟲を操ることしかできない蒼衣と片手にすら満たない数の黒衣でできる、これは精一杯の攻撃だった。無論この程度では致命傷にはならない。視覚を奪うことに成功した〈蜈蚣〉は僅か一体に過ぎず、他の二体は健在だ。視力を失った一体にしても攻撃力までも喪失したわけではなかった。たとえ周囲を確認できなくても、己が滅びるまで周囲を破壊し続けることは無論可能だ。

だがいい。これで充分だ。

キサは果たすべき役割を果たした。次は自分の番だ。

一心に走りながら、生は強烈な視線が全身に浴びせられているのを感じた。ひとのものとは明らかに違う、なんの感情も乗せられていない、ただ見ているというだけの視線。だがその、瞬きすらしない視線には恐ろしいほどの圧力があった。振り向きたいという動物的な反射に生は必死で抗い、目的の場所を決死の思いで睨み続けた。

タイクーンを繋ぎ止めるための舫い綱が結ばれた、四柱のうちのひとつに。

何度も頭の中で繰り返していた通りに、ぴんと張った舫い綱を両の手で握る。風がほとんどないことからタイクーンは四柱のほぼ中央上空に浮遊し、歪な紡錘形の体軀を繋ぎ止めるための舫い綱もまた、僅かな角度がついているだけでほとんど垂直に天へと伸びていた。生は一定間隔で造られた結び目に手を、次に足を掛け、躊躇うことなく舫い綱を手繰って登り始める。

背負っているキサの体が、実際以上に重い。

〈蜈蚣〉の目を落としても、未だキサの心は鈺珠の中心にいる女王の元にあった。屍針蟲が女王の制御を必要としなくなっても、女王は全ての自分の子らが巣に還ってくるまで心を緩めず、キサもまた解放されない。そのあいだキサは体を動かして均衡をとることは元より、自分の体の認識すらできないのだ。凍りついたように固まったまま、放っておくと生から離れて落下しようとしてしまうキサを繋ぎ止めているのは、生が何重にも結わえた細く頑丈な編み縄だけだった。

生は歯を食いしばって登り続ける。保子の仕事でも荷を背負うことはあるが、自分の体重が倍になるまで担いだことはない。

その状態でも一瞬も手足を止めることなく、生はちらと進む先を見上げた。耐えられる限界まで下げてあったため、タイクーンは露台から十廣ほどの高さに浮遊している。登れたのはまだようやく四廣かそこら。思った以上に登攀が難しい。

くそ、と生は唇を嚙む。負けてたまるか、こんなことくらいで。

そのとき、ずっと続いていた〈蜈蚣〉の外殻の鳴る音が、突然鼓膜を突き破らんほどに音量を上げて響き渡った。轟音はそれだけでは留まらない。直後に生の耳を打ったのは、無数の岩や石が弾き飛ばされ砕ける音と突き刺さるような激しい水音だった。

舫い綱を手繰る動きは一瞬たりとも休めることなく、生は目玉だけを動かして下を見た。

視覚を失った〈蜈蚣〉が、巨大な全身を凪川の豊かな流れの中で激しく踊らせていた。

凪川の水が含む、ひとと冥凪にとっての毒素に蝕まれる苦痛にもだえ痙攣しながら、巨大な〈蜈蚣〉は真っ直ぐに生たちのいる場所へ、梁塁跡へと向けて長大な体を伸ばしていた。

己の体躯を犠牲にして、残る二体のために橋を架けんとするように。

いや、ように、ではない。〈蜈蚣〉は決してやけになって特攻しているわけではなかった。

それは残る二体の〈蜈蚣〉の姿を見れば明らかだった。二体は河原で、とぐろを巻くように体を丸めて待っている。仲間の長大な体躯——死骸によって凪川に橋が架かるのを。致命的な量の毒の水を浴びることなく、差し違えてでも斃すべき相手、蒼衣の末裔の元にたどり着ける瞬間を。

凪川に侵入した〈蜈蚣〉の動きは徐々に遅くなっては来ているが、止まる様子は見られない。途中で滅んでくれれば望外だったが、やはりそれは叶いそうにない。あとはもう時間の問題だった。いずれ、外殻を崩壊させつつもあの〈蜈蚣〉は露台へと到達する。その途端、次の〈蜈蚣〉が無傷のまま凪川を渡り始めるだろう。

急がなければ。

生は視線を戻し、上だけを睨んで登り続ける。重量がかかる両腕、特に背後に向けて引かれ続けている肩が痛む。だが泣き言を言っている暇はない。あとはもう、自分が間に合うかどうかだけなのだ。

生が奥歯を嚙みしめた次の瞬間、不意に上半身にかかる重みが半減した。

何が起きたのか理解するより先に、生の耳に声が届く。待ちかねていた、力を与えてくれる声が。

「――生」

「おかえり、キサ」

状況にはひどく不釣り合いだとは思ったが、気にならなかった。できれば顔が見たかったが、それは叶わない。

「上手くいってる、キサも完璧だった。次は僕の番だ」

短く言いながら、一気に動かしやすくなった腕を伸ばす。目覚めた途端に状況を把握したキサがすぐさま背中に密着してくれ、生の体にかかっていた負担を半減させてくれていた。

「行くよ。しっかり摑まってて」

うん、というキサの返事とともに、それまでに倍する勢いで生は舫い綱を登り始めた。背中に感じるキサの体温が、生を後押ししてくれる。あと二廣。

不意に、徐々に接近してきていた甲殻の鳴る音、激しい水しぶきの音が収まり、次の瞬間露台が軋む音が響いた。一拍おいて舫い綱が引き戻され、大きく揺れる。キサが息を呑み、悲鳴を堪えるのがわかった。生は綱を握り締める両手と挟み込んでいる両腿に力を込める。大丈夫だこのくらい、突風に煽られたときに比べたらなんでもない。

それ以上揺れが続かないのを確認するや、生は再び体を動かし始める。ちらと見下ろした遙か真下では、思った通り目を失った〈蜈蚣〉が遂に露台まで辿り着いていた。凪川の流れに侵蝕され、崩壊が始まっている主脚を振り上げて露台へと打ち込む。破壊するためではない、自分の体を、自分が滅びたあとも流されないように固定するためだ。

来る。

予感の通り、河岸で二体目の〈蜈蚣〉がとぐろを解いた。凪川の流れの水をせき止めつつも未だ崩れずに体軀を維持している仲間の体を、生きている橋として利用してこちらに渡ってくる。土台になった〈蜈蚣〉の体にぶつかった流れが立てる飛沫からは逃れられないだろうが、足を滑らせでもしない限り渡りきるだろう。

密かに願っていたのよりも遙かに大きい。ひと目で生はその事実を把握した。どんなに小さく見積もっても、全長は八廣を下回らない。確かに八廣ではタイクーンの滞空位置までは直立したとしても届かないが、それはなんの安心材料にもならない。タイクーンを繫ぎ止めている四本の舫い綱がある限り、〈蜈蚣〉はそれを支えに這い上り、あるいは怪力と体重に物を言わせて逆にタイクーンごと二人を引きずり下ろすこともできてしまう。

更にその後方、河岸の上では三体目の〈蜈蚣〉もまたとぐろを解き、二体目に続いて仲間が自らの体によって生み出した進入路を進み始めた。こちらも大きさは大差ない。一体でも充分な脅威だったが、仮に二体ともが露台にまで到達し同時に舫い綱を伝い這い上がったら、それらの重みはたちまち異形態のタイクーンが耐えられる限界を超え、キサと生ごと落下させられてしまうだろう。そうなれば〈螟蚣〉の主脚の餌食になるか、凪川の流れに落下してしまうかのいずれかだ。

そんなことさせるものか。お前たちの思い通りになんか。

キサが意識を取り戻したことによって生の登攀速度は増し、二体目の〈螟蚣〉が凪川の半ば近くまで進んだときには最後の二廣を登りきっていた。だが無論、このまま座して待つわけにはいかない。舫い綱が結わえられた先、タイクーンの全身を覆っている目の粗い包み網へと移動すると、生はキサに短く警告する。

「やるよ、気をつけて」

うん、というキサの返事を聞くなり生は、両足を包み網とタイクーンの体のあいだに滑り込ませて固定し、右手で腿にくくりつけてあった短刀を抜いた。そのまま躊躇うことなく左手を離す。二人分の体重が一斉に両足に掛かるのと同時に、重力に引かれて生の上半身と、そこに結わえられたキサの体が大きく仰け反った。

目を固く瞑り砕けるほど強く奥歯を噛みしめて、キサが悲鳴を飲み込む。

生は目を瞑らなかった。上半身が半ば水平になったところで左手で再び包み網を握る。肩が抜けそうなほどの衝撃と痛みが走ったが、歯を食いしばって耐えた。肩の周辺の皮膚が硬質化したが、外部からの打撃ではなかったために範囲は狭く、可動範囲にはほとんど影響はない。それを目視することなく体感として確かめつつ、生は右手に持った短刀を舫い綱へと突き立てた。

一撃では切れない。舫い綱は何重にも束ねられた頑丈な綱で、短刀を当てたくらいで簡単に切断できるようなものではないからだ。だが生が手にしているのは、タイクーンの包み網の補修で使う特別な短刀だった。刃は平らではなく、鋸《のこぎり》のように無数の細かな牙のような刃がぎっしりと並んでいる。足場のない空中で、生は右腕の力だけで短刀を引く。何度も何度も。

十数度の往復で、束ねられた綱の最初の一本が切れてからは早かった。ぶちぶちぶちと弾けるような音とともに、露台とタイクーンの双方から引かれ張り詰めていた舫い綱は千切れて飛んだ。

支えのひとつを失ったタイクーンが揺れる。まだそれほど激しくはなかったが、キサが生にしがみついている腕と足の力が強くなった。だがキサは悲鳴を上げない。生は左手と固定した両足で二人分の体重を支えながら、〈蜈蚣〉の様子を確かめる。動きを止めた一体目の上を、既に凪川の半ばを過ぎるほどまで這い進んでいた。足場としている死骸が不安定で、こうしている今も崩れ続けていること、さらに上がった飛沫が僅かずつでも二体目の外殻を蝕んでいることが幸いし、その進行は平地ほどには速くはない。

「続けるよ」

わかった、とキサの声が耳元でする。微かに震えてはいたが、迷いは感じられなかった。

「わたしは大丈夫だから、生」

うん、と短く応えると生は短刀を再び腿に巻いた帯のあいだに差し入れる。柄に開けた穴に通した紐を腰帯に結わえてあるから手を滑らせてしまっても落とす心配はないが、たぐり寄せるのにかかる手間と時間が惜しい。抜け落ちないことを確かめてから、生は背筋の力だけで上半身を起こすと再び包み網にしがみつき、両足を抜いて蜘蛛のようにタイクーンの表面を這いずって進む。

ほんとうなら対角線上の舫い綱に進むべきなのはわかっていた。そのほうが少しでも長く安定を維持できる。だがそんな余裕はないことを、進み続けている眼下の〈蜈蚣〉の巨軀が、着々と大きくなってくる外殻と腹脚が奏でる噪音が、否応なしに実感させる。

右回りにタイクーンの表面を進み、二番目の舫い綱に取りかかる。行くよ、と声をかけられたキサが歯を食いしばるのと同時に生の体は再び反り返り、舫い綱を切りにかかった。一本目よりも時間が掛かる。数が少なくなった分舫い綱の一本あたりにかかる張力が大きくなってより固く張っていること、そして少しずつ生の力が失われていることが原因だった。

思った以上に負担が大きい。だけど、このくらい。

切れた。右半分を地上にとどめていた舫い綱が失われたことで、タイクーンの全身が大きく回転する。右手を戻す余裕はなかった。包み網のあいだに差し込んだ両足と左腕に力を込め、空中に放り投げられそうになるのを懸命に堪える。

「生！」

キサの叫びに、一瞬閉じてしまっていた目を開く。今や二人は、左の体側を地上に向けて浮遊しているタイクーンの、ほとんど上部にしがみついているような格好になっていた。

「〈蜈蚣〉が、もう」

眼下で、一体目の〈蜈蚣〉が露台によじ登ろうとしているのが見えた。二対の目は高く掲げられ、キサを捉えていることがはっきりと伝わってくる。すぐ後ろに、三体目の〈蜈蚣〉も迫っていた。進入路になった一体目の死骸は早くも崩れ始めているように見えたが、渡りきることは間違いない。

生は奥歯を固く嚙みしめると、再び包み網の網目を辿り始める。もはや安全を考慮している余裕はなかった。手足ひと組、少なくとも手足のどれか一本を確実に固定してから動かすという、タイクーンの保子が徹底して叩き込まれる原則を無視し、生は不安定さを増しつつあるタイクーンの表面を這い進む。今は地面に向いている右半身に入ったとき、不意にタイクーンの体が大きく煽られた。

まずい。手足の固定が足りない。

左手右足が辛うじて包み網に掛かっているだけの状態だった。支えきれるか、と体を固くしたとき、視界の端に白いものが飛ぶように走るのが見えた。生の体にかかっていた重さが僅かに、だが確かに消える。

「！」

キサの、声にならないくぐもった悲鳴。

「キサ！」

「大丈夫――大丈夫だから」

それまで生にしがみついていたキサが咄嗟に両腕を放し、目の前の包み網を握り締めていた。それによって二人の体は辛うじて落下を免れたが、伸ばしきった腕で体重を支え衝撃に耐えたキサの両肩に耐えがたい痛みが走っていることは、目の端に映る表情を見れば明らかだった。

だがキサは、歯を食いしばったまま生に告げる。

「続けて、生」

「――わかった」

それ以上何も言わず、生は残りの網目を進む。結わえられている舫い綱が見える。そして、今まさにそれにのしかかり、引き倒そうとしている〈蜈蚣〉の凶悪な姿も。飛び出した二対の目が、まっすぐにこちらを見ているのがはっきりと伝わってくる。

それがどうした。お前なんか。お前らなんか。

〈蜈蚣〉の目を正面からにらみ返し、生は三度体を大きく仰け反らして舫い綱を切りにかかる。限界を超えた張力がかけられていたためか、こちらの舫い綱は逆に脆くなっていた。ぶちぶちぶちとたちまち綱が弾け飛んでいく。

「掴まって、キサ！」

叫ぶと同時に生も左手と両足で包み綱にしがみつく。同時に三本目の舫い綱が千切れて飛んだ。

吹き飛ばされそうなほどの浮遊感に襲われる。

悲鳴を上げることすらできず、二人は目を瞑り体を固くして振り落とされないようにするので精一杯だった。

最後の一本だけになった舫い綱に支えられ、タイクーンは今やほとんど縦になって浮遊している状態だった。異形態であるために元々欠いていた安定性が、支えてくれていた舫い綱を失ってより一層怪しいものになり始めている。吹いているのは僅かな風であるにもかかわらず、タイクーンは唯一残った舫い綱を軸に、ゆっくりと回転を始めていた。

時間が経てば経つほど状況は悪化していく。

生の全身からは汗が吹き出していた。限界を超えた肉体の酷使によるものなのか、想像以上の状況に対する冷汗《ひやあせ》なのかはわからない。だがそれを考えている余裕も、拭っている時間さえもなかった。

切断された舫い綱を手繰っていた〈蜈蚣〉はもんどり打って倒れてはいたものの、無数の腹脚で露台にしがみついたまま、凪川への落下を避けていた。そしてその体に乗り上げるようにして、三体目の〈蜈蚣〉が露台への上陸を果たしている。二体同時か別々にかはわからないが、最後に残った舫い綱に取り付かれるのは時間の問題だろう。

負けてたまるか。

手足が震える。思うように力が入らない。それでも生は必死に包み網を手繰り、進む。キサも痛めた腕を伸ばして進む先の網目を摑み、生に掛かる負担を少しでも軽いものにしようとしていた。

下を見ることどころか、言葉を交わす余裕すらもはやない。二人はただ目の前の包み網だけを見つめ、手繰り寄せ、進んで行く。

タイクーンが三度大きく揺すられたとき、二人の目は最後の舫い綱を遂に捉えていた。遙か下方では、お互いを固定し合うかのように絡み合い、長大な体軀の後ろ半分を露台に固定した二体の〈蜈蚣〉が、二つの体で挟み込むようにしながら舫い綱を、その先にいるタイクーンを、その表面に張りついている蒼衣の末裔を、己が手に掛けるために手繰り寄せようとしている。

一瞬の躊躇も、声をかけあうこともなかった。

両足を包み網の中に差し込んだ生が、右手で腿から短刀を引き抜くのと同時に左手をも離し、半身を大きく仰け反らせる。生の体にかかる負担を少しでも軽くし姿勢を安定させるため、時機を過たず伸ばしたキサの両手が包み網を捉え握り締める。強引な姿勢と動作に、二人の全身、肩に足に腕に四肢の関節に激痛が走った。だが二人は一瞬たりとも目を瞑ることなく、見開いた四つの瞳は最後の舫い綱と、その先にいる滅ぼすべき相手、蒼衣の末姫を追って三ノ宮に侵入した冥凪の最後の二体の悪夢のような姿を、しっかりと捉えていた。

短刀の刃が舫い綱に食い込む。

最後の力を振り絞って曳かれた短刀の無数の牙が、編み込まれた十数本の綱をたちまちの内に削り取っていく。ぶちぶちぶちと大半が千切れ失われたとき、遂に最後までタイクーンを支え続けた舫い綱は限界を迎え、ぶつん、と弾けて飛んだ。

最初に想像もしていなかった衝撃が、そしてそのすぐあとに突き上げられるかのような浮遊感が、キサと生の二人を襲った。

21

意識を失っていたのは僅かなあいだだけだった。

生を覚醒させたのは、崩れ落ちる露台が割れ砕け水没していく音と、それを覆い隠すほどの甲高く耳障りな音——苦痛にのたうつ〈蜈蚣〉の甲殻が軋み、腹脚がもがきながら空虚を掻き続けている音、そしてそれら全てを静かに穏やかに飲み込んでいく、遙か昔から一時も止まらずに続いてきた凪川が奏でる水音だった。

意識を失ったあいだも咄嗟に摑んだ包み網を離さずに済んだのは、タイクーンの保子の務めで叩き込まれた反射のお陰だった。背中に重みと温かさを感じて顔を上げた生の耳に、キサの穏やかな呼吸音が聞こえる。目の端には、意識を失ったらしいキサの手が網から離れ、自然に垂れているのが映った。

安堵の吐息を吐きながら、首を大きく曲げて地上を見下ろす。高度は既に三十廣ほどに達しているようだった。

舫い綱から解き放たれたタイクーンは、生とキサが張りついている側面にやや傾きつつもなんとか通常の姿勢を取り戻したようで、心持ちふらつきながらも安定して中空に浮いている。

目に映る全てが、恐ろしく小さかった。

それでも、起きていることははっきりとわかる。断末魔の支離滅裂な動きすら徐々に終えようとしている二体の〈蜈蚣〉が、既に全身が崩壊しつつある一体目とともに凪川の豊かな流れの中に呑み込まれていこうとしているのが。

終わったのか、と思う。だがその光景が遙かに離れた眼下であるからか、それとも張りつめた心が未だにほどけないでいるためか、生は目にしていることが現実だとは思えず、まるきり実感が湧かなかった。

二体の〈蜈蚣〉が出鱈目に湧き起こしていた水飛沫《みずしぶき》と水泡が収まってきて、自分たちが少し前までいた場所が見えるようになってくる。そこにあったのは、この高度からではごく小さくしか見えない、四つの隣接する中州だけだった。

あの、老朽化しつつも中州に根を生やしていた露台は、それを支え続けていた四本の柱ごと姿形もなくなっていた。全ては完全に凪川の流れの中に呑まれてしまったのだ。その上に乗っていた、二体の〈蜈蚣〉を巻き添えにして。

成功した実感が未だに湧かない。

露台のあった場所から更に下流の、さらに小さな梁塁跡のあるあたりに目をやる。そこにいたはずの亦駈とサイ、そしてトーの姿は、既に移動してしまったのか見えなかった。保子の仕事で使ううちの最も太く長く頑丈な縄を露台の下の土台に仕掛けておき、二体の〈蜈蚣〉を露台に敢えて上らせる。タイクーンが切り離されると同時に全力で縄を曳き、露台を崩壊させて諸共に水没させる——ほんとうにできるかどうかやってみるまでわからなかったことを、あの三人はやってのけたのだ。

それができたのは黒衣三人の力、特に亦駈の常識外れの怪力と、生が土台の構造を熟知していたお陰だった。どういう造りになっているのか、どこが腐食し、どこが今でも頑丈なのか——異形態のタイクーンを安定して係留する方法を試行錯誤しているうちに身につけた知識とトーの助言を元に、生はどこに縄を掛けるかを決めた。

いくら亦駈が怪力であっても、タイクーンすら支える柱を遠方から引いて引き倒せるかどうかはわからない。だから縄は、露台の床自体に仕掛けた。二体の〈蜈蚣〉を引きつけられるような強度は保ったまま、亦駈らの力が加わったときに初めて崩れ落ちるように。

そうしてその企みは成ったのだ。

だがこうして終わってみてから振り返れば、生は自分たちがやってのけたことが蜘蛛の糸で大魚をつり上げようとするような無謀な試みであったことを、否応なしに実感した。いくら亦駈がただひとりで〈蜈蚣〉の動きを止めたからと言って、二体の〈蜈蚣〉が乗った状態の露台を人力で引き倒せるかどうかなど、賭け以外の何物でもない。少しでも荷重を減らすため、最大の〈蜈蚣〉から視力を奪って自ら橋となるように仕向けたとは言え、それで成功するかどうかは全くわからなかったのだ。

それを、やり遂げた。

生き延びたのだ。絶望的な状況の中でも、みんなの力を束ねたことで、なんとか、ようやく。

「――いくる?」

キサの声が、耳元で聞こえた。

「気がついた?」

うん、と答えたキサが、こわごわ腕を伸ばして目の前の包み網を摑む。

「上手くいったみたいだ。まだ、信じられないけど」

ほら、と生に言われて遙か下の地上を見下ろしたキサは、しばらく無言のまま、ほんの少し前まで露台があった場所、もはやほとんど動きを止めた三体の〈蜈蚣〉が沈みつつある凪川の流れを見つめていた。

「――終わったの?」

そうだね、と生は言った。

「あとは、なんとかして降りるだけだよ」

生は顔を上げ、辛うじて姿勢を維持しているタイクーンへと視線を移した。すべての舫い綱から解放されたあと、不充分な気囊しか持たない異形態のタイクーンはこれ以上上昇するだけの浮力を持つことができず、むしろ反動で打ち上げられた勢いが消えた今、少しずつ下降を始めているようだった。恐らくは二十五、六廣で安定するだろう、と生は思った。

「風が強くないのは良かったけど、もう少し凪川から外れないと降りられないな」

「風が吹くのを待つの？」

キサの問いに、いや、と生は首を横に振った。

「錘の場所をずらして、タイクーンを少し傾けてみる。包み網にいくつか繋いであるから――」

生が移動を始めようとするのを、キサはちょっと待って、と言って止めた。

「どうしたの？」

「もう、背負ってくれなくても平気」

キサは右手で包み網を摑むと、自分と生とを繋いでいる細い編み縄を解き始めた。

「危ないよ、キサ。僕なら大丈夫だから――」

「わたしだって大丈夫」

自由に動くようになった右足を、生のように包み網の中に差し入れて、キサが言った。

「それに、タイクーンを降ろすときはこの編み縄を使うんでしょう」

「それはそうだけど――」

言いながらも生は、左手と左足だけで自分の体を固定し、右手でキサを支えて包み網へと取り付く手助けをする。

「ありがとう。ほら」

よいしょ、とキサが生のすぐ右隣の網目に、自分の体を固定してみせる。見よう見まねではあったが、少なくとも網目のあいだを移動しようと思わなければなんとかなりそうだった。

「ほんとうに大丈夫？」

大丈夫だよ、とキサは落ち着いた顔で笑った。

「それに生、言ってたじゃない、いつかタイクーンに登らせてあげる、って。このくらいできなくちゃ、登れないでしょう？」

一瞬目を丸くしたあとすぐ、生も笑い出した。

「五門の町のタイクーンはみんなこの子よりずっと大きいからね。だけど、うん、それができたら確かにいつでも大丈夫だね」

「でしょ」

誇らしげに言ったあと、でもほんとうを言うと、とキサは少し悪戯っぽい顔で付け足した。

「もうしばらくは、タイクーンに登るのはいいかなあって思うけど」

そうだね、と生も笑顔を返してから、錘の位置を変更するために包み網の上を進み始めた。

やがて、生が調整した錘によって姿勢を傾けたタイクーンは、少しずつ凪川の上空を離れ、河岸の方向へと移動し始めた。そのままの針路を維持し、長く真っ直ぐに続く街道が見えたところで生は自分とキサを結びつけていた編み縄の片方を地上へと垂らす。縄の反対側は、浮遊しているあいだに包み網のいくつかの網目を通してしっかりと固定してあった。

編み縄の長さは三十廣ほど——垂らされた端は、街道の路面よりすこし高い位置をふらふらと移動していく。その縄の端をめがけて、街道を凄まじい勢いで進んでくる者の姿が見えた。遙か上空から見下ろしても見間違うことのない、しなやかで思わず見惚れるような動き。

朱炉だと思った時にはもう、その姿はタイクーンの真下につけるや、たっ、と軽やかに跳躍して両手で縄の端を摑んでいた。少し遅れて、編み縄を引かれたタイクーンの体が揺れる。

もうちょっと待ってなー、と朱炉が良く通る声で叫ぶのが聞こえた。朱炉にずっと遅れて、街道の上を二つのよく似た巨軀と、それよりずっと小さな男性が走ってくるのが見える。

キサと生は二人、隣り合って包み網にしがみついたまま、穏やかな表情でその光景を眺めていた。

22

宮壁門が開け放たれた五門の町は、あれから僅か四日しか経っていないというのに、何事もなかったかのように元の活気を取り戻していた。

「夜市もすごいけど——」

夜になると数多くの屋台が並ぶ大通りで、行き交う人波に揉まれながらキサが言う。

「昼間は、もっとすごいんだね。こんなにひとがいるところ、初めて見た」

「僕もだよ」

はぐれてしまわないよう、キサに手を差し伸べながら生が言った。

「小《こ》宰領《さいりょ》の話だと、宮壁門を閉じてたあいだ凪種《ふしゅ》の出荷ができなかったから、他の宮や門町で不足が出て大変らしいんだ。だからみんな、慌てて買いに来てるんだって」

なるほど、とキサは頷いた。仔凪《つぁいふ》は今や、三ノ宮はもちろん、他の宮においても重要な労働力になっている。ひとが数人がかりでなければできないことを一匹でこなし、準備や使い方の面倒な道具に変わって光を灯し湯を沸かし、体の調子さえ整えてくれる。一度手に入れた利便性を失うのは、どんなひとにとっても受け入れがたいことなのだろう。

仔凪が生きていくために必要な凪種はすべて、この五門の町のタイクーンによって生み出されている。もしタイクーンや凪種を集める保子たちに大きな被害が出るようなことがあれば、今の六つの宮は根底から大きく揺さぶられてしまうことになっただろう。飛信《ふぇいしん》や紅条《ほんちゃお》といった僅かな仔凪しか利用していない一ノ宮であってもそれは違いがない。仔凪自体の働きはもちろんのこと、一ノ宮に提供される物資の多くもまた、なんらかの形で仔凪の高い生産性によって支えられているからだ。

それをよくわかっているからこそ、五門の町の警護役は冥凪の接近を知ってすぐさま宮壁門を閉じたのだろう。彼らを責めることはできない、とキサは思った。

「この辺のお店で売ってるってことだったんだけど――」

生が時折背伸びをして周囲を確かめながら、先に進んで行く。五門の町は生にとって毎日通っている場所ではあったが、昼間はずっと保子の仕事をしているため、日中の町にはまるで馴染みがないらしい。今日は初めてだという休みを取って、キサと二人で昼間の大通りへとやってきた。まるご餅を買いに来たのだ。

まるご餅は三ノ宮の一番人気で、わざわざ他の宮から食べに来る者もいるくらいの名物だった。もちろん生も名前は知っていたが、まるご餅ひとつで紅餅が三つ買えるほどに値段が高いため、これまでは見たことも食べたこともない。

崩壊した露台の下流にあったため、崩れた〈蜈蚣〉の死骸が押し寄せることになった梁塁は、あのあと何日ものあいだ、ひどい腐臭のためにとても住める状況ではなくなってしまった。だがそれらの断片もようやくほぼ崩れ流されて姿を消した。やむを得ず五門の町の安宿に避難していた恙《うれい》たちだったが、そんな生活もようやく今日で終わる。

飛信によって送られてきた連絡によれば、報告のために一門の町の公使館に行っていたサイとトーは、今日の夕方には戻ってくるらしい。まだ歩くことができないノエを一ノ宮まで連れて行くための輿車《よしゃ》の手配も済んだということだった。仔凬が曳く輿車に乗るのは、無論ノエだけではない。

五門の町で一緒に摂る食事は、今日で最後になる。それなら少しくらい贅沢したっていいだろ、と恙が突然言い出して財布の紐を緩め、三人の棄錆の子らは歓声を上げ、そうしてキサは生と二人、代表でまるご餅の買い出しに出てきたのだ。

「輿車だと何日くらいかかるんだろうね、一ノ宮まで」

なんでもない風に、生が言った。

「力曳《りぃいぇ》が曳く荷車みたいに、乗り心地がひどくないといいけど」

そうだね、とキサは笑ってみせた。

今日の夜、遅くても明日の朝には、自分は一ノ宮に向けて発《た》ち、帰らなければと思い続けていた場所に戻ることになる。それがほんとうの望みであるかどうかは別にして。

自分たちの居場所に選択肢がないことを、二人はよくわかっていた。自分がいたい場所、やりたいことと、自分がいなければならない場所、しなければならないことは違う。全員の命を危険に晒した綱渡りを終えたあとだからこそ、二人はそのことを、どうしたって理解しないわけにはいかなかった。

キサが三ノ宮に残ったとしたら、その体を流れる稀少な蒼衣の血は、次々に〈翅つき〉や〈蜈蚣〉、もしかしたら〈腕つき〉をも呼び寄せてしまうだろう。それを防ぐだけの知恵も滅ぼせるだけの力も、今の二人の手の中にはない。

今回は滅ぼすことができた。だがそんな奇跡をもう一度繰り返せると無邪気に信じるには、キサも生も、これまでの人生で自分の非力さを思い知らされ過ぎていた。

一ノ宮に帰るより他に道はない。

他の選択肢を摑み取れるだけの力がないこと、自分たちが小さく脆い存在でしかないことは、誰よりも二人がよくわかっていた。

だから、しょうがない。

しょうがないのだ——今は。

「いつか——」

キサの顔を見ずに、ぽつりと生が言った。

「いつか、必ず行くから。僕も」

うん、とキサは小さく、しかしはっきりと応えた。

そうだ。たとえ今は無理でも。

無力な棄鋳と、役立たずの捨姫でしかなくても。

できることは確かにあった。ひとりだけではできなくても。二人なら、みんなと一緒なら。

だから、きっと。今はできなかったとしても。

「——あった、あそこだ！」

生が何かを振り切るように明るく声を上げ、キサの手を強く引いた。人混みを縫って進むと、キサの鼻にも肉と茸が炒められる芳《こう》ばしい匂いと、甘塩っぱい砂糖醤油が焦げる、食欲をそそる香りが感じられるようになってきた。

大変だ、すごく並んでるよと言いながら前を進む生の背中を、キサは見つめた。自分より少し背が低くて、細いけれど如何にも力がありそうな、戦うために鍛えている黒衣とは違う、仕事によって自然と鍛えあげられたことが服の上からでもわかる背中。自分を〈翅つき〉から護ってくれた、背負って舫い綱を登りきり〈蜈蚣〉から助けてくれた、小さいけれど大きい背中。

梁塁のみなに、そして生に、自分は教えて貰ったのだ。ただ言われるがまま、流されるように囮役を務める以外のことを。自分がやってきたこと、存在していることの意味を。

自分が無力なのは何も変わらない。でも、たとえひとりでは成し遂げられなくても、頭と体とをせいいっぱい使い、他のひとびとと力を合わせればできることはあるのだ。

だからもう、俯いたまま怯えていたりはしない。周りのひとと ともに、やらねばならないと思うことを、やりたいと願うことをやっていこう。たとえそれがどんなに小さな、僅かな変化しか生み出さないことだったとしても。

その先に、きっと道はある。

「もうすぐだよ、楽しみだね」

まるご餅を待つ列に並んだ生が、目を輝かしてキサを振り返った。うん、とキサは力強く、胸の内で色んな思いをない交ぜにして、頷く。

「ほんとうに、楽しみ」

このあとも苦難の日々は続いていくだろう。困難な日々がすぐに終わることもないだろう。

それでも、きっと。

繋いだままの生の手を、キサはそっと握り締めた。

本書は文庫オリジナル作品です。

検印
廃止

著者紹介　1967年北海道生まれ。一橋大学社会学部卒。在学中はSF研究会に所属。2014年、「風牙」で第5回創元SF短編賞を受賞（高島雄哉「ランドスケープと夏の定理」と同時受賞）。2018年、『風牙』で書籍デビュー（のちに改題し文庫化）。翌年、続編『追憶の杜』を上梓。他の作品にアンソロジー『時を歩く』に発表した「Too Short Notice」など。

蒼衣の末姫

2021年9月24日　初版

著者　門《もん》田《でん》充《みつ》宏《ひろ》

発行所　（株）東京創元社
代表者　渋谷健太郎

162-0814/東京都新宿区新小川町1-5
電話　03・3268・8231-営業部
03・3268・8204-編集部
URL　http://www.tsogen.co.jp
萩原印刷・本間製本

ISBN978-4-488-59804-4　C0193

心温まるお江戸妖怪ファンタジー・第1シーズン

〈妖怪の子預かります〉

廣嶋玲子

*

ふとしたはずみで妖怪の子を預かる羽目になった少年。
妖怪たちに振り回される毎日だが……

1 妖怪の子預かります
2 うそつきの娘
3 妖《あやかし》たちの四季
4 半妖の子
5 妖怪姫、婿をとる
6 猫の姫、狩りをする
7 妖怪奉行所の多忙な毎日
8 弥助、命を狙われる
9 妖《あやかし》たちの祝いの品は
10 千弥の秋、弥助の冬

装画：Minoru